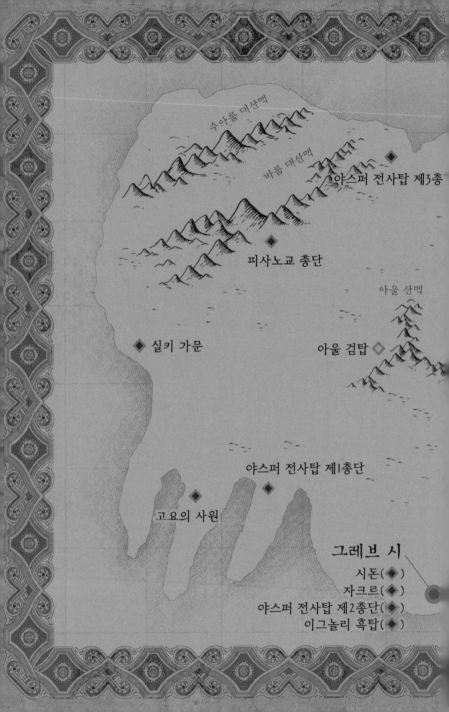

추이타 북산맥

추이타 대초원

추이타 남산맥

피요르드 시
쿠퍼 가문(◇)
은화 반 닢 기사단(◇)
모레툼 교황청(◇)

과이올라 시

솔노크 시

솔 강

더듬 시
퍼 마탑(◇)

원시림

라폴리움 시
라폴 도서관(◇)

트루게이스 시

뉴브로도 시
아바니 가문(◆)
수의 사원(◆)

◇ 백 진영
◆ 흑 진영
◆ 중립 진영
● 도시

언노운월드 대륙 전도

ETAN 이탄

ORIGINAL FANTASY STORY & ADVENTURE

쥬논 판타지 장편소설

dream
books
드림북스

이탄 28 쥬신 황가의 피

초판 1쇄 인쇄 2022년 6월 9일
초판 1쇄 발행 2022년 6월 24일

지은이 쥬논
발행인 오영배
편집 편집부
일러스트 필연
표지 · 본문 디자인 오정인
제작 조하늬

펴낸곳 (주)삼양출판사 · 드림북스
주소 서울시 강북구 도봉로 173
대표 전화 02-980-2112 **팩스** 02-983-0660
편집부 전화 02-987-9393 **팩스** 02-980-2115
블로그 blog.naver.com/dreambookss
출판등록 1999년 3월 11일 제9-00046호

ⓒ 쥬논, 2022

ISBN 979-11-283-7147-9 (04810) / 979-11-283-9990-9 (세트)

드림북스는 (주)삼양출판사의 판타지 · 무협 문학 브랜드입니다.

목차

부제: 언데드지만 신전에서 일합니다

사대신수

『성혈의 바하문트』
—신수: 날개 달린 사자
—상징: 공포
—속성: 흙(土), 피(血)

『불과 어둠의 지배자 샤피로』
—신수: 광기의 매
—상징: 탐욕
—속성: 불(火), 어둠(暗), 나무(木)

『포식자 하라간』
—신수: 투명 마수
—상징: 타락, 나태
—속성: 얼음(氷), 균(菌), 물(水)

『둠 블러드 이탄』
—신수: 냉혹의 뱀
—상징: 파멸
—속성: 금속(金), 빛(光)

발췌문

쿤룬의 열쇠공들이여.

내가 너희에게 차원의 문을 여닫을 수 있는 열쇠를 맡기리니, 너희는 모든 차원을 샅샅이 뒤져서 성혈 일족을 찾아라. 그런 다음 성혈 일족이 흡혈권능을 각성할 수 있도록 유도하라. 오로지 각성한 성혈 일족만이 투명 마수를 감당할 수 있으리라.

또한 너희는 모든 차원을 샅샅이 뒤져서 고대의 고양이족을 찾아라. 고양이족은 9개의 꼬리를 가진 것이 특징이로다.

너희가 아홉 꼬리 고양이족을 찾는다면, 그가 불과 어둠의 매, 탐욕의 매, 광기의 매로 각성할 수 있도록 유도하라. 오로지 불과 어둠의 매로 각성한 고양이 일족만이 붉은 신수를 감당할 수 있으리라.

너희가 나의 명을 완수하였을 때 비로소 그 옛날 나와 콘과 알리어스가 저지른 중대한 실수가 바로잡히리라.

세상의 인과(因果)를 비틀어 버린 우리 죄인들의 죄업이 씻어지리라.

—쿤룬의 신 퀸이 머나먼 차원으로 떠나기 전, 자신을 섬기는 종복들에게 남긴 신탁 가운데 발췌

제1화
20년 전 III

Chapter 1

푹!

주작대원은 포로로 잡은 여인의 팔뚝에 주사기 바늘을 찔러 넣었다.

"끄읍."

주사기 속 액체가 들어오자 축 늘어져 있던 여인은 그물에 잡힌 물고가처럼 펄떡 펄떡 몸부림쳤다.

주작대원은 여인의 눈에 손전등을 비춰서 정신상태를 확인한 다음, 고개를 가로저었다.

"의장님, 아직까지 자백제가 먹히지 않았습니다. 여인의 의지가 아직 꿋꿋하게 살아 있습니다."

"한 대 더 놔."

이탄은 뒤도 돌아보지 않고 명령을 내렸다.

주작대원이 이탄에게 조심스럽게 아뢰었다.

"이미 치사량 직전까지 자백제를 투여한 상태입니다. 이 이상 주사를 놓으면 여인의 목숨을 보장할 수 없습니다."

"……."

이탄은 잠시 침묵했다.

지금 의자에 묶여 있는 여인은 어쩌면 이탄의 친모일지도 몰랐다.

'버지니아 주의 유령조직 아지트에서 발견한 낙서가 가짜일 수도 있잖아. 그렇다면 저 여인은 내 친어머니일지도 모르는데.'

이탄은 결정을 망설였다.

고민은 길지 않았다. 이탄은 처음 저 여인을 마주한 순간부터 직감했다.

'이 여자는 내 생모가 아니다. 절대 아니야.'

이탄은 자신의 직감을 믿었다.

설령 상대가 생모라고 해도 어쩔 것인가.

'그래 봤자 달라질 것은 없지.'

천륜을 끊겠다는 것이 이탄의 독한 각오였다.

이탄은 어려서 탑에 팔린 이후로 지옥 같은 생활을 이어왔다. 간씨 세가의 훈련 프로그램 중에는 혈육에 대한 정을 포함하여 인간의 모든 감정을 말살하는 커리큘럼도 포함되어 있었다. 그 탓인지 이탄은 사고방식이 잔뜩 비틀려서 성장했다.

혹은 이렇게 비틀린 것이 이턴의 타고난 본성일지도 몰랐다.

어쨌거나 달라질 것은 없었다. 이탄이 천천히 뒤를 돌아보았다.

"뭐하고 있나? 어서 주사를 놓지 않고."

이탄의 목소리가 바닥에 착 깔렸다. 주작대원을 바라보는 이탄의 눈동자는 깊은 무저갱을 보는 듯 무서웠다.

주작대원이 벌벌 떨면서 사죄를 올렸다.

"죄송합니다, 의장님. 즉각 주사를 놓겠습니다."

주작대원은 자백제를 한 대 더 꺼내서 여인의 팔뚝에 찔러 넣었다. 의자 옆에는 주사기 여러 대가 나뒹구는 중이었다.

"끄으헉. 끄헙. 끄악."

여인은 의자에 꽁꽁 묶인 채 전기고문이라도 당한 듯이 펄떡 펄떡 온몸을 뒤틀었다.

"흐으으으."

잠시 후, 여인의 입가를 타고 침이 주르륵 흘러내렸다.

여인의 동공이 몽롱하게 풀렸다. 몸의 근육이 풀리면서 여인은 바지에 소변도 지렸다.

주작대원이 다시 한번 손전등을 켜서 여인의 눈동자를 들여다보았다.

여인이 바들바들 경련했다.

이탄은 그 모습을 무심하게 지켜보았다. 이윽고 주작대원은 이탄을 향해서 고개를 끄덕였다.

"의장님, 대상자의 정신적 방어벽이 허물어졌습니다. 이제 이 여자는 이성과 의지가 모두 사라졌으니 자백받고 싶으신 것을 물으시면 됩니다."

"약효는 얼마나 오래 가지?"

"한 시간 이상은 지속될 것입니다."

주작대원이 공손히 대답했다.

"좋아. 그 정도면 충분하겠군. 너는 이제 나가봐라."

이탄은 손짓으로 주작대원을 물렸다.

"네, 의장님."

주작대원은 이탄을 향해 절도 있게 목례를 한 다음, 호텔 스위트룸에서 물러났다. 이제 룸에는 이탄과 여인만 남았다.

이탄은 부들부들 경련하는 여인에게 가까이 다가갔다.

여인은 아래턱을 앞으로 축 뺀 채 계속해서 침만 흘렸다.

"이름."

이탄이 물었다.

여인은 느릿느릿 대답했다.

"용……설……란……."

"용설란이라고? 이씨가 아니라 용씨였나?"

이탄이 또 물었다.

"용……설……란……."

여인은 했던 말을 반복했다.

"그래, 용설란. 너와 이탄의 관계는?"

이탄은 말을 빙빙 돌리지 않았다. 가장 묻고 싶은 것부터 질문했다.

여인이 움찔했다.

"으으윽. 이탄. 이탄. 으아아악! 이탄!"

용설란이 갑자기 발작했다. 그녀는 자백제의 약효에 저항이라도 하려는 듯 사지를 마구 꿈틀거렸다.

불행히도 용설란은 의자에 손발이 꽉 구속된 터였다. 그래서 마음대로 발버둥 치기도 힘들었다.

이탄이 다시금 상대를 윽박질렀다.

"대답해. 너와 이탄의 관계는?"

"으으으. 이탄. 이탄은…… 채민 공주마마의 아기씨……. 나는 채민 공주마마의 호위무사이자 시녀……. 으으으. 나는 이탄 도련님의 유모…….”

용설란의 입에서 폭탄과도 같은 진실이 드러났다. 무저
갱처럼 깊고 고요하던 이탄의 눈에 핏발이 투둑 돋았다.

“다시 말해봐라.”

이탄은 상대에게 바짝 다가와 의자 손잡이를 움켜쥐었다.
이탄의 손아귀 안에서 나무 손잡이가 파편으로 부서졌다.

“이탄이 누구의 아들이라고? 채민 공주? 그게 누구냐?
채민 공주가 대체 누구냐고.”

이탄의 음성은 잔뜩 억눌러서 튀어나왔다.

Chapter 2

용설란은 흐리멍덩한 눈으로 했던 이야기를 반복했다.

“나는 이탄 아기씨의 유모……. 이탄 아기씨는 채민 마
마께서 낳으신 아드님……. 흐으으, 마마. 채민 마마, 저를
용서하지 마소서……. 흐으으웃.”

이탄이 몇 번을 다시 물어도 용설란의 대답은 한결같았다.

이탄은 흥분을 가라앉혔다.

‘내 생모, 아니, 이탄의 생모가 채민 공주라고? 공주라
면 대체 어디의 공주라는 거야? 간씨 세가는 아시아의 지

배자나 마찬가지니까 간성주나 간철호의 숨겨진 딸을 의미하나? 그게 아니면 설마 쥬신 황실의 공주?'

콰콰쾅!

쥬신 황실을 떠올린 순간, 이탄의 머릿속에는 천둥번개가 내리쳤다. 이탄이 용설란에게 일굴을 바짝 들이밀었다.

"채민 공주의 성이 뭐지? 혹시 이씨인가?"

이번 질문에는 제대로 된 대답이 나왔다.

"마마께서는 세상에서 가장 존귀한 혈통을 물려받으신 분. 폐하의 세 따님 중 둘째이신 이채민 공주마마……."

용설란이 떠듬떠듬 자백을 했다.

"푸하? 이채민이라고? 역시 쥬신이었어. 빌어먹을 쥬신이었다고."

상대의 성을 듣자마자 이탄은 열이 확 받았다.

이탄의 생모가 쥬신의 혈통이다? 그렇다면 당연히 이탄도 쥬신 황실의 피를 물려받았다는 소리였다.

그런데 지금 이탄은 쥬신의 잔당들과 한창 전쟁 중이었다. 배배 꼬인 운명의 장난에 이탄은 화가 났다.

이탄은 이글거리는 눈으로 상대를 쏘아보았다.

"제기랄. 거짓말이나 늘어놓지 말고 똑바로 고해라. 네 말이 진실이라고 치자. 이탄이 쥬신의 핏줄이고 이채민이라는 여자의 아들이라고 치잔 말이다. 그렇다면 그 귀한 혈통을 무엇 때문에 빈민가에 팽개쳤지? 너희는 어린 이탄을 술주정뱅이 밑에서 천덕꾸러기처럼 자라도록 만들다가 결국엔 간씨 세가에 실험체로 팔아치웠잖아. 그게 말이 돼?"

이탄은 한을 토하듯이 다그쳤다.

"크흡, 으흐흑."

용설란이 갑자기 눈물을 터뜨렸다. 용설란은 온몸을 뒤틀며 괴로워했다.

"아아아! 그것은 불가피한 운명……. 둘째 공주님은 모르셨던 일……. 폐하께서 내리신 어명이었기에……. 간악한 승냥이 무리 때문에 무너진 쥬신 제국의 옛 영화를 되살리시기 위해서는 채민 마마께서 화염의 여제로 성장하셔야 하였기에……."

"화염의 여제!"

이탄은 눈을 번쩍 떴다.

용설란의 자백이 이어졌다.

"화염의 여제가 되시려면 마마께서는 남녀 간의 정, 그리고 혈육의 정에 얽매여서는 안 되는 법. 으흐흐흑. 죄송합니다. 공주마마, 정말 죄송합니다. 공주마마를 지켜야 할 호위무사인 제가 공주마마의 아기씨를 강제로 납치해서 적진 한복판에 두다니요. 흐흐흐흑. 아무리 어명이었다고는 하나 제가 채민 공주마마와 이탄 아기씨께 너무나도 큰 죄를 지었나이다. 으흐흐흑."

용설란은 흐느끼는 정도를 넘어서 펑펑 오열했다.

상대의 감정이 폭발할수록 이탄의 마음은 오히려 차분하
게 가라앉았다.

"흐음."

이탄은 팔짱을 끼고 상체를 뒤로 조금 뺐다. 매사를 객
관적으로 바라보려는 마음가짐 때문에 이탄이 이런 동작을
취한 것이다.

조금 전까지만 하더라도 이탄은 눈에 핏발이 곤두설 정
도로 흥분했었다.

하지만 지금은 달랐다. 이탄은 자신의 출생에 얽힌 충격
적인 비밀을 듣고서도 제3자의 이야기를 듣는 것처럼 마음
이 가라앉았다. 오히려 이탄은 출생의 비밀보다도 '화염의
여제'라는 표현에 더 신경을 썼다.

'하하하. 이거 웃기는구먼. 요 근래 방송에 종종 등장하
는 그 붉은 드래곤을 타고 다니는 여자가 내 생모였다고?
오대군벌의 제1 표적이 된 그 여자가 내 생모였어? 후훗,
진짜로 어이가 없네.'

이탄은 기가 막히다 못해서 오히려 실소가 나왔다.

이탄이 용설란에게 확인하듯 물었다.

"그러니까 어린 이탄을 간씨 세가에 실험체로 팔아넘긴

장본인이 이채민의 부친이라는 작자란 말인가?"

"으으으. 그건 폐하께서도 어쩔 수 없으셨던 일. 채민 마마께서 위대한 존재의 선택을 받아 화염의 여제가 되기 위해서는 혈육의 정을 끊을 수밖에 없음이니……. 위대한 존재는 오로지 철혈의 심장을 가진 초인하고만 맹약을 맺을 뿐이니까. 우으으."

'위대한 존재라고? 아마도 그 붉은 드래곤을 가리키나 보네. 건국황이 타고 다녔다는 수호룡 말이야.'

이탄은 방송에 등장했던 시뻘건 드래곤을 머릿속에 떠올렸다. 이어서 이탄은 비리비리한 빛의 드래곤과 흙의 드래곤을 연상했다.

그러자 붉은 수호룡에 대한 이탄의 평가도 덩달아 낮아졌다.

"홋. 웃기는군. 대제국 쥬신의 후손이라는 작자들이 그따위 우유부단하고 반푼이 같은 도마뱀 새끼들에게 위대한 존재니 뭐니 알랑방귀나 뀌다니. 여하튼 뭐야. 쥬신 제국의 부활을 위해서니 뭐니, 이딴 것은 결국 개소리에 불과하잖아? 진짜 진실은 그 폐하라는 작자가 자신의 외손자를 내다버렸다는 거지. 그런데 말이야, 이채민은 자식이 버려졌는데도 가만히 있었네? 아들을 찾아볼 생각도 않고 그냥 외면했었나 봐? 으흐흐흐."

이탄이 서릿발 같은 미소를 머금었다.

용설란은 푸들푸들 몸을 떨었다.

"우우우. 채민 마마, 오로지 쥬신 제국의 부활을 위해서 오장육부가 끊어지는 단장의 고통을 속으로 감내하셨던 불쌍하신 우리 마마…… . 우우우우욱."

이탄이 입매를 고약하게 비틀었다.

"푸훗. 오장육부가 끊어지기는 개뿔. 실제로 끊어져 봤어? 어엉? 채민 공주인지 뭐시기가 실제로 장이 끊어져 봤느냐고."

"우우우…… ."

"하! 웃기는 게 뭔지 알아? 간씨 세가 탑의 교육과정 중에는 자신의 배를 칼로 째고 장의 일부를 잘랐다가 스스로 다시 꿰매는 훈련이 있단 말이야. 실제로 장을 끊는 훈련이 탑의 커리큘럼에 들어 있다고. 그런데 그 앞에서 단장의 고통이라고? 이거야 원. 번데기 앞에서 주름을 잡는 것도 아니고."

이탄은 흥분하여 따따따 쏘아붙였다.

용설란은 말귀를 알아듣지 못했다. 계속해서 흐느끼기만 할 뿐이었다.

Chapter 3

문득 이탄이 고개를 가로저었다.

"하아, 되었다. 내가 지금 이 여자에게 뭔 소리를 하는 거야? 그딴 구질구질한 이야기는 집어치우고, 다른 질문에나 답해 봐라."

"우으으으……."

"이채민이라는 비정한 어미가 자식을 내다버리는 것에 동의했다고 치자. 그러는 동안 이탄의 아비라는 작자는 어디에서 뭘 했나? 아니 그 전에, 이탄의 아비가 목씨인 것은 맞나?"

이탄은 드디어 부친에 대한 질문에 돌입했다.

"목장군님……."

지금까지 멍하게 풀려 있던 용설란의 동공이 목장군이라는 말에 살짝 확장되었다.

이탄은 고개를 갸웃했다.

"목장군이라고? 그가 쥬신 제국의 장군인가? 내가 예전에 서아시아의 원시림에서 체포했던 그 괴상한 늙은이도 서로군을 지휘하는 대장군이라던데?"

이탄이 언급한 늙은이란, 아교처럼 끈적끈적한 거미 인간을 부리던 노인을 의미했다. 일전에 이탄은 유령조직의 뒤를 쫓다가 서아시아의 깊숙한 원시림에서 서로군의 대장군인 시린을 생포했더랬다.

용설란이 괴롭게 얼굴을 찡그렸다.

"우으으. 목운 장군님……. 폐하의 진노를 사서 폐인이 되어버린 분. 그분이 채민 공주마마의 배필이 되셨어야 했건만……. 우우우."

"엉뚱한 소리 하지 말고 묻는 말에 대답이나 해라. 그러니까 그 목운이라는 자가 이탄의 생부가 맞느냐?"

이탄이 한 번 더 상대를 다그쳤다.

용설란은 떠듬떠듬 말을 이었다.

"몰라. 진실은 채민 마마께서만 아실 뿐. 어쩌면 목운 장군님은 이탄 아기씨의 생부가 아닐지도……. 어린 아기씨를 바라보는 장군님의 눈빛이 너무나도 슬퍼 보였기에……. 너무나도 억울해 보였기에……. 우으으으."

용설란은 알아듣기 힘든 이야기만 늘어놓았다. 이탄이 몇 번을 되풀이해서 물어도 명확한 답은 나오지 않았다.

하지만 용설란의 격한 반응으로 보건대, 그녀와 목운 사이에는 묘한 감정이 생긴 게 분명했다.

이탄은 이 점을 놓치지 않고 포착했다.

'하긴, 빈민가에서 둘이 부부 행세를 하면서 몇 년을 같이 살을 맞대고 살았으니 남녀 사이의 감정이 생겼을 수도

있겠지. 쳇! 결국 내 생부가 누구인지 알려면 생모를 찾아서 물어봐야 하나?'

이탄은 속으로 혀를 찼다.

그 후로도 이탄은 쥬신의 잔당들에 대해서 몇 가지를 더 물었다.

용설란은 화염의 여제를 가까운 거리에서 모셨던 호위무사이자 시녀였다. 그런 만큼 그녀는 아는 바가 상당히 많았다.

용설란은 이탄에게 쥬신의 잔당을 이끄는 우두머리가 이공이며, 그가 쥬신 황실의 피를 물려받았다는 점을 밝혔다. 더불어서 그녀는 이공이 슬하에 3명의 딸과 한 명의 아들을 두었다는 점도 털어놓았다.

용설란의 자백에 따르면, 이공의 세 딸들은 모두 능력이 출중했다.

첫째인 이수민은 조직을 구축하고 병사들을 지휘하는 데 발군의 역량을 보여주었다.

둘째인 이채민은 마법에 대해서 천부적인 재능을 타고났다.

셋째인 이소민은 타고난 무술가였다.

이들 3명의 공주들은 유령조직의 8개 군단, 즉 팔군을 지휘하는 대장군들과 혼인을 했거나, 혹은 약혼을 했다.

'내 생모가 마법에 뛰어났다고? 나는 금속마법과 흙 계

열 마법을 제외하면 젬병인데.'

이탄은 문득 이런 의문을 품게 되었다.

다른 한편으로 이탄은 용설란의 자백을 처음부터 곧이곧대로 믿지는 않았다. 이탄은 그동안 자체적으로 조사한 내용과 용설란의 자백을 꼼꼼하게 비교해 보았다. 그리곤 용설란의 자백이 꽤 신빙성이 높다는 사실을 깨달았다.

또한 이탄은 교차 검증을 통해서 새로운 정보도 많이 도출해 내었다. 덕분에 이탄의 머릿속에는 유령조직의 핵심 인물들에 대한 내밀한 정보들도 꽤 많이 확보되었다.

예를 들어서, 이공의 첫째 딸인 이수민이 유령조직의 팔군 가운데 지로군의 대장군인 호문평과 결혼을 했다는 점.

이수민이 슬하에 이린이라는 딸을 두었다는 점.

이공의 둘째 딸인 이채민은 팔군 가운데 동로군의 대장군이었던 목운 대장군과 약혼을 했었으나, 결국 혼인으로 이어지지는 못했다는 점.

그 후 이채민은 결혼도 하지 않은 상태에서 이탄이라는 아이를 낳아서 부친을 격노케 만들었다는 점.

결국 이채민은 지엄한 어명에 의하여 어린 아들을 빼앗겼고, 목운 대장군은 폐인이 되어 조직에서 쫓겨났다는 점.

이공의 셋째 딸인 이소민은 몇 년 전 어명을 받아 남로군의 대장군인 인유강과 혼인을 했다는 점.

막내인 이택민은 아직 나이가 어려서 배필을 맞이하지
않았다는 점.

이공이 이택민에게 제왕학을 가르치기 위해서 학선생이
라는 자를 스승으로 붙여주었는데, 이공의 세 딸들은 학선
생을 엄청 싫어한다는 점.

반대로 이공과 이택민은 학선생에게 의지하는 바가 크다
는 점.

이상의 정보들은 조직의 최측근이 아니고서는 도저히 알
수 없는 내용들이었다. 이탄은 여인에게 들은 정보를 모아
서 하나의 가계도로 정리했다.

이탄이 그린 쥬신 잔당들의 가계도는 다음과 같았다.

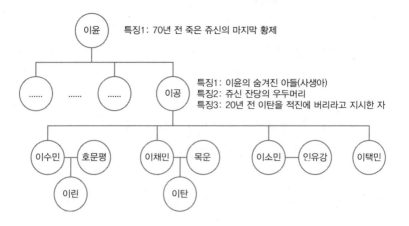

"흐으음."

이탄은 잘 정리된 가계도를 응시하면서 손가락으로 턱을 쓸었다.

"이 가계도에 내 본명이 박혀 있는 것을 보니까 기분이 좀 묘하네."

원래 이탄은 수상한 유령조직을 싹 다 찢어버릴 생각이었다.

그런데 유령조직의 핵심부에 본인의 이름이 들어 있을 줄은 꿈에도 몰랐다. 만약에 이 가계도가 사실이라면, 유령조직의 최상위 권력층은 사사롭게는 이탄에게 이모나 이모부, 외사촌, 혹은 외조부가 되는 셈이었다.

Chapter 4

이탄이 차갑게 독백했다.

"하하하. 그래서 뭐 어쩌라고? 나는 이미 그들과는 상반된 길을 걷고 있다고. 한번 꼬인 운명의 실타래에 연연할 필요가 있겠어?"

솔직히 이탄은 혈육에 대한 정이 눈곱만큼도 없었다. 간씨 세가의 탑에서 인성을 말살하는 훈련을 받으면서부터,

아니, 그 이전부터 이탄의 사고방식은 정상적인 사람과는 결이 완전히 달랐다.

무언가 뒤틀려 있다고나 할까?

무언가 결여되어 있다고나 할까?

어쨌거나 이탄은 정상이 아니었다.

그런 이탄에게 핏줄은 아무런 의미도 없었다.

더군다나 이탄은 가계도에 이름을 올린 자들에 대한 감정이 그리 좋지 않았다.

지금으로부터 20여 년 전, 이탄을 생지옥에 던져 넣은 장본인이 바로 이공이었다. 이공은 '쥬신 제국의 부활을 위해서!' 라는 명목 하에, 딸의 품에서 갓 태어난 외손자를 강제로 떼어내 적진 한복판에 내다버렸다.

당연히 이탄은 이공에게 눈곱만큼의 정도 느끼지 못했다. 정은커녕 이탄은 외조부인 이공에게 자신이 겪었던 생지옥을 그대로 경험시켜 줄 수도 있다고 생각했다.

그뿐만이 아니었다. 이탄은 생모인 이채민에 대한 감정도 좋지 않았다.

이 또한 당연히 일이었다.

'후후후. 20년 전의 이채민에게는 갓난 아들의 목숨보다는 쥬신 제국의 영광을 재현하는 게 더 중요했던 모양이지?'

이탄이 입매를 고약하게 비틀었다.

"흥. 뿌리가 다 무슨 소용이람. 세상은 원래 고독하게 혼자 사는 거야."

이탄이 손을 뻗자 가계도가 그려진 종이가 이탄의 손아귀 속으로 빨려들어 왔다. 종이는 이탄의 손 안에서 활활 타올랐다.

이탄은 이글거리는 불꽃을 집중해서 바라보았다.

"출생의 비밀을 알았다고 해서 달라질 것은 없지. 이 종이에 이름을 올린 자들은 모두 말살을 당하거나, 혹은 노예처럼 엎드려서 내 발등에 입을 맞추는 신세가 될 거다. 쥬신의 잔당들은 장차 내가 가져야 할 세상에 방해만 될 뿐."

이탄이 음울하게 뇌까렸다.

어차피 이 세상에서 이탄은 죽었다.

이탄의 본래 신체는 바짝 말랐다가 부스러진 지 오래였다. 오직 죽은 머리통만 남아서 망령목 가지 끝에 대롱대롱 매달렸다.

대신 이탄은 간철호의 몸을 차지했다. 지금은 이탄이 곧 간씨 세가의 권력자이자 대지의 소서러였다.

"그러니까 지금 내게 가장 이득이 되는 길은 간씨 세가를 키워서 이 세상을 집어삼키는 것이라고. 쥬신의 잔당들이 설치고 다니면 내게 방해만 될 뿐이지. 설령 화염의 여제가 쥬신 대제국을 다시 일으켜 세웠다고 치자. 어디 그곳에 내가 머물 자리가 있기나 하겠어? 나는 이렇게 간철호의 몸을 가지고 있는데?"

이탄의 판단이 옳았다. 이곳 세상에서는 이탄이 곧 간철호였다. 그리고 간철호는 쥬신의 잔당들 입장에서는 철천지원수였다.

그런 간철호가 이채민을 찾아서 "내가 당신의 아들입니다."라고 밝힌들 그녀가 받아주겠는가. 미친놈 취급이나 받을 것이 뻔했다.

몇 시간 뒤.

이탄은 용설란에 대해서 충분한 심문을 마친 뒤, 주작대원을 다시 호출했다.

주작대원이 즉각 달려왔다.

"의장님, 부르셨습니까?"

"그래. 심문이 끝났으니 이 여자를 주작대로 데려가라."

이탄은 의자 위에 축 늘어진 용설란을 턱으로 가리켰다.

"넵, 의장님."

주작대원은 용설란의 손발을 묶은 쇳덩어리를 풀어낸 다음, 용설란의 겨드랑이 사이에 자신의 어깨를 끼웠다.

주작대원이 힘을 주자 용설란은 주작대원의 어깨에 반쯤

몸을 걸친 채 침을 주르륵 흘렸다.

이탄이 주작대원에게 몇 마디 주의를 주었다.

"앞으로 더 캐낼 정보가 있을 거다. 그러니까 그 용설란 여자가 죽지 않도록 신경 좀 써."

"넵."

"또한 서로군의 시린이라는 늙은이가 털어놓은 정보와 남로군의 룬메이를 닦달해서 캐낸 정보, 북로군의 흑마법사로부터 얻은 정보, 그리고 용설란의 정보를 서로 교차해서 검증하는 것도 잊지 말고."

"명심하겠습니다."

주작대원이 절도 있게 대답했다.

주작대원이 물러난 뒤, 이탄은 한동안 빈 방에 홀로 앉아 곰곰이 생각을 정리하였다.

시간이 흘러 어둠이 소리 없이 이탄의 어깨에 내려앉았다. 이탄은 어둠에 동화라도 된 듯이 암흑 속에 몸을 파묻었다.

"후우. 제기랄."

미끈한 외모에 팔(八)자 모양으로 콧수염을 기른 중년 사내가 종이를 내려다보면서 깊은 한숨을 내쉬었다.

사내의 정체는 학송.

이공의 절대적인 신임을 받는 1등 공신이자 회양당의 2대 당주인 학송의 얼굴엔 짜증과 초조함이 뒤섞였다.

학송의 손에 들린 종이에는 다음과 같은 내용이 적혀 있었다.

(피해) 7월 19일: 남로군의 거점 가운데 한 곳인 타이베이 스린 야시장의 아지트 폭파. 지부장인 룬메이는 간씨 세가에 의해 체포된 뒤 압송당함.

(피해) 7월 22일: 서아시아 원시림에 위치한 서로군의 총단 궤멸. 시린 대장군은 간씨 세가에 의해서 체포 후 압송당함.

(반격) 8월 3일 오전: 화염의 여제 이채민이 중동에서 카르발의 전사들 격퇴한 뒤, 발렌시드 군벌도 연이어 공격.

(피해) 8월 3일 밤: 몽골 평야의 북로군 아지트 전격 피습. 북로군 소속 마법사 일부가 간씨 세가로 압송됨.

(피해) 8월 10일: 미주 버지니아주에 설치된 천로군의 아지트 폭파. 에디아니 군벌의 세 가문이 기습적으로 출격하여 아지트를 공격함.

(항명) 8월 14일: 화염의 여제 이채민이 어명을

무시한 채 언니인 이수민에게 가버림. 그 후 이채
민은 네 차례에 걸친 어명을 모두 무시함.

(피해) 11월 6일: 제주도 한라산 북쪽 기슭에 점
조직 형태로 설치된 천로군의 목장이 발각을 당함.
화염의 여제 이채민의 호위무사이자 시녀였던 용
설란이 간씨 세가로 붙잡혀 감.

종이에 적힌 내용들 가운데 대부분은 최근에 이공의 조
직이 오대군벌에게 피해를 당한 정황들이었다.

Chapter 5

학송, 즉 학선생은 이 사건들의 글머리에 (피해)라고 굵
은 글씨를 달아서 한눈에 알아보기 쉽도록 표시해 놓았다.
한편 학선생은 이공의 조직이 오대군벌에게 앙갚음해준
사건에는 (반격)이라는 글머리를 달았다.
마지막으로 학선생은 이채민의 반항을 (항명)이라고 명
명했다.
학선생은 자신이 적은 내용을 읽어 내려가다 말고 발작
을 일으켰다.

"으아악! 제기랄. 제기랄. 빌어먹을."

학선생의 눈알이 붉게 달아올랐다.

"간씨 세가 놈들은 대체 우리 조직의 어느 선까지 파고
든 게야? 처음에는 타이베이의 남로군 거점이 털리더니,
그 다음엔 서로군의 비밀기지가 무너졌고, 이어서 북로군
의 아지트까지 박살 났어. 후욱, 후욱, 후욱."

학선생은 신경질적으로 목을 쥐어뜯었다.

"제기랄. 어디 그뿐인가? 간씨 놈들에게만 우리의 뒤가
밟힌 것이라면 그래도 봐줄 만한데, 저 지독한 에디아니 놈
들에게도 들통이 났잖아. 오래 전부터 버지니아에 설치되
어 있던 천로군의 아지트마저 에디아니 놈들에게 작살이
났다고. 씨팔."

70년 전, 대제국 쥬신이 무너질 때 가장 지독하게 쥬신
황족들을 물어뜯은 장본인이 에디아니 군벌이었다. 5개의
군벌들 중에서 에디아니가 쥬신 황실에 대한 원한이 가장
깊었던 까닭이었다.

때문에 학선생은 오대군벌 중에 에디아니를 가장 두려워
했다.

또한 학선생은 오대군벌이 얼마나 무서운 힘을 축적하고
있는지를 잘 알았다. 저 사나운 오대군벌에 비하면 쥬신 제
국의 부활을 꿈꾸는 복원 세력은 말도 못 하게 약세였다.

학선생은 똑똑한 사람이라 이 점을 늘 염두에 두었다.

"어리석은 폐하와 늙은 충신들은 세상 돌아가는 정황도 모르고 쥬신 제국의 복원이 단기간에 가능할 것이라 믿고 있지. 하지만 내 생각은 달라. 쥬신 제국이 실제로 부활하기 위해서는, 다섯 승냥이들, 즉 오대군벌들끼리 서로 물어뜯고 싸우다가 자멸해야만 해. 우리는 오직 어부지리를 노리는 수밖에 없다고."

이렇게 독백한 다음, 학선생은 답답한 듯 가슴을 쥐어뜯었다.

"푸하—. 그래서 내가 평소에 누누이 강조했잖아. 우리가 적들에 비해서 약세니까 하나로 똘똘 뭉쳐야 한다고 여러 차례 폐하께 상소를 올렸잖아. 머리가 뛰어난 나를 중심으로 하여, 내 오른쪽에는 천공안의 이린이 달라붙고, 내 왼쪽에는 화염의 여제 이채민이 붙어서 나의 지휘에 전적으로 따라줘야만 해. 거기에 더해서 이수민과 이소민, 그리고 팔군이 나를 뒷받침을 해줘야 비로소 우리 조직이 오대군벌의 뒤통수를 노려볼 만하다니까. 그런데 이 꼴이 뭐야? 이채민 그년은 어명도 무시하고 이수민의 품으로 들어가 버렸고, 이수민도 제 딸을 내게 보내라는 어명을 개무시한 채 천공안의 권능을 홀로 독점하고 있잖아? 그런데도 멍청한 이공 늙은이는 불효불충한 두 딸년들을 제어하지도 못하고 쩔쩔매기나 하고. 이런 상황에서 용설란 그년까지 간씨 세가에 잡혀가다니. 크아악, 제기랄!"

학선생은 진심으로 화가 났다.

다른 한편으로 학선생은 진심으로 두려웠다.

"용설란 그년만큼은 안 돼. 그년의 입이 잘못 열리기라도 하는 날에는 화염의 여제가 나를 불태워 죽이려 들 거야."

학선생이 마구 도리질을 했다.

용설란은 학선생의 비밀 한 가닥을 쥐고 있는 열쇠였다.

지금으로부터 30년 전, 이공의 곁에는 믿음직스러운 장군 형제가 있었다. 쥬신 제국이 무너지기 이전부터 황실에 절대적인 충성을 바쳐온 목씨 가문의 두 아들들이 바로 그들이었다.

목씨 형제 가운데 형인 목우는 학선생과 오랜 친구 사이였다.

학선생이 이공의 총애를 받는 문신이라면, 목우는 이공의 총애를 받는 무신이었다. 학선생이 책상 앞에 앉아서 전략을 짜는 군사라면, 목우는 호탕하게 말을 달리고 부하들을 독려하여 적을 쳐부수는 용장이었다.

과거 학선생의 부친인 학운철은 자신의 아들인 학송(학

선생)이 뱀처럼 사악하다는 사실을 깨닫고는 학송을 가문에서 내쫓으려고 들었다.

그때 학선생을 대신하여 학운철의 앞에 무릎을 꿇고 용서를 구한 사람이 바로 목우였다.

학운철도 차마 목우의 간청을 저버리지 못하고 학송을 용서했었다.

당시에 학선생은 목우의 손을 꼭 잡고 "목우야, 내 진정한 친구는 너밖에 없구나."라고 말하며 흐느껴 울었다.

하지만 그것은 거짓 울음이었다. 학선생이 목우에게 보여준 눈물은 사실 악어의 눈물에 불과했다.

학선생은 일평생 목우를 질투했다.

'목우만 없었더라면 빌어먹을 아버지가 나를 좀 더 인정해 주었을 텐데.'

'목우만 없었더라면 이공 폐하가 나를 좀 더 믿고 의지할 텐데.'

'목우만 아니라면 모든 궁녀들의 시선이 나에게만 집중되었을 텐데.'

이런 생각들이 학선생의 머릿속을 꽉 사로잡았다.

결국 학선생은 질투심 때문에 오랜 친구인 목우를 적에게 팔아먹었다. 30년 전, 목우가 중독된 상태에서 시베리아의 제왕인 빙제(氷帝) 알렉세이에게 추살을 당한 사건은,

사실 학선생이 뒤에서 계획한 일이었다.

목우가 사망한 이후, 그의 동생인 목운이 죽은 형을 대신하여 동로군을 이끌었다.

학선생은 겉으로는 목운을 친아우처럼 대했다. 하지만 속으로는 목운도 제거할 기회만 엿보았다.

'목운 녀석은 제 형에 대한 정이 남다르지. 만약에 목운이 제 형의 죽음에 얽힌 비밀을 파헤치게 된다면? 그리고 그 배후에 내가 있다는 사실을 알게 된다면? 안 돼! 그럼 내 목숨이 위험해져. 안 되겠어. 목운 녀석도 제 형의 곁으로 보내줘야지.'

학선생은 목우에 이어서 목운도 처단할 계획을 세웠다.

그즈음 목운은 이채민 공주와 교감을 주고받는 사이로 발전했다.

바로 이 점이 학선생의 질투심을 폭발시켰다.

학선생은 이공의 세 딸들에게 모두 눈독을 들였으되, 그 중에서도 가장 성격이 온화하고 외모가 아름다운 이채민에게 마음을 주었다.

'개새끼. 그런데 목운 네놈이 감히 채민 공주를 더럽히려 들어? 내가 너를 아우처럼 아껴주었건만. 뿌드득.'

학선생은 목운을 향해서 이빨을 갈았다.

그러던 중, 충격적인 소식이 학선생의 귀에 들어왔다. 다름 아닌 이채민 공주의 임신 사실이었다.

Chapter 6

"크악! 목운, 그 개놈의 새끼가 드디어 일을 저질렀구나. 그리고 이채민, 너도 더러운 창녀에 지나지 않는구나. 내가 너에게 은애하는 마음을 품고 있었거늘, 더럽게도 다른 사내의 애새끼를 배서 내 심장에 칼을 꽂아? 두고 보자."

학선생은 채민 공주의 임신 사실을 즉각 이공에게 고해 바쳤다. 더불어서 학선생은 이공에게 거짓말을 하나 덧붙였다.

"폐하, 소신이 읽은 옛 고서에 따르면 다음과 같은 글귀가 있사옵니다. 쥬신의 열성조들과 맹약을 맺었던 위대한 존재들은 고고하기 이를 데 없어서 부정한 자와는 상종도 하지 않는다고 하였습니다."

"허어, 그런 글귀가 있던가?"

이공이 말귀를 알아듣지 못하고 눈을 껌뻑거렸다.

학선생이 딱 잘라 아뢰었다.

"당연히 있사옵니다. 소신이 어찌 폐하께 거짓을 고하리까."

"크허험. 그렇지. 학선생이 고에게 거짓말을 할 리가 없지."

이공은 학선생을 전적으로 믿었다.

학선생은 이공 앞에 넙죽 엎드려 열변을 토했다.

"마침 채민 마마께서는 수호룡과 맹약을 맺을 수 있을 만큼 마법에 뛰어난 재능을 타고나셨습니다. 이는 채민 마마의 공이 아니옵고, 모두 다 열성조께서 폐하와 사직을 돌보기 때문입니다."

"암. 그렇지. 그건 학선생의 말이 맞네."

이공이 고개를 주억거렸다.

"폐하, 채민 마마께서는 요새 쥬신의 옛 황릉들을 찾아다니며 수호룡과 맹약을 맺으려고 노력 중이시지 않습니까? 그런데 그만 채민 마마께서 부정한 일을 저질러 혼전에 아기씨를 배었으니 이를 어쩌면 좋사옵니까? 만약에 채민 마마께서 저지른 부정한 짓 때문에 위대한 수호룡이 채민 마마와의 맹약을 거부하면 어떻게 하옵니까? 그럼 아군의 사기를 어찌 높일 수 있으리까. 또한 폐하께서 열망하시는 쥬신 제국의 부활은 또 어찌 되오리까. 소신은 이 점을 생각하면 밤에 잠이 오지 않습니다. 크흑."

학선생이 뱀 같은 혀를 놀렸다.

이공이 비록 머리가 영민하지 못하다고 하나, 그래도 학선생의 말을 알아들을 정도는 되었다.

* 둘째 딸이 수호룡과 맹약에 성공 =〉아군의 사기 충천 =〉쥬신 제국의 부활 =〉만세!
* 둘째 딸이 부정한 임신 때문에 수호룡과 맹약에 실패 =〉아군의 사기 저하 =〉쥬신 제국의 부활 실패 =〉개망함.

이 두 가지 경우에 대한 시나리오가 이공의 머릿속에서 파노라마처럼 흘러갔다.

"이런!"

이공이 두 주먹을 불끈 쥐고 옥좌를 박찼다. 쥬신 제국의 부활이 물거품이 될 수 있다는 소리에 이공은 눈알이 뒤집혔다.

"그건 안 되지. 절대 안 될 말이지. 학선생, 당장 대책을 마련하시오. 당장!"

"예, 폐하. 소신이 이미 해결책을 준비했나이다. 채민 마마의 부정함을 덮어서 없던 일로 만들 계책이 소신의 꾀주머니에 들어 있나이다."

학선생은 손가락으로 자신의 머리를 가리키며 히죽히죽 웃었다.

그 뒤는 모두 학선생의 계략대로 진행되었다.

이공은 이채민의 심복인 용설란을 따로 불러서 지엄한 어명을 내렸다.

용설란은 원래 이채민에게 해가 될 일이라면 절대로 하지 않는 충성스러운 호위무사였다. 그런 용설란도 이공의 어명을 듣자 마음이 흔들렸다.

이채민이 잉태한 아기씨 .VS. 쥬신 제국의 부활
이채민이 잉태한 아기씨 .VS. 수호룡과의 맹약

용설란은 마음속으로 이것들을 비교하기 시작했다.

용설란은 평소에 이채민이 얼마나 수호룡과 계약을 맺고 싶어 하는지 잘 알았다. 용설란은 평소에 이채민이 얼마나 쥬신 제국의 부활을 염원하고 있는지도 잘 알았다.

"아아아. 과연 어느 길이 공주마마께 보탬이 되는 것일까? 내가 어찌해야 하나?"

용설란이 갈등했다.

그때 학선생이 직접 용설란을 찾아와 설득했다.

용설란은 평범한 호위무사가 아니었다. 용설란의 부친은 팔군 가운데 천로군을 이끄는 대장군이었다.

그런 만큼 용설란의 뇌리에는 충효사상이 꽉 틀어박혀

있었다. 학선생은 용설란에게 '충'과 '효'를 들먹였다.

"충과 효는 용설란 그대에게만 중요한 것이 아니고, 채민 공주마마에게 더더욱 중요한 덕목이오. 그대가 이 점을 명심한다면 어떤 선택이 채민 마마를 진심으로 위하는 길인지 판단이 설게요."

학선생이 용설란의 귓가에 대고 뱀과 같은 혓바닥을 놀렸다.

용설란이 학선생의 감언이설에 넘어갔다.

그날 저녁, 이공은 목운 대장군에게 스스로 폐인이 되라는 어명을 내렸다. 다음과 같은 어명이 종이에 적혀 목운에게 전달되었다.

　　네가 감히 제국의 공주에게 불경한 일을 저질렀
　　으니 그 죄를 스스로 갚아라. 그것만이 충성스러운
　　너의 가문에 먹칠을 하지 않는 길이리라.

학선생이 직접 목운을 찾아와 어명을 전했다.

목운도 이채민 공주가 임신을 한 사실을 알고 있었다. 목운은 크게 억울하다고 느꼈으나, 아무런 변명도 하지 못했다. 목운이 변명을 하면 사랑하는 사람(이채민)에게 더 큰

비난이 돌아가기 때문이었다.

어리석은 목씨 가문의 장로들은 학선생의 계략에 빠져서 목운을 압박했다. 목운을 향한 부하들의 눈빛도 불신과 불만으로 가득했다.

목운은 결국 스스로 무공을 폐하고 폐인이 되었다.

학선생은 그런 목운에게 어명이라며 곤장을 쳤다.

사실 목운에게 곤장을 치라는 어명은 없었다. 이것은 학선생이 독단적으로 저지른 짓이었다.

'네가 감히 채민 마마에게 더러운 씨를 뿌려? 뿌드득. 내 너를 가만두지 않으리라.'

학선생이 속으로 이빨을 갈았다.

Chapter 7

무공과 마나가 모두 사라진 상태에서 곤장을 맞은 결과는 가혹했다. 목운은 평생 발을 저는 절름발이가 되었다. 게다가 곤장 한 방이 상체로 떨어지는 바람에 목운은 한쪽 팔까지 못 쓰게 되었다.

목운은 그 충격으로 시름시름 앓다가 결국 머리까지 이상해져 버렸다.

학선생은 반푼이 병신이 된 목운을 머나먼 외지, 즉 간씨 세가가 다스리는 대도시의 빈민가에 내다버렸다.

그로부터 몇 개월 뒤, 이채민이 아들을 낳았다.

그 아이가 바로 이탄이었다.

용설란은 이탄이 태어나자마자 그를 납치하여 사라졌다. 용설란이 이탄을 데리고 찾아간 곳은 목운의 곁이었다.

사실 용설란은 오래 전부터 목운에게 연정을 품고 있었다.

그동안은 이채민이 목운과 사귀고 있었기에 용설란은 자신의 속마음을 드러내지 못하였다. 그래도 용설란의 마음 속 깊은 곳에는 늘 목운이 자리를 차지했다.

"이래서는 안 돼. 내가 이래서는 안 된다고."

용설란은 이렇게 다짐을 하면서도 목운의 곁을 떠나지 못했다.

폐인이 된 이후, 목운은 알콜중독자로 전락했다. 용설란은 목운이 술에 취해 정신이 흐려진 틈을 타서 그와 동침을 했다.

얼마 후, 용설란과 목운 사이에 아이가 생겼다.

하늘이 벌을 내린 것일까?

아니면 목운이 알콜에 중독된 탓이었을까?

안타깝게도 용설란의 아이는 죽은 채로 태어났다.

모든 어미가 다 그러하듯이 용설란도 모정이 강했다. 그런 용설란에게 자식을 잃은 충격은 하늘이 무너지는 듯이 지대했다.

용설란은 갑자기 남편이 꼴도 보기 싫어졌다. 그녀는 어린 이탄에게도 원망의 화살을 돌렸다.

'이 둘 때문에 내 아이가 죽었어. 이들이 내 아이를 죽인 셈이라고.'

목운은 용설란과 부부처럼 살면서도 이채민을 잊지 못했다. 용설란은 그 모습이 너무나도 꼴 보기 싫었다.

이탄도 자라면서 점점 쥬신 황실의 황족들을 닮아갔다. 특히 이탄의 얼굴에서는 이채민의 고귀한 모습이 엿보이는 것 같았다.

용설란은 그 꼴도 보기 역겨웠다.

결국 용설란은 몇 년 만에 부친에게 연락을 취했다. 용설란의 아버지인 천로군의 대장군은 즉각 용설란에게 부하를 보내주었다.

용설란은 부친이 보낸 사람을 따라서 아시아를 떠났다. 그리곤 천로군의 아지트가 자리한 버지니아로 가서 한동안 머물렀다.

한데 용설란의 마음이 바뀌었다.

'이건 아니야. 내가 잘못 했어. 죽은 아이 때문에 이탄

아기씨를 미워하는 것은 절대로 옳지 않아. 채민 마마에 대한 질투심 때문에 목운 대장군님을 원망하는 것도 내 잘못이라고. 돌아가야 해. 나는 가족에게 다시 돌아갈 거야.'

용설란은 홀로 버지니아를 떠나서 아시아로 돌아왔다.

처음에 용설란은 목운과 이탄의 곁으로 곧장 돌아오려 했다.

그런데 중간에 마음이 바뀌었다. 혹시라도 부친에게 행적이 들킬까 우려해서였다. 용설란은 사천성을 거친 뒤, 돌고 돌아서 자신의 보금자리로 돌아왔다. 그리곤 엄청난 사태를 발견하고는 반쯤 넋을 잃었다.

용설란이 자리를 비운 사이, 목운은 술에 취해서 집에 불을 내었다. 그 화재로 인하여 어린 이탄은 얼굴과 몸에 큰 화상을 입었다.

화재 사건 이후로 목운의 알콜 의존도는 더 높아졌다.

이듬해, 목운은 어린 이탄을 간씨 세가의 실험체로 팔아넘겼다. 아마도 술김에 저지른 짓 같았다.

그 후 목운은 깊은 자책감에 시달리다가 노름에 빠져들었다. 결국 목운은 노름판에서 외지인과 시비가 붙어 죽었다.

몇 년 만에 집으로 돌아온 용설란이 이 참사를 알게 되었다. 용설란은 기가 막힌 사태에 어찌할 바를 몰랐다.

그렇다고 용설란이 적진 한복판에 쳐들어가서 깽판을 칠 수도 없는 노릇이었다. 용설란은 목운의 복수를 할 수도, 혹은 이탄 아기씨를 간씨 세가의 탑에서 되찾아 오지도 못했다.

용설란은 한동안 마음의 갈피를 잡지 못했다. 그러다가 결국 빈민가를 떠나서 제주도에 정착했다.

마침 제주도에는 목장으로 위장한 천로군의 아지트가 세워져 있었다. 용설란은 부친의 허락을 받아서 제주에서 새로운 삶을 시작했다.

용설란은 지금까지 살아오면서 정말 많은 오류를 범했다.

첫째, 이채민의 아들을 납치한 오류.

둘째, 이채민의 약혼자인 목운을 사모하여 그와 동침을 한 오류.

셋째, 자신의 아이를 잃게 되자 그 원망을 목운과 이탄에게 쏟아부은 오류.

넷째, 알콜에 중독되어 판단이 흐려진 목운과 어린 이탄을 간씨 세가 근처에 내팽개친 채 혼자 버지니아로 떠나버린 오류.

용설란은 이와 같은 오류들을 반복하여 저질렀다.

그리고 용설란이 오류를 저지를 때마다 이를 옆에서 부추긴 독사가 있었으니, 그가 바로 학선생이었다.

학선생은 주기적으로 용설란에게 편지를 보내 그녀의 결정에 지대한 영향을 미쳤다. 학선생은 스스로 저지른 짓을 잘 알았다.

'이거 큰일이로다.'

옛말에 이르기를 도둑이 제 발 저리다고 하였다. 학선생은 제 발이 저려서 발만 동동 굴렀다.

'용설란이 간씨 세가에 붙잡혀 갔으니 이 일을 어쩐단 말인가? 그녀의 입에서 무슨 말이 나올지 모르지 않은가. 나는 지금 남문주의 이름을 팔아서 간씨 세가에 접근 중인데, 만약 간씨 놈들이 용설란을 통해서 나에 대한 정보를 캐내면 어떻게 하지? 설령 간씨 세가가 나에 대해서 모른다고 하더라도, 용설란이 털어놓은 이야기가 이공 폐하나 이수민, 이채민 자매의 귀에 들어갈 수도 있잖아. 허억! 이걸 어떻게 수습하지?'

학선생은 전자도 걱정이었지만, 후자에 대한 우려도 그에 못지않게 컸다.

사실 적에게 포로로 붙잡힌 용설란이 20년 전의 일을 폭로한들, 그 이야기가 이공이나 이수민, 이채민 자매의 귀에 들어갈 확률은 거의 없었다. 천공안의 소유자인 이린이 이 세상에 존재하지 않는다면 말이다.

"빌어먹을. 그놈의 이린이 문제야. 그년이 천공안으로
용설란의 폭로 장면을 읽어내게 된다면? 그리고 그것을 이
채민이 알게 된다면? 으으윽. 그러면 이채민은 이공 늙은
이의 만류도 듣지 않고 무조건 나를 불태워 죽이려 들 게
아닌가."

학선생은 안절부절못했다.

Chapter 8

학선생이 불안감에서 벗어날 방법은 단 세 가지뿐이었
다.

첫째, 용설란이 아무런 폭로도 하지 못하고 그냥 죽어버
리는 경우.

둘째, 이린의 천공안에 문제가 생겨서 아무런 정보도 읽
지 못하는 경우.

셋째, 쥬신 제국의 복원 세력이 엄청나게 바빠져서 그 누
구도 이번 일에 신경을 쓰지 못하는 경우.

이 가운데 첫 번째는 불가능했다.

"쳇. 내 마음 같아서는 간씨 세가의 감옥에 직접 침투하

여 용설란 그년을 독살이라도 하고 싶네."

이것이 학선생의 솔직한 마음이었다.

하지만 이것은 불가능했다.

학선생은 세상 그 무엇보다도 자신의 목숨을 아꼈다. 그런 학선생이 아무런 대책도 없이 간씨 세가에 침투한다?

이건 말이 되지 않았다. 학선생은 천하의 겁쟁이였다. 겁쟁이 중의 겁쟁이였다.

두 번째 경우도 불가능하기는 마찬가지였다.

물론 최근에 이린의 천공안에 문제가 생긴 것은 사실이었다.

"그래 봤자 당분간만 시간을 벌었을 뿐이지. 이린의 천공안은 조만간 다시 회복될 가능성이 커. 크으윽. 내가 이래서 하루빨리 이린을 내 손에 넣고 싶어 했던 것인데. 빌어먹을 이수민 년이 어명도 무시하고 이린을 품에서 내주지 않을 줄이야. 크으윽."

결국 학선생이 선택할 수 있는 방도는 세 번째 경우뿐이었다.

"젠장. 폐하, 이 어리석은 늙은이야. 나를 원망하지 말라고. 내가 살기 위해서는 쥬신 제국의 부활을 꿈꾸는 자들이 정신없이 바빠져야만 해. 특히 이채민과 이수민, 이린 등이 눈코 뜰 새 없이 바빠져야만 내가 살 수 있다고. 크으윽."

학선생은 어금니를 꽉 물었다.

학선생이 가장 우려하는 상대는 3명의 여인이었다.

첫째, 팔군 병력을 뒤에서 좌지우지하는 카리스마의 이수민.

둘째, 세상만사를 꿰뚫어보는 천공안의 소유자 이린.

셋째, 마법의 최고봉인 화염의 여제 이채민.

학선생이 판단하기에 이들 3명의 여인이 용설란의 납치 사건에 신경을 쓰지 못하게 만들려면 방법이 하나밖에 없었다.

"안 되겠어. 팔군이 주둔한 위치를 지도에 표시해서 간씨 세가나 발렌시드 같은 곳에 몰래 넘겨줘야겠다."

학선생의 입에서 충격적인 소리가 튀어나왔다. 학선생은 자신의 안녕을 위해서 조직의 뼈대를 적에게 팔아넘기는 비열한 행동도 서슴지 않기로 작정했다.

학선생이 계속해서 중얼거렸다.

"평소라면 군사 지도를 적에게 팔아넘기는 행동이 불가능했겠지. 조직의 안녕과 관련된 일이면 무조건 천공안에 걸릴 테니까 말이야. 하지만 지금은 이린의 천공안에 문제가 생겼잖아? 그러니까 내 행동이 들키지 않을 게야. 천공안이 회복되기 전에 최대한 일을 서둘러야겠어."

학선생은 이 대목에서 잠시 멈칫했다.

'과연 팔군이 주둔한 위치를 적에게 넘겨주는 것만으로 충분할까? 그 정도면 세 여인이 용설란의 사건에 관심을 두지 못할까?'

학선생은 잠시 이 점을 고민해 보았다.

"아무래도 불안해. 최소한 이채민은 용설란의 일이라면 만사 제쳐놓고 나설 게야. 그러니까 더 큰 것을 터뜨려야 해."

학선생은 한발 더 나가기로 결심을 굳혔다.

"3명의 쌍년들을 정신 못 차리게 만들려면 단지 팔군의 위치를 적에게 노출하는 것만으로는 안 돼. 천공안이 최우선적으로 신경을 쓸 수밖에 없는 그런 일을 터뜨려야 한다고. 이린 년의 권능이 다시 회복되기 전에 초대형 사건을 터뜨릴 수밖에 없어."

이린이 최우선적으로 신경을 쓸 수밖에 없는 초대형 사건.

세상에 그런 사건은 많지 않았다.

학선생은 독한 결심을 했다.

"현재 이수민이 머물고 있는 곳! 그리고 이공 늙은이와 이택민이 숨어 있는 장소! 이곳들도 오대군벌에 까발려야겠어."

그럼 오대군벌의 승냥이들은 눈에 불을 켜고 이수민과

이공, 이택민을 공격할 것이다. 학선생은 열심히 짱구를 굴렸다.

"큭큭큭. 상황이 그렇게까지 커졌는데 3명의 쌍년들이 어쩌겠어? 그년들은 더 이상 용설란에게 신경을 쓰지 못할 게야. 큭큭큭큭."

그러다 학선생이 무릎을 탁 쳤다.

"옳거니. 이왕에 까발리는 거, 이참에 이걸 지렛대로 삼아서 간씨 세가와 협상이나 해봐야겠다. 특히 이공과 이택민의 위치를 알려준다면 간씨 세가에서 나에게 융숭한 대접을 해 줄 가능성이 높아. 우후훗. 나는 어쩌면 이렇게 머리가 좋을까? 크큭큭큭."

학선생의 입에서 잔뜩 비틀린 웃음이 튀어나왔다.

이탄은 용설란을 붙잡은 뒤에도 이틀간 더 제주도에 머물렀다.

서원평이 이끄는 백호대는 용설란의 주변 인물들을 깡그리 붙잡아 주작대로 넘겼다. 평범한 목장으로 위장한 유령조직의 아지트는 백호대원들의 손에 의해서 센티미터 단위로 해체되었다.

11월 8일.

이탄이 뒷일을 백호대와 주작대에 넘기고 세가로 복귀했

다.

간씨 세가의 원로원주인 남충주가 기다렸다는 듯이 이탄을 찾아왔다.

남충주는 간철호의 직계들을 제외하면 가장 높은 자리에 오른 거물급 인사였다. 남충주는 단지 원로원주라는 지위만 가진 것이 아니었다. 그는 이미 오래 전에 자신의 딸 남서윤을 간철호에게 시집보냈다.

간철호의 첫 번째 부인인 남서윤은 남편과의 사이에 간민수와 간희주 남매를 두었다.

다시 말해서 남충주는 개인적으로 간철호의 장인어른이자 간씨 세가 후계자들의 외조부인 셈이었다.

그렇다고 해서 남충주의 권력이 절대적이냐?

이건 또 아니었다. 간철호는 친자식에게도 권력을 나눠줄 사람이 아니었다. 하물며 장인은 말할 것도 없었다. 사실 간철호와 남충주 사이의 관계는 사위와 장인이라기보다는 주군과 신하에 가까웠다.

원로원주의 방문에 이서현이 차를 내왔다.

이서현은 간철호가 곁에 두고 부리는 시녀로, 아직 나이는 어렸지만 쥬신 황실의 방계 출신답게 기품이 넘쳤다.

찻잔에 김이 모락모락 나는 차를 따른 뒤, 이서현은 뒷걸음질로 방에서 물러났다.

이탄은 이서현이 완전히 자리를 뜨기를 기다렸다가 남충주에게 빙그레 미소를 보냈다.

제2화
20년 전 IV

Chapter 1

이탄이 먼저 운을 띄웠다.

"원로원주가 나를 또 찾아온 것을 보니 남문주에게서 연락이 왔나 보구려."

"허허헛. 의장님의 말씀대로입니다. 문주 녀석이 제게 또 편지를 보냈지 뭡니까. 허허."

남충주는 손으로 수염을 쓸어내린 다음, 품에서 편지 한 통을 꺼내어 탁자에 올려놓았다. 이것은 남충주의 팔촌 동생뻘인 남문주가 보낸 밀서였다.

"어디 한번 봅시다."

이탄은 밀봉을 부욱 뜯어 편지의 내용을 읽었다.

전에도 그랬지만 이번에도 남문주의 편지—이것이 진짜 남문주가 보낸 것인지는 아직 의문이지만—는 단어 몇 개로만 구성되었다.

내용은 다음과 같았다.

상황 급박.

긴급 구조 요청.

군 거점 지도 확보.

혼군의 궁 위치 탐색 중.

진짜로 상황이 급박한 것인지, 아니면 일부러 그런 분위기를 연출하려는 의도인지, 남문주(?)의 편지는 급하게 휘갈겨 쓴 흔적이 역력했다.

이탄은 상대가 보낸 편지의 내용을 곰곰이 곱씹어 보았다.

'상황이 급박하다고? 군의 거점 지도도 이미 확보했다고? 아마도 군의 거점이라는 것은 유령조직의 핵심무력인 팔군의 거점을 의미하는 것이겠지.'

이것만 해도 상당히 중요한 정보였다.

'그렇다면 혼군의 궁은 또 무엇일까?'

이탄이 고개를 갸웃했다.

'혼군이라면 어리석은 군주라는 뜻이잖아. 그 어리석은 군주가 머무는 궁이라고? 설마 이자가 이공의 위치까지 발설하려나?'

번쩍!

이탄의 눈에 찬란한 빛이 차올랐다.

"헙? 의장님."

남충주는 감히 이탄의 태양과도 같은 눈빛을 감당하지 못하고 황급히 머리를 조아렸다. 남충주의 앞에서 이탄의 기세가 증발하는 수증기처럼 뭉게뭉게 피어올랐다.

결론적으로 말해서 학선생의 의도는 이루어지지 않았다. 이탄이 학선생의 제안을 받아들이지 않았기 때문이다.

이탄은 깃털로 장식한 펜을 들어 답장을 써내려 갔다. 그런 다음 이탄은 답장을 밀봉하여 남충주에게 건넸다.

"이걸 상대에게 보내주시구려. 그런 다음 저쪽에서 어떻게 나오는지 한번 봅시다."

"네, 의장님."

원로원주 남충주는 이탄의 답장을 소중히 품에 넣고는 자리에서 물러났다. 그 답장 안에는 다음과 같은 내용이 적혀 있었다.

들어라.

지금으로부터 70여 년 전, 너희 회양당 패거리는 혼군 이유을 부추겨 무고한 충신들을 핍박하였다.

또한 너희는 혼군으로 하여금 멀쩡한 아녀자들을 희롱케 만들어 그녀들을 자결로 몰아넣었으며, 세상을 지옥으로 만들었던 최악의 버러지들이다.

탕아 남문주여,

또한 남문주의 배후에 있는 미래를 읽는 자여.

너희가 한때 저질렀던 어리석은 행동을 이제 와 후회하느냐? 지금이라도 쥬신의 잔당들 편에 섰던 오류를 바로잡고 싶으냐?

그렇다면 지루한 협상을 할 필요 없다. 나는 너희를 너그럽게 품어줄 아량이 있으니 그냥 맨몸으로 내게 오라. 그럼 내가 너희에게 가마를 보내 맞으마.

수수께끼 같은 편지는 더 이상 필요 없다. 그동안 우리가 편지를 몇 차례 주고받은 것이면 충분하다.

네가 내게 제공하겠다는 자료들도 별 의미가 없다.

나는 이미 쥬신의 잔당들이 8개의 군단으로 이

루어졌다는 사실을 알고 있으며, 팔군의 정확한 거점도 파악하고 있느니라.

내 말이 의심되면 어디 한번 네가 가진 권능을 이용하여 미래를 읽어보려무나. 그러면 가까운 미래에 팔군의 거점들이 와르르 허물어지는 장면을 목격하게 될 것이며, 그 붕괴의 현장에 내가 우뚝 서 있는 장면도 살펴볼 수 있을 것이다.

또한 너는 미래를 읽어 이공의 미래를 탐색해보아라. 내가 장담하건대, 이공과 그의 아들 이택민의 미래는 참참한 암흑뿐이리라.

쥬신의 이름을 팔아먹고 사는 사기꾼들은 혼군 이윤의 사생아를 어느 시골구석에서 찾아내어 옥좌에 앉힌 다음, 그 사생아를 꼭두각시로 만들어 뒤에서 조종하고 있겠지.

하지만 이공이 앉은 옥좌가 어디 진짜 옥좌이겠느냐. 세상을 다스리는 자가 앉은 의자가 곧 옥좌일 텐데, 이공이나 이택민이 세상을 호령할 수 있겠느냐?

그러니 너는 굳이 편지에 쓴 것처럼 이공의 위치를 파악해 내게 알려주려고 애쓸 필요가 없느니라.

이공의 목숨은 내 호주머니 속에 든 공과도 같아

서, 내가 원하면 언제든지 그 공을 꺼내어 이공의
목을 취할 수 있음이다.

너는 미래를 읽는 자라 자부하였으니 이공의 곁
에 이미 나의 사람들이 침투하여 포진해 있음을 스
스로 알 것이다.

가까운 미래에 내가 이택민의 잘린 머리를 한 손
에 들고서 벌벌 떠는 이공의 등짝 위에 앉아 있는
모습을 네가 볼 수도 있을 것이다.

하니 너는 굳이 쓸모없는 자료들로 나와 협상을
하려들 이유가 없다. 너는 그냥 맨몸으로 내 앞에
나와 머리를 숙여라. 그러면 내가 너의 쓸모를 판
단하여 네가 있어야 할 자리에 너를 앉혀주마.

11월 8일,

간철호 씀

이탄의 답장은 곧 학선생의 손에 쥐어졌다.

"이이이익."

학선생이 볼살을 푸들푸들 떨었다. 편지지를 움켜쥔 학
선생의 손등에는 힘줄이 잔뜩 불거졌다. 학선생의 눈에는
핏발이 곤두섰다.

"간철호, 이 미친 새끼가 진짜!"

학선생은 처음에 간철호에 대한 분노로 눈이 뒤집혔다.

하지만 조금 시간이 지나자 학선생의 가슴 속에서 분노가 가라앉았다. 대신 서늘한 공포가 스멀스멀 차올랐다.

"다 알고 있었어. 간철호 이 새끼는 모든 것을 다 알고 있었다고. 우리 조직이 8개의 군단으로 이루어져 있다는 사실. 폐하의 용명이 이공이라는 사실. 태자저하가 이택민이라는 사실. 이런 것들을 죄다 파악하고 있었다고. 으으으윽. 어떻게 이럴 수가 있지?"

공포스러운 것은 그것만이 아니었다. 학선생이 간철호(이탄)의 답장을 곱씹어 읽어보면 볼수록 묘한 뉘앙스가 느껴졌다.

'네가 진짜로 미래를 읽을 수 있느냐?'

간철호는 학선생에게 이렇게 묻고 있는 듯했다.

"간철호는 천공안의 존재, 아니 나를 의심하고 있구나. 하긴, 지금까지 내가 간씨 세가에 수수께끼처럼 던져준 단서들은 반드시 미래를 읽어야 알 수 있는 정보들은 아니지. 더군다나 간철호가 우리 조직에 첩자를 심어둔 게 사실이라면? 그럼 그자는 지금까지 내가 던져준 단서들을 이미 파악하고 있었을 게야. 우으으."

학선생은 신경질적으로 자신의 머리를 긁었다. 그런 다음 한 손에 편지지를 구겨 쥔 채 초조하게 방 안을 서성거렸다.

"간철호의 답장에 적힌 내용이 사실일까? 간씨 세가가 진짜로 이공 폐하의 주변에 첩자들을 침투시켜 놓았을까? 만약 그게 사실이라면 큰일이 아닌가. 나는 앞으로 우리 조직과 간씨 세가 사이를 오가면서 박쥐처럼 양쪽에서 꿀을 빨 계획이었는데, 간철호가 나 말고도 다른 첩자를 부린다면 내 가치가 형편없이 떨어지잖아."

학선생은 이 급박한 와중에도 자신의 가치가 떨어질까 봐 걱정했다.

Chapter 2

학선생이 대놓고 투덜거렸다.

"빌어먹을. 돌아가는 상황을 보아하니 내가 간철호와 협상을 잘해서 꿀을 빨 가능성은 없어 보이는구나. 내가 진짜로 천공안의 주인이라면 간철호도 나를 잘 대우해주겠으나, 지금의 나는 그놈에게 아무런 가치도 없겠지. 젠장."

문제는 학선생이 간씨 세가와의 협상을 포기할 수 없다는 점이었다.

학선생이 판단키에 쥬신 제국의 복원 세력은 이미 바닥

에 구멍이 뚫린 선박 신세였다. 오대군벌, 특히 간씨 세가가 쥬신의 복원 세력에 대해서 속속들이 꿰뚫고 있는 이상, 이공의 꿈은 이미 시궁창에 버려진 폐품이나 마찬가지였다.

"간씨 놈들 말고 다른 군벌과 한번 협상을 해볼까? 유럽의 발렌시드라면 나의 가치를 높게 평가해주지 않을까?"

학선생은 열심히 머리를 굴렸다.

그런데 발렌시드 군벌과 접촉할 방법이 마땅치 않았다. 아프리카의 카르발 군벌이나 시베리아의 코로니 군벌도 접촉이 어렵기는 마찬가지였다. 그런 곳들을 함부로 기웃거렸다가는 당장 학선생의 목이 잘릴 판이었다.

또한 미주 지역을 지배하는 에디아니 군벌은 처음부터 학선생의 협상 대상이 못 되었다.

"에디아니, 그 미친놈들은 쥬신의 '쥬' 자만 보아도 경기를 일으키는 자들이 아니던가. 그놈들은 내 편지를 받자마자 당장 나를 찾아 목부터 베려고 들겠지? 그 꽉 막힌 놈들에게는 전혀 씨알이 먹히지 않아. 제기랄. 이게 다 선대황제인 이윤이 아랫도리를 함부로 놀린 탓이라고. 크으윽."

학선생이 발을 쾅 굴렀다.

학선생의 독백은 사실이었다.

실제로 70년 전 이윤이 오대군벌의 압박을 받아서 반강제로 자결을 했을 때, 에디아니의 선봉장이었던 안토니오 말레우스는 이윤의 남근을 썽둥 잘라 황궁 문에 걸어놓았다. 그만큼 안토니오의 복수심은 컸다.

사실 이러한 복수심의 원인은 모두 이윤이 제공했다. 쥬신 제국의 마지막 황제인 이윤이 에디아니 군벌의 여인들을 처참하게 농락한 탓이었다.

게다가 에디아니 군벌만 원한이 깊은 게 아니었다. 간씨 세가나 발렌시드, 코로니, 그리고 카르발도 쥬신 제국의 마지막 황제에게 맺힌 바가 많았다.

쫘악—.

학선생이 손으로 자신의 두 뺨을 후려쳤다.

"아니지. 지금 와서 옛일을 들먹여봤자 무슨 소용이 있겠어? 우선 간씨 놈들과 줄다리기를 하는 것은 잠시 뒤로 미뤄야겠다. 간철호 새끼가 내 패를 받아주지 않으니 더 이상의 협상은 무의미해."

학선생은 일단 마음을 정리했다.

그렇다고 하여 학선생이 간씨 세가에 대한 희망의 끈을 아주 놓아버린 것은 또 아니었다. 학선생은 남문주를 이용하여 간씨 세가와 연락은 계속할 요량이었다. 어쩌면 이것은 학선생에게는 최후의 보루 같은 것이었다.

"최악의 경우, 간철호에게 투항하여 내 목숨만이라도 건져야지. 간씨 놈들에게 융숭한 대접을 받지 못하는 한이 있더라도 내 목숨이 더 중요하니까."

학선생은 간철호(이탄)가 보내준 답장을 다시 잘 펴서 품에 간직했다. 어쩌면 이 편지가 학선생의 구명줄이 될지도 몰랐다.

비록 학선생의 의도는 무산되었지만, 그래도 그가 가장 우려했던 바는 해결이 된 것 같아 마음이 놓였다.

"간철호, 그 독사 새끼가 팔군에 대해서 빠삭하게 꿰뚫고 있는 것 같아. 게다가 그는 이공 폐하의 곁에도 첩자들도 이미 침투시켰다고 했지? 그렇다면 이린이나 이수민, 이채민이 내 뒤를 캘 여력은 없겠네. 큭큭큭."

학선생은 한시름 덜었다는 표정으로 입술을 씰룩거렸다.

"큭큭. 조만간 간씨 놈들이 이공 폐하께 무차별 폭격을 퍼붓겠지? 그럼 다들 정신 못 차릴 것이 아닌가. 옳거니! 나는 이때를 노려서 재물이나 크게 한 탕 빼돌려야 하겠구나. 나중에 내 노후를 위해서 비자금이나 잔뜩 마련해 둬야겠다."

솔직히 유령조직이 소유한 재물은 어마어마했다. 지난 70년 동안 유령조직은 쥬신 제국의 숨겨진 황릉과 비밀보고들을 발굴하면서 무수히 많은 보화를 손에 넣었다.

학선생은 바로 그 보화에 눈독을 들였다.

"후후훗. 간씨 놈들이 이공 늙은이를 폭격하는 동안, 나는 이공의 재물을 내 몫으로 돌려놓아야지. 큭큭큭. 역시 사람이 죽으라는 법은 없는 게야."

학선생은 오늘도 참 열심히 머리를 굴렸다.

안타깝게도 학선생의 예측은 또 어긋났다.

원래 학선생은 간철호가 이공을 향해서 총공세를 퍼부을 것이고, 그로 인해 용설란의 납치 사건은 유야무야 묻힐 것이라 여겼다. 학선생은 그 어지러운 틈을 노려서 이공의 보화들을 빼돌릴 계획이었다.

그런데 학선생의 야심만만한 계획이 어그러졌다. 이탄이 이공의 세력들을 그냥 내버려 두었기 때문이다.

대신 화염의 여제 이채민이 용설란을 구하기 위해 출격했다. 학선생의 입장에서는 미치고 팔짝 뛸 노릇이었다.

Chapter 3

학선생의 계획이 꼬인 이유는 최근 제주도의 천로군 병사들이 상부에 올린 급보 때문이었다.

＊ 간씨 세가 놈들이 제주도의 천로군 아지트를
공격했습니다.

＊ 대장군님의 혈육인 용설란 님이 간씨 놈들에
게 끌려갔습니다.

이상이 급보에 적힌 내용이었다.

천로군의 총사령관인 용성은 딸의 납치 소식을 이공과
이수민에게 알렸다. 그 이야기가 다시 한 다리를 거쳐서 이
채민의 귀에 들어갔다.

"뭣? 간씨 놈들이 설란이를 잡아갔다고?"

이채민은 소식을 듣자마자 앞뒤 가리지 않고 출격했다.

이수민이 동생을 말리려 했으나 이미 때는 늦었다. 이채
민은 이미 불의 수호룡을 타고 하늘로 날아오른 뒤였다.

결국 이수민은 이 사실을 딸에게 전했다.

이린이 가진 천공안의 권능은 아직 다 회복되지 않은 상
태였다. 그럼에도 이린은 억지로 기운을 쥐어짜기 시작했
다.

'용설란의 정확한 위치와 몸 상태를 파악하지 못하면 채
민 이모님이 위험해진다. 내가 무리를 해서라도 천공안을
사용해야 해.'

이린은 채민 이모를 위하는 마음으로 천공안을 열 준비

를 했다.

다만 이린이 천공안을 사용하려면 주술사 노파들의 도움이 필요했다. 이린은 당장 노파들부터 불러 모았다.

안타깝게도 노파들 중에는 학선생의 끄나풀이 존재했다.

이뿐만이 아니라 이수민의 주변에도 학선생이 심어놓은 끄나풀들이 몇 명 있었다.

심복들은 이채민의 출격 소식과 이린이 천공안을 개방할 준비를 한다는 사실을 학선생에게 전달했다.

"이런 망할!"

학선생은 뒷목부터 잡았다.

하필 학선생은 이공의 곁을 떠나 간씨 세가의 관할구역으로 들어온 상태였다.

학선생은 얼마 전 이공의 발밑에 바짝 엎드려 "폐하, 소신이 직접 간씨 세가를 염탐하여 놈들을 무너뜨릴 계책을 마련하겠나이다."라고 절절하게 아뢰었다.

학선생은 간사하게도 이런 말로 이공을 속인 다음, 이공의 곁을 떠나 간씨 세가 인근에 마련해 놓은 은신처로 숨어들었다.

학선생이 이공의 곁을 떠난 이유는 간단했다. 거기가 위험하다고 여겼기 때문이었다.

학선생이 간씨 세가의 영역으로 들어온 이유도 마찬가지

였다. 학선생은 등잔 밑이 어둡다는 옛말을 따랐다.

학선생은 자신의 얍삽한 행동을 똑똑함으로 포장했다. 하지만 이러한 행동이 오히려 학선생의 발목을 잡았다.

만약에 학선생이 원래의 자리에 머무르고 있었다면 그는 어떻게든 이공을 부추겨서 이채민의 출격을 막았을지도 모른다.

또한 이채민이 출격하지 않았더라면 이린은 굳이 힘겹게 천공안을 열어서 용설란에 대한 조사를 하지 않았을 수도 있다.

하지만 이미 물은 엎질러졌다.

"제기랄. 이린, 그년이 기어이 천공안을 사용하려나 보구나. 으으읏. 자칫하다가는 내가 끝장나겠어."

이린이 천공안으로 용설란을 살펴보다가 학선생이 20년 전에 용설란을 부추겨서 저지른 행동들을 모두 알아차린다면?

신체와 정신에 큰 상처를 입고 알콜 중독자가 되어버린 목운에 대해서 알게 된다면?

어린 나이에 간씨 세가에 실험체로 팔린 이탄에 대해서 알게 된다면?

그리고 이 모든 일들이 이린의 입을 통해서 이채민의 귀에 흘러들어 간다면?

"크으웃. 그럼 이채민, 그년은 반드시 나를 불태워 죽이려고 들 게 아닌가. 이 일을 어쩐단 말인가. 이 사태를 어찌 수습하지? 끄으으웃."

학선생은 갑자기 뒤통수에 벼락이 떨어진 듯한 통증을 느꼈다. 그는 두 손으로 자신의 머리를 감싸 쥐고는 고개를 푹 숙였다.

그러다 학선생이 다시 고개를 번쩍 들었다.

"아무래도 안 되겠다. 간씨 세가 주변에서 대기하고 있다가 실제로 이채민이 용설란을 구출하는지부터 살피자. 그러다가 이채민이 이린으로부터 귀띔을 받아서 목표를 나로 바꾼다면? 그럼 나는 그 즉시 간씨 세가의 정문으로 뛰어 들어가야 해. 무조건 간씨 세가에 백기투항할 수밖에 없어. 설령 비굴하게 간철호의 발가락을 핥는 한이 있더라도 내 목숨부터 건지고 봐야지."

급기야 학선생은 이채민의 보복이 두려워서 간씨 세가에 목숨을 구걸할 마음까지 먹었다. 학선생의 눈알이 광기로 번들거렸다.

사실 학선생이 이공의 곁을 떠날 때만 하더라도 상황은 이렇게 어렵지 않았다. 당시 학선생은 '이공 늙은이와 간씨 놈들 사이에서 적절하게 밀고 당기기를 하면서 내 몸값을 최대한 높여야지.'라는 생각이었다.

또한 학선생은 '이공과 간철호, 두 사람 다 나에게 적극적으로 매달릴 수밖에 없지. 왜냐하면 나는 천재니까.'라고 자화자찬했다.

그런데 이제는 몸값을 높이기는커녕 목숨을 걱정해야 하는 처지로 전락한 학선생이었다. 최근 학선생이 모처럼 큰마음을 먹고 팔군과 이공이라는 큼지막한 미끼를 투척했건만, 간철호의 반응은 시큰둥, 그 자체였다.

그런 와중에 20년 전 용설란의 사건까지 수면 위로 떠오르다니! 지금 이 학선생에게는 인생 최대의 위기였다.

"쿠우우. 씨팔. 어쩌다 일이 이렇게 꼬였을까?"

학선생은 자신의 머리카락 속에 10개의 손가락을 콱 박아 넣었다.

어찌나 세게 손가락을 박았던지 학선생의 머리에서 피가 났다. 그의 손톱 밑에는 핏방울이 송글송글 맺혔다.

까마득한 상공.

머리부터 꼬리까지 길이가 수백 미터나 되는 붉은 용이 빠르게 구름을 갈랐다. 불의 수호룡의 뿔 사이에는 아름다운 여인 한 명이 우뚝 서 있었다.

강풍에 붉은 머리카락을 휘날리는 여인의 정체는 이채민.

화염의 여제라 불리는 여걸이 남아시아의 섬에서 수호룡을 타고 출격하여 간씨 세가를 향해서 날아갔다.

'설란을 구해야 해요. 반드시 그 아이를 구해야 해요.'

이채민은 불의 수호룡에게 다짐을 받듯이 말을 반복했다.

[꾸흥!]

불의 수호룡이 콧방귀를 뀌었다. 실제로 수호룡의 콧구멍에서 화염이 화르륵 쏟아졌다.

[맹약자여, 네가 구하려는 시녀가 지금 어디에 갇혀 있는지 알기는 하느냐? 그걸 알아야 구하기 위한 노력이라도 해보지.]

'위대하신 분이시여, 설란이는 아마도 간씨 놈들의 본거지에 붙잡혀 있을 것입니다. 보다 정확한 위치는 조만간 제 조카가 알려줄 테고요.'

[뭐 일단 네 부탁을 듣고 출격은 했다만, 고작 시녀 따위를 구하려고 이런 호들갑을 떠는 게 그리 탐탁지는 않구나. 꾸흥.]

불의 수호룡의 눈에는 가소롭다는 기색이 역력했다.

이채민이 고개를 가로저었다.

'위대하신 분이시여, 설란이는 고작 시녀 따위가 아닙니다. 저에게 그녀는 자매나 다름없는 아이입니다. 또한 설란

이는 천로군 용대장군의 딸이기도 합니다.'

[꾸흥.]

붉은 수호룡은 한심하다는 듯이 코웃음만 쳤을 뿐 더 이상 대화를 이어가지는 않았다. 수호룡의 마음속에서 이채민은 점점 더 가치가 떨어졌다.

그러는 사이 이채민과 불의 수호룡은 어느새 간씨 세가의 영토로 진입했다. 양털처럼 보드랍게 펼쳐진 구름의 바다 위에서 날개를 쫙 펴고 활공하는 수호룡의 모습은 환상적이면서도 위풍당당했다.

Chapter 4

같은 시각.

[헉! 나타났습니다.]

황금 비늘을 가진 수호룡이 고개를 번쩍 치켜들었다. 이 수호룡은 정수리에 뿔 4개가 X자 모양으로 돋아 있는 것이 특징이었다. 수호룡의 다리는 16개였다. 날개는 총 여덟 장, 즉 네 쌍이었다.

'세계의 파편이 나타났다고?'

이탄이 되물었다.

이탄은 황금빛 수호룡(빛의 수호룡)과 맹약을 맺어 정신이 연결되어 있기에 곧바로 상대의 말뜻을 알아들었다.

'어떤 파편이냐? 색깔은 확인했나?'

이탄의 질문에 빛의 수호룡이 지그시 눈을 감았다.

잠시 후, 빛의 수호룡이 다시 눈을 떴다.

[상대로부터 뜨거운 불의 기운이 느껴집니다. 그는 현재 이곳으로부터 남동쪽으로 3,000 킬로미터가량 떨어진 곳에서 접근 중입니다.]

빛의 수호룡이 이탄의 뇌에 정확한 상대의 위치를 전달했다.

'접근자가 불의 기운을 가졌다고? 그 녀석과 거리는 3,000 킬로미터쯤 떨어졌고? 이봐, 너도 같은 생각이냐?'

이탄이 흙의 수호룡에게 확인했다.

[쿠욱. 죄송합니다. 저는 아직까지 상대를 감지하지 못했습니다.]

흙의 수호룡이 고개를 푹 숙였다.

확실히 빛의 수호룡이 흙의 수호룡보다 감각이 더 예민했다. 무력이나 마법도 흙의 수호룡보다 더 뛰어났다.

'하긴. 그러니까 쥬신 제국 역사상 최강자라는 패황 이군억이 빛의 수호룡을 타고 다녔겠지.'

이탄은 고개를 크게 한 번 주억거린 다음, 무한공의 권능을 사용하여 두 수호룡 앞에 나타났다.

[협.]

[으헛?]

빛의 수호룡 알리어스와 흙의 수호룡 알리어스—정확한 이유는 모르겠으나, 전 세계에 흩어져 있는 세계의 파편들, 즉 수호룡들의 이름은 모두 알리어스다.—가 소스라치게 놀랐다. 공간을 가르며 불쑥 등장한 이탄 때문이었다.

이탄이 두 수호룡을 향해서 사악하게 웃었다.

[후후훗. 너희들의 친구가 이곳으로 오고 있다지? 그러니 우리 기쁜 마음으로 마중을 나가자꾸나.]

이탄이 손을 뻗어 두 수호룡을 붙잡았다.

두 마리 수호룡은 이탄과 함께하기 두려웠으나, 감히 반항을 하지는 못했다. 다음 순간, 이탄과 두 수호룡은 제자리에서 씻은 듯이 사라졌다.

검푸른 파도가 일렁거리는 망망대해 상공.

샤라랑~.

높은 구름 위에 빛의 입자들이 나타나 3개의 덩어리로 뭉쳤다. 그렇게 뭉친 빛 속에서 이탄과 수호룡 둘이 불쑥 튀어나왔다.

[으헉, 깜짝이야.]

[히끅!]

두 수호룡들은 갑작스러운 장거리 공간 이동에 깜짝 놀랐다.

게다가 이곳은 까마득한 상공이 아닌가. 두 수호룡은 각자의 날개를 활짝 펴고 추락하지 않도록 퍼덕퍼덕 날갯짓을 했다.

반면 이탄은 아무런 미동도 없이 허공에 둥실 떠 있었다.

'호들갑 좀 떨지 마라. 날개도 달린 것들이 엄살은. 쯧쯧.'

이탄은 두 수호룡을 하찮다는 듯이 흘겨보았다.

두 수호룡은 민망하여 고개를 옆으로 돌렸다.

이탄은 더 이상 수호룡들과 노닥거리지 않고 남쪽 하늘을 향해서 시선을 돌렸다. 무언가를 느꼈는지 빛의 수호룡과 흙의 수호룡도 눈빛을 번쩍 빛냈다. 두 수호룡의 고개도 자연스럽게 남쪽 방향으로 돌아갔다.

지금 저 남쪽에서는 불의 수호룡이 빠르게 접근 중이었다. 두 수호룡과 불의 수호룡 사이의 거리는 고작 10킬로미터도 남짓.

당연히 불의 수호룡도 두 동족의 기운을 감지했다.

[쿠흥? 저것들이 누구지? 하나는…… 흙인가? 다른 하나는 못 보던 기운인데?]

불의 수호룡이 머리를 갸웃했다.

'흙? 설마 흙의 수호룡이 앞에 나타났습니까?'

화염의 여제 이채민이 불의 수호룡에게 황급히 물었다.

흙의 수호룡이 등장했다는 것은 곧 간씨 세가의 병력이 앞에 진을 치고 있다는 뜻이 아닌가. 이채민은 기함할 수밖에 없었다.

'간씨 놈들이 내 행적을 어찌 알고 벌써 나타났단 말인가? 설마 내부에 첩자가 있나?'

이채민은 가슴이 철렁했다.

하지만 그녀는 이내 고개를 흔들어 의심을 털어버렸다.

그럴 수밖에 없는 것이, 이채민의 출격에 대해서 알고 있는 사람은 극소수였다. 이수민과 이린 모녀, 그리고 이수민의 심복 몇 명을 제외하면 그 누구도 이채민의 출격 사실을 몰랐다. 그 정도로 이채민의 행동은 돌발적이었다.

'그러니 누구를 의심하랴. 내 행적을 아는 사람들 중에 적과 내통할 이는 아무도 없다. 그런데 간씨 세가의 수호룡이 어찌 알고 이곳에 나타나 내 앞을 가로막는단 말인가? 단순한 우연일까?'

이채민은 입술을 꽉 깨물었다.

그 순간 불의 수호룡이 갑자기 엄청난 포효를 터뜨렸다.

꾸워라라라라락—.

거센 포효 때문에 수호룡의 비늘들이 살짝 벌어졌다. 그러면서 수호룡의 속살이 고스란히 드러났다.

불의 수호룡의 속살은 일반적인 동물의 살갗과는 느낌부터가 달랐다. 빨갛게 광채를 뿜는 살갗은 살이 아니라 펄펄 끓는 용암처럼 보였다.

불의 수호룡이 거칠게 포효했다는 것은 그만큼 강적을 만났다는 뜻.

수호룡뿐 아니라 이채민도 전투 의지를 바짝 다졌다.

콰릉!

이채민이 두 주먹을 마주 부딪쳤다. 그녀의 두 주먹 사이에서 화염이 폭발적으로 솟구쳤다. 이채민이 체내의 마나를 잔뜩 끌어올리자 그녀의 붉은 머리카락은 이글이글 타오르는 화염이 되어 허공을 향해서 타올랐다. 이채민의 등 뒤에서는 붉은 수증기와 같은 기세가 맹렬하게 끓어올랐다.

불의 수호룡이 입꼬리를 슬쩍 끌어올렸다.

'꾸흥. 역시 재능 하나는 뛰어나군. 오래 전에 내가 태우고 다녔던 이관에 못지않은 재능이야. 그녀의 재능이 마음에 들어 맹약을 맺었건만, 성격이 너무 우유부단해서 문제지. 쯔읍.'

불의 수호룡은 이채민의 재능이 마음에 들었다. 1,000년 전 쥬신 제국을 세운 건국황 이관과 비교해도 될 만큼 이채민의 재능은 압도적이었다.

다만 불의 수호룡은 이채민의 우유부단한 성격만큼은 좋아할 수 없었다.

수호룡이 잠시 딴 생각을 하는 사이, 적들과의 거리가 가깝게 좁혀졌다. 이제 원거리에서 상대의 모습이 육안으로 보일 정도였다. 불의 수호룡은 붉은색 동공을 활짝 열어 상대를 가늠해보았다.

저 멀리 왼쪽편.

100미터가 넘는 체격에 울퉁불퉁한 흙으로 빚어진 드래곤이 보였다. 이 드래곤은 흙 속성이 분명했다.

그런데 나머지 한 마리, 즉 오른편의 수호룡이 문제였다.

350미터가 넘는 덩치에 4개의 뿔, 16개의 다리, 그리고 네 쌍의 날개.

'세계의 파편 중에 저런 녀석이 있었던가?'

온몸이 빛으로 뭉쳐져 있는 듯한 저 드래곤은 불의 수호룡이 난생 처음 보는 개체였다. 불의 수호룡이 고개를 갸웃했다.

Chapter 5

사실 불의 수호룡은 빛의 수호룡을 직접 만나본 적이 없었다. 불의 수호룡이 건국황 이관을 등에 태우고 한참 창공을 누비던 시절에는 빛의 수호룡이 아직 세상에 나오기 전이었다. 빛의 수호룡이 본격적으로 모습을 드러낸 것은 이관이 죽고 불의 수호룡이 긴 잠에 빠진 지 160년이나 지난 이후였다.

그러니 불의 수호룡의 입장에서는 상대가 낯설 수밖에 없었다.

비록 낯설기는 하지만, 한 가지는 분명했다.

'만만치 않은 상대다.'

붉은 수호룡은 빛의 수호룡이 강하다고 판단했다.

그렇다고 물러설 생각은 없었다. 불의 수호룡은 원래 전투에 임했을 때 꼬리를 말고 도주하는 자들을 경멸했다.

꾸워라라라라락—.

불의 수호룡이 목을 길게 뽑아서 다시 한번 거친 포효를 터뜨렸다.

화르륵!

수호룡의 포효에 동조라도 하듯이 화염의 여제 이채민은 온몸을 불덩이로 변환시켰다.

이탄이 씁쓸히 입맛을 다셨다.

'이거 참.'

빛의 수호룡으로부터 [간씨 세가를 향해서 빠르게 접근 중인 상대가 뜨거운 불의 기운을 품고 있습니다.]라는 소리를 들었을 때부터 이탄은 '운명이라는 놈이 참 얄궂구나.'라고 생각했다.

'오래 전 나를 버린 생모를 이렇게 맞닥뜨리게 되다니, 운명 한번 참 거지같네.'

이탄이 속으로 투덜거렸다.

그러면서 이탄은 붉은 드래곤보다는 그의 뿔 사이에 우뚝 서 있는 화염의 여제 이채민에게 모든 감각을 집중했다.

그래 봤자 이탄은 생모의 얼굴을 똑똑히 볼 수가 없었다. 이채민이 이미 사람이 아니라 불덩이로 변한 탓이었다.

'설령 눈앞에서 생모의 얼굴을 맞닥뜨린다 하더라도 심장박동이 달라질 것 같지는 않구나.'

이탄은 문득 이런 생각을 했다. 이탄은 너무나도 침착한 자신의 감정에 오히려 놀랐다.

그렇다고 해서 이탄이 이채민에게 관심이 1도 없냐?

그건 또 아니었다. 이채민을 보는 이탄의 표정은 복잡했다.

이탄이 이채민에게 신경을 집중하는 사이, 불의 수호룡은 이탄의 앞 1 킬로미터 지점까지 접근했다.

거대한 동체를 가진 수호룡에게 1 킬로미터는 코앞이나 마찬가지였다.

꾸라라라락—.

불의 수호룡이 빛의 수호룡을 향해서 아가리를 쩍 벌렸다.

화륵, 화르르륵.

수호룡의 아가리 사이에서 폭발적으로 화염이 쏟아졌다.

그와 동시에 화염의 여제도 허공으로 풀쩍 날아올랐다. 이채민이 양손을 교차하자 불꽃들이 화살처럼 뭉쳐서 날아왔다.

불의 수호룡도, 이채민도, 모든 공격을 빛의 수호룡에게 집중했다. 그들은 본능적으로 빛의 수호룡이 강적이라는 사실을 직감했다.

오산이었다.

이 자리에서 가장 무서운 상대는 빛의 수호룡이 아니라 이탄이었다.

[자세한 것은 돌아가서 이야기하자.]

이탄이 불의 수호룡과 이채민에게 동시에 뇌파를 보냈다.

언노운 월드라면 모를까, 이곳에서는 뇌파로 대화하는 것이 드물었다. 이채민과 불의 수호룡도 서로의 피로 맹약을 맺은 사이라 뇌파로 의사소통이 가능할 뿐, 다른 사람들과는 뇌파로 대화하지 못했다.

그런데 갑자기 상대가 뇌파로 말을 걸어오는 게 아닌가.

"응?"

이채민이 깜짝 놀랐다.

불의 수호룡도 한쪽 눈의 방향을 틀어 이탄에게 관심을 보였다.

번쩍번쩍 광휘에 휩싸인 빛의 수호룡 때문에 지금까지는 이탄의 존재가 그들의 눈에 들어오지 않았다.

하지만 자세히 보니 상대는 절대 무시할 수 없는 존재였다.

이채민이 별안간 괴성을 터뜨렸다.

"헛? 대지의 소서러!"

간씨 세가를 실질적으로 다스리고 있는 권력자, 대지의 소서러.

쥬신 제국을 복원하기 위해서 반드시 거꾸러뜨려야 할 악적.

바로 그 원수가 이채민의 눈앞에 나타난 것이다.

"죽어랏, 이 역적 놈아."

이채민은 빛의 수호룡을 공격하다 말고 갑자기 방향을 틀었다. 그녀는 이탄을 향해서 모든 화력을 집중했다.

이채민의 등 뒤에서 붉은 날개 같은 것이 돋아난다 싶었다. 그 날개로부터 무수히 많은 불화살들이 떠올라서 이탄을 향해 쏘아졌다.

퓨퓨퓨퓨풋!

이채민이 날린 불화살 한 발 한 발이 유도무기처럼 휘어져 이탄을 요격했다.

"흥."

이탄이 코웃음을 쳤다.

이탄은 아무렇지도 않게 한 손을 들어 아공간을 열었다. 이탄이 아공간 속에서 불쑥 꺼낸 것은 한 자루의 기다란 낫이었다.

전설 속의 사신이 들고 다닐 법한 대형 낫.

이 낫의 정체는 다름 아닌 아조브였다.

이탄은 각 차원에 오직 하나씩만 존재하는 아조브를 벌써 여러 개나 모았는데, 그 가운데 대부분은 이탄의 본체가 지니고 있었다. 다만 간씨 세가의 아조브만큼은 이탄의 본체가 아니라 간철호가 보관 중이었다.

Chapter 6

이탄이 아조브로 허공을 그었다.

부—왁—.

날카로운 파공음과 함께 허공이 수평으로 잘렸다.

최근에 이탄은 아조브의 신비로운 권능들 가운데 몇 가지를 새로 깨우쳤다. 지금 그 권능 가운데 하나가 발현되었다.

이른바 찍어내기 권능.

지금 이탄이 사용한 권능은, 상대의 영혼을 콕 찍어서 몸 밖으로 빼내는 것이 특징이었다.

빛의 수호룡을 향해서 무섭게 달려들면서 초고온의 화염을 토해놓는 불의 수호룡.

이탄을 향해서 수천 발의 불화살을 날리는 이채민.

둘 다 발버둥을 쳤으나 아조브를 피하지는 못했다. 그들의 영혼은 단숨에 낫 끝에 찍혀서 몸 밖으로 뽑혔다.

이탄은 낫 끝으로 영혼 2개를 뽑아낸 다음, 이 영혼들을 따로 분리했다.

우선 이탄은 이채민의 영혼을 자신의 영혼 속으로 끌고 들어온 다음, 붉은 금속으로 둘러싸인 독방에 가둬두었다.

다른 한편으로 이탄은 불의 수호룡의 영혼도 자신의 영

혼 속으로 끌어왔다.

자고로 혼을 잃으면 끝이라고 했다. 불의 수호룡은 눈 깜짝할 사이에 혼을 잃고는 뱅글뱅글 회전하면서 바다로 추락했다. 이채민의 몸뚱어리도 끈 떨어진 꼭두각시 인형처럼 아래로 낙하했다.

"스톱."

이탄은 추락 중인 두 육체를 향해서 손을 뻗었다.

그러자 불의 수호룡과 이채민의 몸뚱어리가 더 이상의 낙하를 멈추고 허공에 우뚝 멈췄다.

"이제 그만 돌아가자."

이탄은 눈 깜짝할 사이에 상대를 생포한 뒤, 다시 한번 무한공의 권능을 발휘했다.

샤라랑~.

이탄과 빛의 수호룡, 흙의 수호룡, 그리고 포로들은 빛의 입자가 되어 공기 중에 녹아들었다.

잠시 후.

이탄은 간씨 세가 깊숙한 곳에 꾸며진 훈련실로 돌아왔다.

이곳은 간씨 세가의 가주를 위해 마련된 훈련실이라 크기도 엄청 넓고 시설도 훌륭했다. 무엇보다 이 훈련실은 방음이 잘 되어 있어 외부와 완전히 차단된 것이 장점이었다.

"자, 그럼 하나씩 문제를 풀어볼까?"

이탄이 손바닥을 슥슥 비빈 다음, 손가락을 딱! 튕겼다.

그 즉시 이탄과 강제로 맹약을 맺은 빛의 수호룡과 흙의 수호룡이 이탄의 영혼 속으로 소환되었다.

두 수호룡이 도착한 곳은 주변이 온통 붉은 벽으로 둘러싸인 공간이었다.

물론 여기는 실제 공간이 아니었다. 이탄의 영혼 속에 마련된 가상의 장소였다.

사실 두 수호룡에게는 이 장소가 무척 익숙했다. 또한 두 수호룡에게는 이곳이 무척 싫고 두려웠다.

왜냐?

이탄이 이따금 두 수호룡의 영혼을 이곳으로 소환하여 개 패듯이 때리고, 칼로 썰고, 빨간 사과 파란 사과를 들먹이며 협박을 일삼았기 때문이었다.

한데 오늘은 협박의 대상이 다른 수호룡이었다.

붉은 벽으로 둘러싸인 공간의 중심부에는 붉은 쇠사슬이 치렁치렁 드리워져 있었다. 그리고 그 사슬의 끝에는 커다란 덩어리가 대롱대롱 매달렸다.

붉은 쇠사슬에 꼬리가 칭칭 묶여서 거꾸로 매달린 존재는 다름 아닌 불의 수호룡 알리어스였다.

푸줏간의 고기처럼 거꾸로 매달린 것이 치욕스러웠기 때문일까? 불의 수호룡은 당장 이탄에게 분노를 터뜨렸다.

[크롸롸락. 당장 이걸 풀지 못할까? 이놈, 이게 무슨 무엄한 짓이냐?]

불의 수호룡은 단순히 호통으로 그치지 않았다. 이탄을 향해서 시뻘건 화염을 내뱉었다.

[흥.]

이탄은 딱! 소리 나게 손가락을 튕겼다.

그 즉시 불의 수호룡이 발사한 화염이 사라졌다. 이곳은 이탄의 영혼 속인지라 이탄이 의지만 일으켜도 화염은 사라지게 마련이었다.

딱!

이탄이 한 번 더 손가락을 튕겼다.

텅 빈 허공에 뜬금없이 둥그런 구체가 나타났다.

붉은 금속으로 이루어진 구체의 양쪽에는 쇠사슬이 매달린 모습이었다. 구체의 크기는 직경 방향으로 수십 미터나 되었다.

그 커다란 구체가 둥둥 떠서 날아가 불의 수호룡의 아가리 속에 콱 박혔다. 구체가 어찌나 컸던지 수호룡의 아가리가 찢어질 듯 벌어졌다. 이어서 구체에 달린 쇠사슬이 수호룡의 목 뒤를 칭칭 감았다.

[꾸웩. 꾸우우웁.]

불의 수호룡이 몸부림을 쳤다.

콰드득, 콰득, 콰드득.

불의 수호룡은 발작을 하듯이 금속 구체를 물어뜯었다.

참으로 어리석은 짓이었다. 그 즉시 수호룡의 이빨이 아작 났다.

[끄아악, 내 이빨! 내 이빨! 크아악, 이노옴.]

화가 난 불의 수호룡은 초고온의 화염을 뿜어서 당장에 붉은 금속 구체부터 녹여버리려고 들었다.

당연히 이번 시도도 실패.

불의 수호룡이 아무리 애를 써봤자 금속 구체는 전혀 녹을 기미가 보이지 않았다.

더더욱 나쁜 소식은, 불의 수호룡의 눈앞에 커다란 식칼이 나타났다는 점이었다. 붉은 금속으로 이루어진 식칼은 눈 깜짝할 사이에 날아와 수호룡의 목줄기에 칼날을 들이밀더니, 단단하기 이를 데 없는 그의 비늘을 서걱서걱 썰기 시작했다.

빛의 수호룡이 그 모습을 보고는 진저리를 쳤다.

[으으윽. 또 시작되었구나. 껍질 벗기기가 또 시작되었어.]

빛의 수호룡은 과거에 이탄에게 당했던 기억을 떠올리고

는 몸서리를 쳤다. 빛의 수호룡의 비늘 속 피부에 소름이 쫙 돋았다.

흙의 수호룡도 같은 심정이었다.

[또 써는구나. 도살자처럼 마구 썰고 또 썰어. 으우우.]

두 수호룡들이 겁을 먹고 지켜보는 가운데 붉은 식칼은 불의 수호룡의 목 부근에서 시작하여 가슴까지 거침없이 껍질을 벗겨갔다.

불의 수호룡의 상체에서 피가 철철 흘렀다. 불의 수호룡의 아래쪽에는 어느새 붉은 그릇이 나타나 피 한 방울 허투루 버리지 않고 모으고 있었다.

[끄으읍. 뭐야? 이게 대체 무슨 짓이야? 네 이놈, 내가 누구인 줄 알고 껍질을 벗기느냐? 내 피는 또 왜 받는 건데? 당장 이것들을 치우지 못할까.]

불의 수호룡은 아직도 똥오줌을 가리지 못했다. 이탄에게 마구 호통을 친다는 것 자체가 어리석은 짓이었다.

Chapter 7

이탄이 차갑게 뇌파를 열었다.

[네가 누구인지 내가 왜 알아야 하지?]

상대의 뇌파가 어찌나 싸늘했던지 불의 수호룡은 심장이 식어버리는 느낌이었다.

이탄은 게슴츠레 눈매를 좁히고는 불의 수호룡에게 한 걸음 한 걸음 다가갔다. 이탄은 천천히 걸으면서 중얼거렸다.

[네가 한때 건국황 이관을 태우고 다녔다고 해서 어깨에 힘이 잔뜩 들어가 있나 보구나. 그런데 이걸 어쩌나? 내게는 그런 허세가 통하지 않는데? 그딴 허세는 이관의 피를 물려받은 후손들에게나 떨어야지, 왜 내게 써먹어?]

이탄의 본체는 이관의 피를 물려받았을 수 있다.

하지만 지금 이탄의 몸뚱어리에는 이씨의 피 대신 간씨의 피만 흘렀다. 이탄이 간철호의 몸을 차지한 까닭이었다.

게다가 이탄은 외가쪽 핏줄에 대한 감정이 좋지 않았다. 이탄 스스로도 자신이 쥬신 황실의 일원이라는 자각이 전혀 없었다.

[일단 좀 맞고 시작하자.]

이탄은 불의 수호룡을 향해 걸으면서 손으로 무언가를 거머쥐는 시늉을 했다.

이곳은 이탄의 영혼 속인지라 이탄이 상상하는 일들은 무엇이든 이루어진다. 이탄은 붉은 금속으로 이루어진 거대한 해머를 떠올렸다.

그 즉시 이탄의 손에 해머의 손잡이가 쥐어졌다.

드르륵, 드르르륵—.

이탄은 육중한 금속 해머를 바닥에 질질 끌면서 불의 수호룡의 코앞까지 다가갔다.

[으으윽. 이노옴.]

불의 수호룡은 끝까지 이탄에게 눈을 부라렸다.

뻐억!

이탄이 다짜고짜 휘두른 해머가 수호룡의 관자놀이를 후려쳤다.

[꾸웩?]

수호룡의 두개골에 금이 쩍 갔다. 뇌가 진탕이 되었다. 수호룡의 혀가 배배 꼬였다.

물론 이곳은 실제 공간이 아니라 이탄의 영혼 속 가상 공간이었다. 불의 수호룡도 실제 몸이 아니라 영혼만 끌려온 터였다.

그러니 이곳에서 수호룡의 두개골이 박살 난다 하더라도 실제 수호룡의 머리통이 빠개질 일은 없었다.

하지만 불의 수호룡이 느끼는 고통은 너무나도 실제 같았다.

이런 고통이 계속되다 보면 수호룡의 영혼이 산산이 찢겨나갈 터, 그러면 수호룡도 죽을 수밖에 없으리라.

이탄은 용서가 없었다.

뻑! 뻑! 뻑!

이탄이 연달아 세 번을 더 해머질을 했다.

그때마다 불의 수호룡의 두개골이 으깨졌다. 비늘 파편이 마구 튀었다. 해머가 찍은 부위에서 피가 튀었다.

불의 수호룡은 머리가 터지다 못해 한쪽 눈알도 절반쯤 적출되었다.

이탄이 상대의 머리통을 사정없이 해머로 찍는 와중에도 붉은 식칼은 서걱서걱 소리를 내면서 상대의 껍질을 벗겨 나갔다.

뻑! 뻑! 뻐억! 뻐억!

이탄이 네 방을 더 구타했다.

피투성이가 된 수호룡의 머리는 원래의 형체를 완전히 잃었다. 여기서 몇 방만 더 맞으면 수호룡은 머리를 잃은 시체 꼴이 될 것이다.

[으으으. 끔찍하구나.]

[흐으으읏. 소름 끼쳐.]

빛의 수호룡과 흙의 수호룡은 먼발치에서 이탄의 폭력을 지켜보다가 자신도 모르게 주춤주춤 뒷걸음질을 쳤다.

[그만. 그만.]

불의 수호룡이 가까스로 이탄에게 뇌파를 보냈다.

이탄은 귀담아 듣지 않았다.

빠각!

이번에 이탄이 휘두른 해머는 불의 수호룡의 가슴팍을 찍었다.

수호룡의 단단한 갈비뼈가 단박에 으스러졌다. 뾰족한 뼈의 파편이 수호룡의 내장을 찔렀다. 심장에도 꽂혔다.

[끄악!]

불의 수호룡이 고개를 뒤로 확 젖혔다.

빠악! 빡!

이탄은 상대의 가슴에 해머를 두 방 더 꽂아 넣었다.

[어라? 머리를 때릴 때와 가슴을 때릴 때 들리는 소리가 서로 다르네? 이거 흥미로운 현상인걸?]

불의 수호룡은 이제 머리통이 형체를 잃었을 뿐 아니라 가슴도 엉망으로 뭉개졌다.

[그만. 제발 그만. 크워억.]

불의 수호룡이 애처롭게 도리질을 했다.

불의 수호룡은 자신이 위대한 존재라는 자존심 때문에 차마 이탄에게 애걸복걸하지는 못하였다. 하지만 이 정도면 거의 항복 선언이나 다름없었다.

빠악!

이탄은 개의치 않고 한 방 더 해머를 꽂아 넣었다. 불의 수호룡의 갈비뼈가 완전히 무너지면서 그의 상체가 물컹

주저앉았다.

이탄은 해머를 붕붕 돌리면서 수호룡의 뒤쪽으로 돌아갔다.

[이제 척추를 발라볼까?]

이탄의 독백에 수호룡들이 기겁했다.

빛의 수호룡이 버럭 소리를 질렀다.

[야, 이 멍청아, 어서 잘못했다고 빌어. 그분께 싹싹 빌란 말이야. 그렇지 않으면 넌 오늘 죽어. 영원히 소멸당한다고.]

빛의 수호룡은 한때 패황 이군억과 맹약을 맺었던 위대한 존재였다. 그 이군억이 세상에서 가장 존경했던 인물이 건국황 이관이었다.

비록 불의 수호룡은 빛의 수호룡에 대해서 잘 모르지만, 빛의 수호룡은 상대를 어느 정도 잘 알았다.

빛의 수호룡은 저 빨간색 동족이 수호룡 중에서도 유독 자존심이 강하고 성격이 지랄 맞다는 점을 익히 알고 있었다.

'그래 봤자 아무 소용없다고. 저 괴물에게는 네 자존심이 통하지 않으니까 제발 싹싹 빌라고. 그래야 네가 살아.'

빛의 수호룡이 속으로 이렇게 외쳤다.

Chapter 8

동족의 간절한 눈빛을 읽었기 때문일까?

아니면 척추에서 느껴지는 싸한 감각 때문이었을까?

[크윽. 잘못했습니다.]

불의 수호룡이 두 눈을 질끈 감고 이렇게 외쳤다.

[응?]

이탄이 상대의 척추를 부숴놓으려다 말고 해머를 다시 내려놓았다. 그리곤 새끼손가락으로 자신의 귓구멍을 후볐다.

[너 지금 뭐라고 했냐?]

이탄이 발로 수호룡의 등을 툭툭 치면서 물었다.

[크흡.]

불의 수호룡은 갑자기 설움이 북받쳤다.

'내가 한낱 인간 따위에게 잘못했다고 빌다니. 내 입, 아니 내 뇌에서 저따위 비굴한 말이 튀어나오다니. 이건 말도 안 돼. 말도 안 된다고.'

불의 수호룡은 조금 전에 자신이 내뱉었던 말을 다시 주워 담고 싶었다. 상대에게 비참하게 맞아 죽는 한이 있더라도 최후의 자존심만큼은 지키고 싶었다.

그 순간 불의 수호룡의 동공에 두 동족의 모습이 맺혔다.

지금 빛의 수호룡과 흙의 수호룡은 필사적으로 머리를 가로젓는 중이었다.

'제발 그러지 마. 자존심 세우다가 진짜로 골로 가. 그것도 한 방에 편하게 가는 게 아니라 온몸이 처참하게 썰려서 죽는다고. 온몸의 뼈가 다 빻아져서 죽는다고.'

빛의 수호룡이 입술을 움직여 이렇게 외쳤다.

'저분께 그냥 잘못했다고 빌어. 그렇지 않으면 너는 오늘 생지옥이 무엇인지 온몸으로 겪게 될 거야.'

흙의 수호룡도 간절히 입술을 오물거렸다.

안타깝게도 불의 수호룡은 동족들의 필사적인 권유를 받아들이지 못했다. 이대로 항복을 하기에는 그의 꼿꼿한 자존심이 허락하지 않았다.

불의 수호룡이 두 동족들을 향해서 서글픈 미소를 보냈다.

'나는 너희들과 다르다. 나는 죽을 때 죽더라도 자존심만은 버리지 않으리라.'

불의 수호룡은 비장한 각오를 다졌다.

그즈음 불의 수호룡의 껍질을 벗기던 식칼이 배를 가르며 안으로 쑤욱 파고들었다. 수호룡의 등 뒤에서 이탄이 중얼거렸다.

[척추를 부수면 잘게 부서진 뼈들이 내장에 섞여서 귀찮

아지겠지. 그 전에 내장부터 발라내야겠구나.]

붉은 식칼이 수호룡의 배를 세로로 가르는 동안, 허공에는 붉은 갈고리 2개가 나타났다. 이 갈고리들은 불의 수호룡의 배를 꽉 찍더니 좌우로 쫙 벌렸다.

불의 수호룡의 배 안에 차 들어 있던 내장들이 한꺼번에 우르르 쏟아졌다.

산 채로 자신의 내장이 흘러내리는 모습을 보는 느낌이 무엇인지, 불의 수호룡은 비로소 체험했다.

문제는 거기서 끝나지 않았다.

[내장은 따로 볶아먹기로 하고, 몸통은 꼬치구이가 괜찮으려나?]

이탄의 서슬 퍼런 독백과 함께 허공에 기다란 꼬치가 등장했다. 당연히 이 꼬치도 붉은 금속으로 이루어졌다.

푹!

기다란 꼬치는 위에서 아래로 뾰족한 첨단을 겨냥하는가 싶더니, 불의 수호룡의 항문 속으로 거침없이 파고들었다.

지금 이탄은 아나테마가 개발한 지독한 형벌을 시험해 보는 중이었다.

[끄업?]

항문이 찔린 수호룡이 두 눈을 부릅떴다.

[허걱!]

빛의 수호룡은 자신의 앞발로 입을 틀어막았다.

[끄어억?]

흙의 수호룡은 경악을 하다못해 입에 거품을 물었다.

불의 수호룡은 오늘 짧은 시간 동안 수많은 고통을 겪었다. 그리곤 그 고통들을 곧잘 이겨내었다.

불의 수호룡은 해머에 얻어맞아 머리가 곤죽이 된 것도 참아내었다. 갈비뼈가 통째로 으스러져 상체가 흐물흐물 주저앉은 것도 기꺼이 견뎠다. 그는 척추가 부서질 상황도 인내하고 또 버텼다. 심지어 불의 수호룡은 산채로 배가 갈리고 내장이 와르르 쏟아져도 어금니를 꽉 물고 견뎠다.

하지만 이건 아니었다.

항문에 화끈한 통증이 느껴진 순간, 그리고 저 거대한 꼬치가 온몸을 꿰뚫어 자신을 꼬치구이로 만들 거라는 상상을 한 순간, 불의 수호룡이 가까스로 지켜왔던 모든 신념들이 와르르 붕괴했다.

[잘못했습니다. 크허허헝. 제가 잘못했으니 제발 용서해주십시오. 끄어억, 끄어억. 제발 이 짓만큼은 하지 말아주십시오. 끄허허허헝. 제가 정말 잘못했습니다.]

불의 수호룡이 드디어 이탄에게 빌었다.

위대한 존재라는 자부심?

드래곤의 존엄성?

다 소용없었다. 압도적인 폭력 앞에서는 그 무슨 신념이나 자존감 따위는 다 무용지물이었다. 불의 수호룡은 이탄에게 용서를 빌다가 울고, 울다가 다시 빌었다.

폭력 앞에서 처참하게 무너지는 동족의 모습에 빛의 수호룡과 흙의 수호룡도 괜히 마음이 울컥했다.

어둠 속.

이채민이 정신을 차렸다.

"으으윽. 여기가 어디지?"

이채민은 고개를 흔들어 정신을 가다듬었다. 그런 다음 주변부터 살폈다.

흐릿하던 이채민의 시야가 차츰차츰 정상으로 돌아왔다.

"으윽."

이채민은 머리가 깨질 듯이 아팠다. 이채민의 손발은 수갑에 묶여 있었는데, 힘만 조금 주면 수갑을 녹여버릴 수 있을 듯했다.

이상하게도 간씨 세가에서는 이채민의 마나를 제압하지 않았다.

이채민이 꼼꼼히 살펴보았는데, 자신의 몸이나 의복도 멀쩡했다. 바늘로 찌르는 듯한 두통을 제외하면 이채민은 평상시와 똑같았다.

'가만! 내가 대지의 소서러 간철호 놈과 마주쳤다가 갑자기 정신을 잃었었지? 그놈이 내 정신에 무슨 수작이라도 부렸나? 이상하다? 그 어떤 정신계 마법도 나에게는 통하지 않을 텐데? 위대한 존재와 맹약을 맺은 순간부터 나는 현혹마법에 대한 내성이 생겼다고.'

이채민은 간철호가 도대체 무슨 사악한 수작을 부려서 자신을 제압한 것인지 이해할 수가 없었다.

'그나저나 위대한 존재는 어떻게 되었지? 그분께서 내가 대지의 소서러에게 붙잡혀 가는 것을 그냥 보고만 있었을 리 없는데? 아 참! 대지의 소서러의 곁에도 또 다른 수호룡들이 있었지? 혹시 위대한 존재께서는 혹시 그 수호룡들과 싸우느라 나를 도와줄 겨를이 없으셨나?'

이채민이 이런저런 상념들을 이어갈 때였다.

덜컹.

철문이 열렸다. 저벅 저벅 발소리와 함께 이채민 앞에 한 남자가 나타났다.

Chapter 9

'누구냐?'

이채민이 슬쩍 시선을 들었다.

상대는 다름 아닌 간철호였다.

"크윽. 이노옴."

이채민이 두 주먹을 불끈 쥐었다. 이탄을 노려보는 이채민의 동공에는 분노와 적의가 가득했다.

한편 이채민을 내려다보는 이탄의 눈빛도 깊은 지옥의 맨 아래층을 들여다보는 것처럼 어두웠다.

'당신이 내 어머니인가? 갓난아이를 적진에 내팽개친 비정한 어미?'

이채민을 향한 이탄의 눈빛에는 원망이 담겨 있지는 않았다. 그렇다고 그리움이 담기지도 않았다.

이탄은 말없이 등을 돌려 철제의자를 하나 가져왔다. 그런 다음 이탄은 이채민 앞에 마주 앉았다.

이채민이 고집스레 입술을 꽉 다물었다.

쥬신의 공주가 오대군벌의 손에 붙잡혔으니 그 뒷일은 겪어보지 않아도 뻔했다. 특히 간철호는 쥬신 황실의 여인이라면 무조건 취한다는 소문이 자자했다.

실제로 간철호의 부인이나 첩, 그리고 시녀들 중에는 쥬신 황실과 피가 이어진 여인들도 여럿 되었다.

'네놈이 무슨 수법으로 나를 제압했는지 모르겠으나, 나를 농락하지는 못하리라. 네놈이 그 더러운 손을 내게 대는

순간 나는 차라리 자결을 할 것이야.'

이채민이 익힌 마법들 중에는 자신의 온몸을 불살라 적과 함께 죽는 수법이 있었다. 비록 자살 마법으로 간철호를 죽일 수 있을지 없을지는 모르겠으나, 최소한 상대에게 제법 큰 타격을 입히는 것은 가능할 듯했다.

'오냐. 같이 죽자.'

이채민이 속으로 독한 마음을 품었다.

한편 이탄은 이채민을 빤히 훑어보다가 고개를 한 번 갸웃했다. 이탄이 눈에 이채를 띤 이유는 적혈구 때문이었다.

'어라? 스파이럴(Spiral: 나선) 적혈구가 없네. 용설란도 없고, 이채민도 없어. 나는 유령조직의 핵심 인물들이 모두 다 스파이럴 적혈구를 지녔을 것이라 예상했었는데, 그게 아니었나 봐.'

스파이럴 적혈구는 피사노교 혈족들의 특징이었다. 피사노교의 교도들은 이 특수한 피를 검은 드래곤의 혈통을 물려받은 징표로 여겼다.

그런데 이상하게도 북명의 코이오스 늑대족과 같은 어둠의 숭배자들도 혈관 내에 스파이럴 적혈구를 보유하고 있었다.

또한 이탄은 이곳 쥬신의 잔당들 중에서도 이 특별한 피를 발견했다.

예를 들어서 이탄이 몽고 평원의 북로군 아지트에서 생포한 흑마법사들은 하나같이 스파이럴 적혈구를 지녔다.

그런데 이채민의 혈관에는 스파이럴 적혈구가 없었다.

이것은 용설란도 마찬가지였다.

'두 여인 모두 유령조직의 최상층부의 인물이잖아. 그런데 이들은 스파이럴 적혈구와는 무관해. 그렇다는 것은, 유령조직 전체가 어둠의 숭배자는 아니라는 뜻인가? 일부 어둠의 숭배자들이 유령조직의 하부에 스며든 것일까?'

이탄은 잠시 이런저런 추측을 했다. 그러다가 다시 생각을 뒤로 물리고는, 손에 든 서류를 빠르게 넘겼다.

이채민은 여전히 무서운 눈으로 이탄을 노려보는 중이었다.

드디어 이탄이 서류 넘기는 것을 멈추고 질문하기 시작했다.

"목운과의 관계는?"

"뭣?"

이채민은 이탄의 뜬금없는 질문에 당황했다.

'오래 전 지엄하신 어명에 의해 헤어신 옛 약혼자의 이름이 여기서 갑자기 왜 나온단 말인가?'

이채민은 영문을 몰라 어리둥절했다.

솔직히 이채민은 목운의 최후에 대해서 알지 못했다. 그녀는 자신의 옛 약혼자가 머리와 몸에 큰 손상을 입은 채 알콜 중독자가 되었다는 사실도 몰랐다. 예전에 이공이 이채민에게 전하기를 "목운은 잊어라. 그는 네게 죄를 범하고는 죄책감에 시달리다가 명예롭게 자결하는 길을 택했느니라."라고 말하였기 때문이다.

이채민은 부친의 말을 아무런 의심도 없이 받아들였다.

아니, 조금 더 정확히 말하자면 이채민 스스로가 목운의 죽음에 대해서 깊이 조사하려고 들지 않았다.

이채민은 두려웠다. 모종의 이유 때문에 이채민은 옛 연인을 만나기를 두려워했다.

이수민도 동생인 이채민에게 목운에 대한 이야기를 꺼내지 않았다.

사실 이수민도 목운의 최후에 대해서 정확하게 알지 못하였다. 이수민은 그저 목운이 어명에 의해서 추방을 당한 뒤 자결했다고만 들었다.

심지어 이공도 목운에 대해서 잊어버렸다.

그러나까 목운의 죽음을 정확하게 알고 있는 사람은 세상에서 단 3명뿐이었다. 학선생과 용설란, 그리고 이탄만이 과거의 비밀에 근접한 자들이었다.

이탄이 덤덤하게 다시 물었다.

"목운과의 관계는?"

"크윽. 대지의 소서러. 갑자기 그게 무슨 소리냐? 오래 전에 스스로 목숨을 끊은 사람을 내게 묻는 이유가 뭐냐?"

이채민이 오히려 이탄에게 되물었다.

그녀의 질문 속에는 많은 것이 담겨 있었다.

첫째, 이채민은 목운의 죽음에 대해서 잘 알지 못하는 것 같았다.

만약 목운이 도박장에서 칼에 찔려 죽었다는 사실을 이채민이 알고 있었다면 "오래 전에 스스로 목숨을 끊었다." 라는 표현은 쓰지 않았을 것이다. 그 표현은 자살한 사람들에게나 쓰는 말이 아니던가.

이탄은 이 점을 놓치지 않고 캐치했다.

둘째, 이채민은 옛 연인에 대해서 궁금한 게 없는 모양이었다. 이탄은 이채민이 목운에 대해서 깊이 알려고 하지 않는다는 느낌을 받았다.

Chapter 10

'일부러 이러는 것일까?'

이탄은 이채민의 눈을 가만히 들여다보았다.

이채민이 시치미를 떼고 있는 것 같지는 않았다. 이채민은 목운의 죽음을 모를뿐더러, 그걸 캐고 싶은 마음도 전혀 없는 것이 분명했다.

'햐아, 어떻게 이러지? 그래도 한때는 결혼을 약속한 연인이었다며? 게다가 목운은 자기 자식의 생물학적 아버지일 지도 모르잖아? 아니면, 내 아버지가 목운이 아니라 다른 사람이기라도 한 건가?'

이탄은 이채민에 대한 실망이 더욱 커지는 기분이었다.

이탄이 질문을 바꿨다.

"대답하기 싫으면 다른 것을 묻지. 너와 용설란과의 관계는?"

익숙한 이름이 나오자 이채민이 발끈했다.

"크윽, 역시 네놈이 설란이를 붙잡아 갔구나. 아마도 간철호, 네놈은 설란에게 약물이나 마법을 사용해서 나와 목운에 대한 정보를 뽑아낸 모양이지? 흥! 설란이는 아무런 죄도 없는 아이다. 이제 나를 붙잡았으니 그녀를 풀어줘라."

용설란에 대한 이채민의 마음은 무척 깊은 모양이었다. 이탄은 이채민의 속을 슬쩍 떠보았다.

"용설란을 무척 아끼는 모양이군. 그녀가 20년쯤 전에 이 근처 빈민가에서 몇 년간 목운과 살림을 차렸다는 사실을 알고나 하는 이야기인가?"

"뭣이?"

이탄의 폭탄선언에 이채민의 동공은 더할 나위 없이 크게 확대되었다. 그러다 갑자기 이채민이 비웃음을 흘렸다.

"후훗. 간철호, 그런 더러운 협잡질에 내가 속을 것 같으냐?"

"뭐?"

"쯧쯧쯧. 대지의 소서러라는 거창한 별명이 아깝구나. 이봐, 간철호. 나는 그런 거짓말에 속지 않는다. 목운은 이미 오래 전에 자결을 하여 자신의 명예를 지킨 사람이다. 그런 사람이 뭐? 누구와 살림을 차려? 그것도 이곳 간씨세가 근처의 빈민가에서 설란과? 하! 말도 안 되는 소리."

이채민은 확신에 차서 주장했다.

"흐음."

이탄이 의자에 등을 기대고 팔짱을 끼었다.

역시 이탄의 짐작이 옳았다. 이채민은 용설란과 목운의 관계에 대해서 전혀 모르고 있는 게 분명했다.

이탄은 이채민의 주장에 일일이 반박을 하는 대신 다음 질문으로 넘어갔다.

"목운과 용설란이 키우던 아이가 있었던데, 이탄이라고."

"헙!"

이채민의 동공이 또다시 찢어질 듯 커졌다.

지금까지 당당하기만 하던 이채민의 표정이 무참하게 구겨졌다. 이탄은 상대의 표정 변화를 놓치지 않았다.

'역시 당신도 어미라는 건가? 아들의 이름을 들으니 속이 미어지나?'

이탄은 입꼬리를 고약하게 비틀었다. 이탄은 이채민의 표정을 계속해서 살피면서 대화를 이었다.

"목운과 용설란이 키우던 아이의 이름이 이탄이더군. 그 아이는 목운과 용설란 사이에서 태어난 자식인가? 아니면 너와 목운 사이의 자식인가?"

"무, 무슨 말도 안 되는 소리냐? 이탄이라니, 그런 이름은 들어본 적도 없다."

처음에 이채민은 시치미를 뚝 떼었다. 그러다 그녀는 혼란스러운 표정으로 고개를 흔들었다.

"아니야, 아니라고. 그건 불가능해. 이탄이라는 이름은 내가 붙여주었어. 설란이도 그 이름은 모른다고. 오직 폐하만이……. 그런데 탄이는 태어나자마자 죽었을 텐데? 분명히 죽은 채 태어났다고 들었는데?"

이채민은 망치로 머리를 얻어맞기라도 한 사람처럼 넋을 놓고 중얼거렸다. 그러다 자신이 포로라는 사실도 잊고 이탄에게 캐물었다.

"대지의 소서러, 조금 전에 뭐라고 했지? 탄이를 누가 키웠다고? 목운과 용설란이? 하! 그건 말도 안 되는 소리다. 목운이 탄이를 왜 키우겠어? 그는 탄이를 죽이고 싶도록 미워할 텐데? 아니, 이건 애초부터 말이 안 되는 질문이야. 목운은 탄이가 태어나기 전에 이미 자결을 했다고. 분명히 폐하께서 그렇게 말씀하셨어. 우으으."

이채민은 정신적 충격을 받은 사람처럼 자꾸 머리를 가로저었다.

한편 이탄의 눈에서는 섬뜩한 빛이 튀어나왔다.

'뭐라고? 목운이 나를 죽이고 싶도록 미워한다고? 이게 무슨 뜻이지? 설마 목운이 내 친부가 아니라는 소리인가?'

이탄이 아무리 생각해보아도 그것 말고는 답이 없었다.

'역시 그랬구나. 목운과 이채민은 한때 연인 사이였으나, 이채민이 다른 남자의 아이를 임신한 거야. 때문에 목운이 나를 죽이고 싶도록 미워한 거지. 아아, 이런 쌍. 그럼 내 진짜 아버지는 대체 누구냐고.'

이탄은 눈썹 사이를 깊게 찡그렸다.

잠시 망설이던 이탄이 단도직입적으로 물었다.

"아무래도 목운이라는 자는 이탄의 아비가 아닌 모양이군. 그럼 이탄의 아비는 누구지?"

"그건⋯⋯."

이채민은 곤혹스럽게 아랫입술을 깨물었다. 다른 것은 다 밝힐지언정 이탄의 부친에 대해서만큼은 이채민도 말해 줄 수 없었다.

그러다 이채민이 퍼뜩 정신을 차리고는 표독스럽게 이탄을 노려보았다.

"대지의 소서러, 나에게 그런 허황된 질문을 던지는 이유가 무엇이냐? 나는 목운이 용설란과 살림을 차렸다는 말도 믿지 않는다. 뿐만 아니라 나는 그들이 이탄이라는 아이를 키웠다는 말을 더더욱 신뢰할 수 없다."

이채민은 고집스레 외쳤다.

이탄은 부아가 치밀었다.

"그래? 그렇다면 알콜 중독자인 목운이 술에 취해 불을 질렀고, 그 불 때문에 어린 이탄이 온몸에 화상을 입고 얼굴이 완전히 망가졌다는 사실도 믿지 않겠군. 그렇게 심각한 화상을 입었을 때 이탄의 나이는 고작 네 살이었어."

"흡!"

"또한 너는 용설란이라는 여자가 심경의 변화를 일으켜 남편과 자식을 버리고 다른 남자와 눈이 맞아 멀리 미주 지역 버지니아로 야반도주했다는 사실도 당연히 믿지 않을 테지? 그 후 목운은 도박장을 드나들기 위한 돈 몇 푼 때문에 어린 이탄을 간씨 세가의 탑에 팔아치웠다. 그런데 너는 그 엄연한 사실도 거짓이라 치부하겠구나."

이탄은 모처럼 제대로 감정을 드러내었다. 이탄의 동공이 뜨거운 불길을 품었다.

"거짓말!"

이채민이 소리를 질렀다. 그녀의 동공이 파르르 흔들렸다.

이탄은 입꼬리를 기괴하게 비틀렸다.

"큭큭큭. 이곳 간씨 세가에 팔려왔을 때 이탄이 몇 살이었는지는 아는가? 그때 고작 다섯 살이었다. 고작 그 나이밖에 안 되었다고. 그 어린아이가 간씨 세가의 탑에서 어떤 지옥을 겪었는지 알기나 하느냐? 이탄은 온갖 인체실험과 가혹한 훈련에 시달리다가 결국 열댓 살 무렵엔 목이 뎅겅 잘려서 나뭇가지에 머리통이 걸렸느니라."

"거, 거짓말. 거짓말이야."

이채민은 애써 이탄의 말을 부정했다. 그러면서도 이채민의 마음 깊은 곳에서는 그 말을 완전히 부정하지는 못하였다.

Chapter 11

폭풍과도 같은 충격이 이채민을 훑고 지나갔다.

이채민의 뇌리에는 어린 이탄이 고통에 울부짖는 모습이 환상처럼 떠올렸다. 이채민은 바늘로 심장을 찌르는 듯한 통증을 느꼈다.

"이채민. 만약에 네가 원한다면 이탄의 머리통을 지금이라도 보여줄 수 있다. 혹시 관심이 있나? 미이라처럼 바싹 마른 이탄의 머리통을 보면 그가 네 자식인지 아닌지 알아볼 수 있으려나?"

이탄은 단지 말로만 내뱉지 않았다. 이탄은 손에 쥐고 있던 서류들 중 하나를 이채민에게 휙 던져주었다.

그 서류가 중력을 무시하고 허공에 둥실 떠올라 이채민의 눈앞에서 촤라락 넘어갔다.

서류 안에는 목운과 용설란의 행적에 대한 조사 결과가 꼼꼼하게 기록되어 있었다. 뿐만 아니라 각종 증거물의 사진도 첨부되었다.

이 가운데는 이채민이 아니면 알아보기 힘든 증거도 몇 개가 포함되었다.

예를 들어서 목운의 은밀한 부위에 있는 신체적 비밀 같은 것들……. 이런 정보들은 간씨 세가에서 제아무리 용설란을 고문한다 하더라도 캐낼 수 없는 내용이었다. 진짜로 용설란이 목운과 살림을 차린 게 아니라면 말이다.

'말도 안 돼!'

이채민의 동공이 파르르 흔들렸다.

이탄의 행동은 거기서 그치지 않았다. 이탄은 가슴께로 손바닥을 모았다가 양옆으로 촤악 펼쳤다.

이탄의 손바닥 사이에서 홀로그램과 같은 영상 하나가 떠올랐다.

영상 속에 드러난 것은 한 그루의 기괴한 나무였다. 이탄은 이채민에게 사람의 머리통이 주렁주렁 달린 나무, 즉 망령목을 보여주었다.

사실 망령목은 간씨 세가가 수백 년 동안 극비에 붙여왔던 최고의 비밀이었다. 이탄은 그것마저도 이채민 앞에 거침없이 공개했다.

처음에 망령목 전체를 비추던 영상은 이내 줌 인(Zoom —In)을 하듯이 화면을 확대하여 머리통 하나만 집중적으로 보여주었다.

그것은 고통스럽게 입을 쩍 벌린 채 미이라가 되어버린 머리통이었다. 기괴하기 이를 데 없는 그것은 다름 아닌 이탄 본인의 머리통이었다.

이탄이 불을 뿜듯이 외쳤다.

"자, 보아라. 이것이 이탄이라는 아이의 머리통이다. 목이 잘려 죽어서도 죽을 수 없는 망자의 머리통이란 말이다."

이탄은 보란 듯이 이채민에게 자신의 머리를 공개했다. 영상 속 본인의 머리와 생모인 이채민을 번갈아가며 노려보는 이탄의 두 눈은 그 속에 지옥의 불을 품고 있었다.

"아아아아아."

이채민이 벌벌 떨었다.

그러면서도 이채민은 영상에서 시선을 떼지 못하였다. 죽은 뒤에도 지옥의 고통을 받고 있는 듯한 머리통 하나가 이채민의 눈에 불도장처럼 틀어박혔다. 이채민의 가슴 속에 화인처럼 틀어박혔다.

"아아아아아아아—."

이채민이 고통스럽게 입을 쩍 벌렸다.

기괴한 나무에 매달린 머리통을 보는 순간, 이채민은 심장에 벼락이 내리친 듯한 작열감을 느껴야 했다. 이채민은 머리가 멍하여 아무런 사고도 할 수 없었다.

머리통을 보는 순간 느낌이 왔다. 저 머리를 보는 순간 이채민의 이성보다 심장이 먼저 반응했다.

저건 이채민의 피눈물을 흘리며 낳은 아이였다. 20년 전, 이채민의 인생을 송두리째 바꿔놓은 아이였다.

저 아이를 잉태할 때부터 이채민은 괴로웠다. 이채민은 저 아이가 세상의 빛을 보지 못하고 자신의 뱃속에서 그냥 죽어버리기를 간절히 바랐다.

하늘이 이채민의 청을 들어준 것일까? 이채민은 지금까지 자신의 아이가 탄생과 동시에 죽었다고 알고 있었다.

한데 그게 아니었다.

이탄은 20년 전에 죽지 않았다. 죽지 않고 기어이 살아서 목운과 용설란의 품에서 자랐던 것 같았다.

그러고 보니 이채민은 20년 전에 아이가 죽은 채 태어났다는 부친의 말만 믿었을 뿐, 아이의 시체조차 보려고 하지 않았다.

그냥 외면했었다.

'살아 있었어. 내가 낳은 아이가 살아 있었다고.'

이채민이 주먹을 꽈악 움켜쥐었다. 손톱이 살 속으로 파고들어 이채민의 손바닥에선 핏물이 뚝뚝 떨어졌다.

이채민은 간철호를 증오하였으나, 오늘 간철호가 늘어놓은 말들이 거짓이 아니라 진실임을 직감했다.

'목운의 구박을 받으며 자라난 아이가 간씨 세가에 노예로 팔리고, 실험체가 되어 온갖 고생을 다 하고, 급기야 저런 괴이한 꼴로 나무에 매달려 죽었다니! 죽어서도 편히 쉬지 못하고 끊임없이 고통을 받고 있었다니!'

이채민이 지난 20년 동안 외면했던 진실이 날카로운 송곳이 되어서 그녀의 가슴을 깊게 찔렀다.

"으아아아아아아아아아아—."

이채민이 짐승처럼 울부짖었다. 그녀의 손발이, 눈동자가, 목소리가, 급기야 온몸이 사시나무처럼 떨렸다.

이탄은 울부짖는 이채민을 무시무시한 눈으로 노려보았다.

'이채민, 아니 어머니. 무엇이 서러워서 그렇게 울부짖는 것입니까? 적진에 내다버린 자식이 저런 꼴이 된 게 마음이 아픈 겁니까? 아니면 목운과 용설란에게 배신감을 느껴서 그렇게 화를 내는 겁니까? 자식을 챙기려면 20년 전에 챙겼어야지요. 지금에 와서 그렇게 피눈물을 흘리며 후회해 봤자 무슨 소용이 있습니까?'

이탄도 두 주먹을 꽉 움켜쥐었다. 어금니도 꽉 물었다. 이탄의 이빨과 손에서 뿌드득 소리가 크게 울렸다.

제3화
복수와 패륜 사이

Chapter 1

그날 이탄은 더 이상 이채민을 심문하지 않았다. 이탄은 이채민을 훈련실에 홀로 내버려 둔 채 방으로 올라왔다.

시녀인 이서현이 이탄의 눈치를 살살 살폈다.

이탄은 이서현에게 신경도 쓰지 않았다. 이탄은 밤새 잠을 이루지 못하고 꼬박 날을 지새웠다.

이것은 이채민도 마찬가지였다.

다음 날 아침 일찍.

이탄은 다시 훈련실로 내려갔다.

'내게는 부모가 없다. 나는 부모 없이 태어났다. 내게는 부모가 없다. 나는 부모 없이 태어났다. 내게는 부모가 없

다. 나는 부모 없이 태어났다…….'

이탄은 훈련실 계단을 내려가면서 속으로 반복하여 중얼거렸다.

원래 이탄은 인간의 감정을 잃어버린 지 오래였다.

그래서 이탄은 생모를 눈앞에 두고도 거의 마음의 동요를 느끼지 않았다. 심지어 이탄은 이채민을 자신의 어머니라고 인정하지도 않았다.

그렇게 차갑기만 하던 이탄의 마음에 파문이 인 것은, 다름 아닌 망령목 때문이었다. 생모의 얼굴을 보고도 변함이 없었던 이탄이었지만, 망령목 가지에 기괴하게 매달린 자신의 머리통을 보자 속이 뒤집혔다.

'불쌍한 이탄, 이 불쌍한 녀석아.'

이탄은 스스로를 불쌍히 여겼다. 그리고 그 원망은 고스란히 이채민에게로 향했다.

오늘 이탄이 계단을 내려가면서 '내게는 부모가 없다.'라고 되뇌는 이유?

이것은 이탄이 이채민을 보면 마음이 약해질까 우려하여 되뇌는 주문이 아니었다. 이탄은 이채민을 보고 울컥하여 홧김에 그녀에게 못 할 짓을 저지를까봐 이렇게 되뇌었을 따름이었다.

아무래도 스스로에게 건 주문이 도움이 된 듯했다. 훈련장 문 앞에 도착했을 때 이탄의 눈빛은 완전한 무채색으로 가라앉았다.

덜컹.

육중한 철문이 열렸다.

이탄은 어마어마하게 넓은 훈련장 안으로 거침없이 들어오더니, 어제처럼 이채민 앞에 딱딱한 철제의자를 놓고 앉았다.

딱!

이탄이 손가락을 튕기자 불이 들어왔다. 주변이 온통 어두운 가운데 이탄과 이채민에게만 조명이 집중되었다.

어제와 달리 이탄은 이채민을 대하면서도 전혀 화가 치밀지 않았다. 이탄의 심리상태는 잔잔한 호수의 표면처럼 고요했다. 혹은 북해 바다 속에 잠긴 빙하처럼 온도의 변화가 없었다.

'20년 전의 일은 이만 잊자. 그동안 나를 낳은 생모가 궁금하여 낯짝이나 한번 보고 싶었을 뿐이 아닌가. 이제 궁금증을 풀었으니 되었어. 오늘은 이채민을 다그쳐서 유령조직의 비밀이나 캐내야겠다.'

이탄은 마음속의 어머니를 강물에 띄워 보냈다. 더 이상 이탄에게 이채민은 어머니가 아니었다. 완전히 남이었다.

아니, 사물이었다.

멀쩡한 사람을 사물처럼 대하는 것은 이탄의 오랜 버릇이었다.

간철호의 몸을 차지한 이후로 이탄은 간씨 세가의 사람들을 가능하면 인간적으로 대해주었다.

간철호의 부인들은 남편(?)의 달라진 모습에 감동하여 가슴이 두근거릴 정도였다.

간철호의 자식들도 마찬가지였다. 부친이 겉으로는 무심한 척하면서 은근히 챙겨주자 다들 감동을 받았다.

간철호의 심복들이나 시녀들도 간철호를 존경했다.

바로 여기에 함정이 있었다.

사실 이탄은 간씨 세가 사람들을 인간으로 대우해 주는 것이 아니었다. 그들을 바라보는 이탄의 눈빛은 고리대금업자가 고객, 아니 돈을 보는 눈빛과 같았다.

그렇다. 이탄은 사람을 돈으로 대했다.

이탄의 인성이 이처럼 꼬이게 된 것은 솔직히 이탄의 잘못만은 아니었다. 이탄은 한창 감수성을 형성할 나이에 간씨 세가에 실험체로 끌려왔고, 그 결과 인간의 감정이 결여된 채 양육되있다.

때문에 이탄은 사람을 사람처럼 대할 줄 몰랐다. 이탄은 사람과 사물이 무엇이 다른지도 구별하지 못했다.

그러던 이탄이 어제는 이채민을 대하면서 살짝 흥분했었

다. 살짝이었지만 이탄의 마음속에 인간의 감정이 치밀어 올랐다.

그건 이채민 때문이 아니었다. 이탄은 모친이 아니라 망령목에 매달린 스스로를 보고는 울컥했던 것이었다.

오늘은 달랐다. 이채민을 향한 이탄의 눈빛은 마치 무생물을 대하는 것처럼 감정이 실리지 않았다.

이채민도 그걸 느꼈다.

"윽."

이채민은 간철호(이탄)를 보면서 도저히 넘을 수 없는 벽, 혹은 산악을 대하는 듯한 느낌을 받았다.

겁먹은 개가 먼저 짖는다고, 이채민이 먼저 이탄에게 선수를 쳤다.

"대지의 소서러여, 네가 어제 했던 감언이설은 모두 거짓이다. 나는 네 말을 단 한 마디도 믿지 않는다."

이채민은 이런 말로 이탄을 흔들려고 시도했다.

이탄은 아무렇지도 않게 고개를 끄덕였다.

"그러든가."

"뭐?"

"믿기 싫으면 믿지 말라고. 하긴, 믿고 싶지 않겠지. 공주가 한낱 시녀에게 약혼자를 빼앗겼으니 자존심이 상했을 거야. 게다가 그 시녀에게 자식도 빼앗겼잖아? 당연히 속이 말이 아닐 테지."

"크윽."

이채민은 피가 나도록 입술을 깨물었다.

"햐아, 한낱 시녀 주제에 공주의 남자와 공주의 아이를 빼앗아? 설령 그랬다고 치자. 그렇게 빼앗았으면 남자와 아이에게 잘해 주기라도 했으면 좋았을 것을. 쯧쯧쯧. 결국 남자는 시녀에게 버림받아 알콜 중독자가 되었다가 칼에 찔려 죽었네? 또한 아이는 원수에게 실험체로 팔려서 기괴한 꼬라지가 되었지? 그런데 이 모든 사태의 배후에 공주의 부친이 있었다고? 와아, 나 같아도 인정하기 싫겠다."

이탄은 놀리듯이 쏘아붙였다.

"그만! 그만! 그만! 닥쳐라, 이노옴."

이채민이 잔뜩 분노했다. 이탄의 노려보는 이채민의 눈에서는 금방이라도 불이 쏟아질 것 같았다. 눈물이 터질 것 같았다. 실제로 이채민의 온몸이 불덩이로 변하려는 듯한 조짐을 보였다.

그 즉시 이탄이 손을 휘둘렀다.

쫘악!

"꺄악."

입술에서 피가 튀었다. 고개가 홱 돌아갔다.

이채민이 맞은 것이 아니었다. 이탄은 목줄을 채워서 끌고 온 용설란을 향해서 따귀를 날렸다.

이채민은 그제야 용설란의 존재를 알아차렸다.

Chapter 2

"아악, 설란아."

이채민이 비명을 질렀다.

"허억? 마마, 공주마마."

용설란은 강한 타격에 바닥에 쓰러졌다가 엉금엉금 일어났다. 그리곤 귀신을 보는 듯한 눈으로 이채민을 올려다보았다.

용설란의 오른쪽 뺨은 퉁퉁 부어 있었다. 이탄에게 따귀를 얻어맞은 탓이었다. 그런 용설란의 뺨을 타고 눈물이 주르륵 쏟아졌다.

그러니까 조금 전 이탄이 날렸던 독설은, 이채민에게 들으라고 한 이야기가 아니었다. 용설란을 겨냥한 독설이었다.

"으흐흑, 채민 마마. 저를 죽여주시옵소서."

용설란이 바닥에 머리카락을 풀어헤치고 서럽게 흐느꼈다.

용설란의 긴 머리카락이 간씨 세가 훈련실 바닥에 먹물처럼 둥글게 퍼졌다. 용설란의 어깨는 위아래로 들썩거렸다.

용설란을 보는 이채민의 눈빛은 복잡했다. 지금 용설란의 태도만 보더라도 어제 이탄이 했던 이야기가 사실임이 증명되었다.

"아니야. 그럴 리가 없어. 탄이가 살아 있었을 리 없다고. 으아아악! 아니야. 아니라고."

이채민은 쥐어짜는 비명으로 현실을 부정했다.

그래봤자 달라질 것은 없었다.

"으흐흐흑, 마마. 제 목을 잘라주시옵소서. 으흐흐흐흑."

용설란의 울음은 한층 더 고조되었다.

이탄은 울부짖는 두 여인을 보고도 전혀 마음의 동요가 없었다. 어제와는 확실히 다른 모습이었다.

이탄이 어깨를 으쓱했다.

"자자, 눈물겨운 상봉은 나중에 하라고. 너희들끼리 목을 자르든 말든 나는 상관없으니까, 그것도 나중에 둘이 해결해. 오늘은 내가 몇 가지 묻고 싶은 게 있는데 말이야, 그에 대한 대답을 해줬으면 좋겠어."

이탄은 팔소매를 척척 걷은 뒤, 용설란의 목줄을 앞으로 휙 잡아당겼다.

"아아악."

용설란은 얼굴에 눈물 콧물이 범벅이 된 채로 힘없이 이탄에게 딸려왔다.

이탄은 용설란의 목줄을 바짝 틀어쥔 뒤, 이채민에게 물었다.

"너희들의 무리를 편의상 유령조직이라고 부르마. 그 유령조직 안에 미래를 보는 자가 있다지?"

"으흡!"

이채민이 두 눈을 부릅떴다.

'아뿔싸. 대지의 소서러는 이미 천공안에 대해서도 파악하고 있었구나.'

이채민은 피가 싸늘하게 식는 기분이었다.

유령조직 내에서도 천공안의 존재를 아는 자는 극소수에 불과했다.

그리고 그 극소수의 사람들은 불의 수호룡과 함께 이린의 천공안을 세상에서 가장 소중히 여겼다.

이건 당연한 일이었다.

그동안 유령조직이 승승장구하면서 오대군벌들 사이를 이간질할 수 있었던 비결이 무엇이던가?

모두 이린의 천공안 덕분이었다.

한데 대지의 소서러는 조직의 약점을 정확하게 찔렀다. 이채민은 자신도 모르게 부르르 몸서리를 쳤다.

이탄이 속사포처럼 질문세례를 퍼부었다.

"미래를 보는 자가 누구냐? 그의 성별은? 나이는? 혹시 미래를 보는 자가 한 명인가? 아니면 여러 명인가?"

"흥. 대지의 소서러, 지금 무슨 소리를 하는 거냐? 미래를 본다니? 혹시 점쟁이를 이야기하는 것이냐? 흥. 흥."

이채민은 애써 부정하려 했다.

이탄이 어깨를 으쓱했다.

"맞아. 굳이 표현을 하자면 점쟁이일 수도 있겠군. 하여간 미래를 꽤나 정확하게 보는 자가 있잖아. 너희들 유령조직 안에 말이야."

"글쎄? 나는 모르겠는데."

이채민은 가까스로 표정을 관리하면서 시치미를 떼었다.

"훗."

이탄이 입꼬리를 비틀었다.

이탄은 또 다른 서류 한 뭉치를 이채민에게 던졌다. 이번 서류도 허공에 둥실 떠서 이채민의 눈앞에 활짝 펼쳐졌다.

이것은 그동안 학선생이 남몰래 간씨 세가에 보낸 편지들이었다.

편지의 내용은 암호처럼 몇 개의 단어들로만 이루어져 있었으나, 이채민은 그것을 보는 즉시 속뜻을 이해했다.

'이런 미친!'

이채민은 두 가지 사실에 놀랐다.

첫째, 이채민은 우선 편지 작성자의 비열한 배신 행위에 놀랐다.

둘째, 이채민은 이 편지에 적힌 글씨체가 학선생의 것임을 알아보았다.

그동안 이채민은 학선생을 살모사라 여기며 저주했다. 그러면서도 이채민은 학선생의 충성심만큼은 의심하지 않았다.

'살모사가 비록 권력을 탐하여 나와 수민 언니를 어떻게든 견제하려 들기는 한다만, 폐하와 택민이를 향한 그의 충성심까지 거짓은 아닐 거야. 그가 비록 불의하고 불효한 자일지라도 설마 불충하지까지는 않겠지. 그래도 그는 회양당의 당주가 아닌가.'

이것이 학선생에 대한 이채민의 평가였다.

그런데 그 한 가닥의 기대마저 무너졌다. 간철호가 이채민에게 보여준 편지가 조작된 것이 아니라면, 학선생은 이 공마저 독니로 물어뜯는 비열한 배신자였다. 진짜 살모사 새끼가 맞았다.

이채민은 두 눈을 질끈 감았다.

'미쳤구나. 학선생이 미쳐도 단단히 미쳤어. 간씨 놈들과 같은 역적들에게 저 따위 비굴한 편지를 보내다니.'

그런 이채민의 귀에 이탄의 목소리가 나긋나긋하게 파고들었다.

Chapter 3

이탄이 속삭였다.

"나에게 이 편지를 보낸 자가 그러더군. 자신이 미래를 읽을 수 있다고. 자신은 쓸모가 많으며, 이공은 천하의 쓰레기이니, 우리 간씨 세가에서 자신을 구해달라고. 그러면서 붉은 드래곤과 화염의 여제가 세상에 등장할 것이라 예언을 하더구먼. 아하하하."

"으윽."

이채민은 아무런 대꾸도 하지 않으려 했다. 그런데 불의 수호룡과 자신이 언급되자 무의식중에 잇새로 신음을 토했다.

이탄이 이야기를 계속했다.

"그런데 편지의 내용이 어딘지 모르게 의심스러워서 말

이야. 과연 이 편지를 보낸 자가 미래를 읽을 수 있나 싶더라고. 아니지? 미래를 읽는 자와 편지를 보낸 자는 완전히 다른 인물이지?"

"나는 모른다."

이채민은 눈도 뜨지 않고 이탄의 말을 잘랐다.

그 순간 화끈한 타격음이 터졌다.

"까악!"

우당탕 소리와 함께 비명도 뒤따랐다.

'뭐야?'

이채민은 반사적으로 눈을 떴다. 이채민의 눈에 용설란이 저 멀리 나가떨어진 모습이 보였다.

이탄은 비록 마음속에서 어머니라는 존재를 강물에 띄워 보냈으나, 차마 이채민에게 직접 손찌검을 할 수는 없었다.

오늘 이탄이 용설란에게 목줄을 채워서 이곳에 끌고 온 이유가 바로 이 용도였다. 이채민을 심리적으로 압박하여 고급정보를 캐낼 목적.

이채민도 바보가 아닌지라 이탄의 의도를 눈치챘다. 이채민은 약해지려는 마음을 꽉 다잡고는 독하게 뇌까렸다.

"흥. 어림없는 수작이다. 간철호, 네 스스로 말하지 않았더냐. 저 시녀가 나의 약혼자와 아이를 빼앗아갔다고 말이다. 그러니 네가 저 시녀를 구타한들 내가 눈 하나 깜짝할 것 같으냐? 괜히 헛힘 쓰지 마라."

"맞습니다, 공주마마. 저는 오늘 이자의 손에 맞아 죽어도 괜찮으니 마마께서는 끝까지 버티십시오. 우흐흐흑."

용설란이 즉각 호응했다.

두 여인은 한 마음 한 뜻으로 각오를 다졌다. 2명 모두 죽으면 죽었지 절대 간씨 놈들과 같은 역적들에게 굴복할 생각이 없었다.

이탄이 빙그레 미소를 지었다.

"그래? 역시 시녀만으로는 안 통하나? 그렇다면 이건 또 어떨까?"

이탄이 허공에서 무언가를 끄집어내는 시늉을 했다.

이윽고 빈 허공이 쩌억 쪼개지면서 그 속에서 수백 미터 크기의 붉은 드래곤이 끌려나왔다. 이탄이 이채민 앞에 끌어낸 생명체는 다름 아닌 불의 수호룡이었다.

[끄라롯?]

한때 건국황 이관을 태우고 세상의 모든 하늘을 활공했으며, 지금은 화염의 여제 이채민과 맹약을 맺은 위대한 존재가 이탄에 의해 비참하게 끌려왔다.

이탄은 손등을 수평으로 휘둘렀다.

그 즉시 이탄의 손끝에서 붉은 노을 같은 기운이 창연하게 일어났다. 이탄은 그 기운으로 수호룡의 머리 옆면을 후려쳤다.

뻐억!

[꿰엑.]

이탄의 가벼운 손짓 한 방에 불의 수호룡이 고꾸라졌다. 수호룡의 이빨도 무려 수십 개나 부서졌다. 심지어 수호룡의 턱뼈도 반쯤 부러졌다.

이탄이 힘 조절을 했기에 망정이지 제대로 때렸으면 불의 수호룡은 아마 뼈가 분쇄되어 즉사했을 것이다.

게다가 지금 이탄이 휘두른 폭력은 불의 수호룡의 영혼이 아니라 육체에 직접 가해진 것이었다.

물론 영혼에 타격을 입어도 공포를 느끼는 것은 똑같다. 대신 영혼에 가해진 부상은 회복하는 데 시간이 걸리지는 않는다.

반면 지금처럼 직접 육체에 가해진 충격은 회복 시간이 오래 걸릴 뿐 아니라 자칫하면 영원히 불구가 될 수도 있었다.

그것보다 더 큰 문제는 불의 수호룡의 정신 상태였다.

원래 불의 수호룡은 적에게 한 방 얻어맞았다고 겁을 집어먹을 만큼 성격이 호락호락하지 않았다. 불의 수호룡의 자존심은 세상에서 가장 높은 산봉우리보다도 더 높았다. 최소한 이채민은 그렇게 알고 있었다.

그런데 지금은 달라졌다.

이탄의 영혼 속에 한 번 끌려갔던 이후로 불의 수호룡의 혼백에는 이탄에 대한 근원적 공포가 단단히 새겨져 버렸다.

[꿰웩. 잘못했습니다. 제가 무조건 잘못했습니다. *끄우우우*, 제발 살려만 주십시오. 제발 그만 때리십시오. *끄우우욱.*]

불의 수호룡이 바닥에 납죽 엎드려 이탄에게 싹싹 빌었다.

수호룡의 어이없는 모습에 이채민이 입을 딱 벌렸다.

"허억! 위대한 존재시여, 이게 무슨 일입니까?"

"말도 안 돼."

용설란도 믿기지 않는다는 듯이 자신의 눈을 비볐다.

이탄이 불의 수호룡을 향해서 손을 뻗었다.

불의 수호룡의 커다란 머리가 철광석을 만난 자석처럼 휙 딸려왔다. 수호룡의 멋들어진 뿔 하나가 이탄의 손아귀에 잡혔다.

불의 수호룡이 가진 뿔은 1,000년 묵은 거목만큼이나 굵었다. 그 굵은 뿔을 사람이 한 손으로 쥔다는 것은 물리적으로 불가능했다.

이탄은 그 불가능을 가능케 만들었다.

이탄이 뿔을 쥐고 당기자 수호룡의 머리가 종잇장처럼

이탄을 향해서 숙여졌다. 그 상태에서 이탄이 손에 힘을 주었다.

뿌드드드득—.

끔찍한 소리가 울렸다. 이건 아름드리 거목이 땅에서 생으로 뽑혀 나오는 듯한 소리였다.

실제로 불의 수호룡이 자랑하는 뿔 하나가 머리에서 뽑힐 듯이 들썩였다. 뿔과 머리가 맞닿은 부위에서는 피가 낭자하게 흘렀다.

[꾸웨엑? 꿰에에엑! 꿰에에에엑!]

불의 수호룡이 미친 듯이 괴성을 질렀다. 불의 수호룡은 뿔이 뽑히기 싫어서 마구 발버둥을 쳤다.

그런데 이탄의 악력이 얼마나 엄청났던지 거대한 수호룡이 미친 듯이 날뛰는 데도 전혀 벗어날 수가 없었다.

꽈득!

마침내 뿔 한쪽이 완전히 수호룡의 머리에서 이탈했다. 뿔의 밑동은 거칠거칠하게 부러진 모습이었다.

중간에 뿔이 부러진 게 차라리 다행이었다. 이탄이 제대로 발골 스킬을 사용했더라면 뿔과 더불어서 수호룡의 두개골 전체가 머리 가죽을 뚫고 뽑혀 나올 뻔했다.

Chapter 4

콰앙.

이탄은 커다란 뿔을 훈련실 저편에 내동댕이쳤다.

뿔의 무게 때문에 훈련실 전체가 들썩였다. 수호룡의 뿔에서 뿜어지는 열기 때문에 훈련실 바닥에서는 새하얀 연기가 피어올랐다. 뿔과 직접 닿은 바닥 부위는 흐물흐물 녹기 시작했다.

그 뜨거운 뿔을 만지고도 이탄의 손바닥은 멀쩡해 보였다.

"미친!"

이탄이 과시한 압도적인 폭력에 이채민은 입만 벙긋거렸다.

"으흐으읍."

용설란은 손으로 자신의 입을 꽉 틀어막고 가느다란 신음을 흘렸다.

이탄이 이채민을 빤히 쳐다보았다.

"다시 한번 묻지. 나에게 편지를 보낸 얍삽한 배신자 녀석 말이야, 그가 미래를 읽는 자인가?"

이채민은 이번에도 대답을 망설였다.

이탄은 한숨을 쉬었다.

"후우, 이 도마뱀 녀석의 뿔을 하나 더 뽑아야 대답을 들을 수 있으려나?"

"헉!"

이탄의 중얼거림에 이채민이 기겁을 했다.

불의 수호룡은 더더욱 기겁했다.

[이런 쌍! 어서 말해. 맹약을 끊어버리기 전에 어서 이분께 답을 하라고.]

어찌나 급했던지 불의 수호룡은 이채민에게 욕을 뱉었다. 욕도 욕이지만, 그보다 더 당혹스러운 것은 불의 수호룡이 내뱉은 협박이었다.

'위대한 존재시여······.'

이채민은 진심으로 당황했다.

불의 수호룡이 이채민을 마구 다그쳤다.

[어서 답해. 나 죽는 꼴을 보기 싫으면 어서 답을 하라고. 이런 쌍! 쌍! 쌍!]

이탄은 잠시 동안 수호룡과 이채민의 툭탁거림을 지켜보았다. 그러다 다시 한번 협박성 멘트를 툭 던졌다.

"답이 늦는군."

이 한 마디와 함께 이탄은 불의 수호룡의 코 밑에 돋아 있는 비늘 하나를 붙잡아서 그대로 잡아 뜯었다.

부왁.

최첨단 미사일에 직격을 당해도 끄떡없다는 단단한 비늘이 이탄의 손짓 한 번에 종잇장처럼 뜯어졌다.

[꾸웩, 잘못했습니다. 꾸웨엑. 제가 다 잘못했습니다.]

불의 수호룡은 자존심이고 뭐고 다 내팽개쳤다. 그는 제자리에 바싹 엎드려 이탄에게 싹싹 빌었다.

이탄은 불의 수호룡을 쳐다보지도 않았다. 이탄의 시선은 오로지 이채민만을 뚫어지게 응시했다.

"너의 답이 늦어서 이 녀석의 비늘 하나를 뽑았다. 조금더 답이 늦으면 비늘 한 조각을 더 뜯어주지. 마침 이 도마뱀 새끼는 비늘이 많으니까 괜찮아. 너는 계속해서 그렇게 시간을 끌어라. 나는 계속해서 비늘이나 뜯으련다. 그러다이 도마뱀의 모든 비늘을 홀랑 벗겨낸 뒤엔 뿔을 마저 발라주마."

"이런 미친 새끼!"

이채민이 이탄에게 욕을 퍼부었다.

이탄은 그에 대응이라도 하듯이 수호룡의 비늘 한 조각을 또 뽑았다.

[꾸웩.]

비늘이 뽑히면서 피가 튀었다. 이탄은 수호룡의 피를 아무렇지도 않게 뒤집어썼다. 온몸에 피칠갑을 한 채 이채민을 바라보는 이탄의 모습은 그 자체가 공포였다. 특히 용설란은 자지러지다 못해 오줌까지 지렸다. 용설란은 이탄의 무서움을 직접 겪어 보았기에 더더욱 반응이 격렬했다.

부왁—.

이탄이 마침내 세 번째 비늘을 뽑았다.

[크락, 크롸라라락—.]

불의 수호룡은 미친 듯이 난동을 부렸다. 훈련실 전체가 무너질 듯 흔들렸다.

"확, 뿔부터 뽑아주랴? 가만히 못 있어?"

이탄은 불의 수호룡을 윽박질렀다.

[허걱. 아닙니다. 가만히 있겠습니다.]

불의 수호룡은 기겁을 하면서 이탄에게 얌전히 비늘을 대주었다.

비늘이 뽑히는 고통도 상당하지만, 뿔이 뽑히는 고통과 비할 수는 없었다. 그래서 불의 수호룡은 이탄에게 차라리 비늘을 대준 것이다.

불의 수호룡은 이런 자신의 행동이 너무나도 꼴 보기 싫었다. 너무나도 비참했다. 그 수치심과 원망이 온통 이채민에게 쏟아졌다.

[인간 여자여, 너와의 맹약은 여기서 끝이다. 너처럼 우유부단한 자와 피의 맹약을 맺다니, 내가 어리석었구나.]

불의 수호룡이 이채민에게 폭언을 퍼부었다.

'위대한 존재시여, 지금 제게 우유부단하다고 하셨습니까?'

이채민이 당황하여 되물었다.

불의 수호룡은 당연하다는 듯이 이채민에게 쏘아붙였다.

[하! 우유부단하고말고. 너는 너와 맹약을 맺은 내가 중하냐? 아니면 너희 조직의 비밀이 중하냐?]

'그건!'

[이것 봐라. 너는 무엇이 중한 지도 모르는구나. 둘 중 하나를 선택해야 할 시점에서 너는 아무 쪽도 선택하지 못하고 우유부단하게 망설이고만 있구나. 알겠다. 네가 나의 목숨을 평소에 얼마나 하찮게 생각하고 있었는지 이 기회에 알게 되었으니 되었다. 오래 전 너의 선조인 이관은 스스로의 목숨보다도, 심지어 자신이 세운 제국보다도 나를 더 아껴주었건만. 쯧쯧쯧.]

불의 수호룡은 어린아이처럼 생떼를 썼다.

그런데도 이채민은 상대에게 뭐라고 대꾸할 말을 찾지 못했다. 건국황 이관이 쥬신 제국보다 불의 수호룡을 더 아꼈다는 말이 사실이기 때문이었다. 실제로 이관은 신하들 앞에서 가끔씩 수호룡에 대한 애착을 드러내곤 하였으며, 그 이야기가 쥬신황조실록에 기록되어 오늘날까지도 전해졌다.

'건국황께서 쥬신 제국보다 수호룡을 더 아끼신 것은 엄연한 사실이 아닌가. 그렇다면 나도 수호룡을 위해서 쥬신 제국의 부활을 저버려야 하는 것이 아닐까?'

순간적으로 이채민은 수호룡의 투정에 설득을 당할 뻔했다.

Chapter 5

그러다 이채민이 황급히 고개를 가로저었다.

'아니야. 이건 단순히 조직의 안녕이 문제가 아니라고. 내 조카 이린의 일이야.'

이채민이 독하게 결심을 할 때였다.

부왁― 부왁― 부와왁.

이탄은 수호룡의 붉은 비늘 3개를 연달아 뜯어버렸다.

[꿱, 꿱, 꾸웩.]

불의 수호룡도 세 번 연달아 괴성을 질렀다.

수호룡의 비늘을 벗긴 장본인은 어디까지나 이탄이었다. 그런데 이번에도 불의 수호룡의 분노는 이탄이 아닌 이채민을 겨누었다.

불의 수호룡은 단순히 분노한 정도를 넘어섰다. 이채민

을 향한 불의 수호룡의 눈빛은 불구대천의 원수를 보는 듯했다.

'아아아, 위대한 존재시여.'

억울함과 배신감으로 점철된 불의 수호룡의 눈빛을 보자 이채민은 정신이 번쩍 들었다. 이채민의 뇌리에는 수호룡의 으르렁거림이 강하게 울려 퍼졌다.

[너의 뜻을 알겠다. 이제 너와의 맹약을 거두마.]

순간, 이채민은 위대한 존재와의 교감이 뚝 끊어지는 듯한 감각을 맛보아야만 했다.

그것은 절망감이었다.

그것은 공허함이었다.

그것은 상실감이었다.

과거에 이채민이 쥬신의 황릉에서 위대한 존재와 처음 피의 맹약을 맺었을 당시, 그녀는 온 세상을 다 얻은 것 같은 희열감을 느꼈다. 온몸이 에너지로 꽉 차오르는 듯한 충만감을 만끽했었다.

그렇게 꽉 차 있던 것이 한순간에 물거품처럼 꺼져 버렸다. 그러자 반대급부로 미쳐버릴 듯한 상실감이 이채민을 휘감았다.

'안 돼. 안 돼. 제발. 그러지 마세요. 제발 저와의 맹약을 끊지 말아주십시오.'

이채민이 철제의자에서 바동거렸다.

[닥쳐라.]

불의 수호룡은 이채민의 간청을 들어주지 않았다.

"아아악. 아악."

맹약이 완전히 끊기자 이채민의 얼굴에는 붉고 푸른 핏줄이 우툴두툴하게 돋았다. 이채민은 마약 중독자가 금단 현상을 겪는 것처럼 온몸을 바들바들 경련했다.

이탄이 옆에서 악마처럼 부추겼다.

"이채민. 나는 도통 너를 이해할 수가 없구나."

"뭐라고?"

"한번 곰곰이 생각해봐라. 간씨 세가에 편지를 보낸 자는 너희 조직의 입장에서는 배신자가 아닌가? 그런 배신자 따위를 네가 굳이 감싸 줄 이유가 있나?"

"그건!"

이채민은 말문이 턱 막혔다.

"내가 원하는 바는 간단해. 그 배신자가 미래를 읽는 자인가, 아닌가? 그것만 말해주면 돼. 우선은."

이탄이 마지막에 내뱉은 "우선은."이라는 단어는 유독 작게 들렸다. 이채민은 이 마지막 단어를 제대로 듣지 못했다. 지금 이채민은 이탄의 속삭임에 현혹되어 귀가 잘 들리지 않았다.

'간철호의 말이 맞아. 내가 학선생을 보호해줄 이유가 전혀 없잖아? 그가 천공안의 주인이 아니라고 밝힌들 무슨 문제가 되겠어?'

이채민은 이렇게 자기합리화를 했다.

만약에 누군가가 이채민에게 위대한 존재와 학선생, 둘 중에 하나만 고르라고 하면, 그녀는 일말의 망설임도 없이 위대한 존재를 선택할 것이었다. 그렇다면 이채민의 마음은 정해진 셈이었다.

'내가 왜 어리석게 선택을 망설였을까? 내가 이러니까 위대한 존재께서 나에게 실망하신 거야.'

심지어 이채민은 이렇게 자책까지 하면서 이탄의 질문에 대답했다.

"그 배신자 놈은 미래를 읽는 능력이 전혀 없다. 그놈과 미래를 읽는 자는 완전히 다른 인물이다."

이채민은 지금 큰 실수를 범하였다. 이채민의 대답 안에는 "우리 조직에 미래를 읽는 자가 있다."라는 고백이 포함된 셈이었다.

결국 이탄은 교묘한 질문으로 이채민을 낚았다. 이채민은 자신이 저지른 실수도 모른 채 황급히 불의 수호룡부터 찾았다.

'위대한 분이시여, 저는 이 자의 질문에 대답을 했습니

다. 그러니 제발 다시 맹약을 복구해주십시오. 허어억, 제발.'

이채민이 불의 수호룡에게 간절히 간청했다.

불의 수호룡은 이채민을 본체만체하고서 이탄만 바라보았다.

[이제 저 인간 여자가 답을 했지 않습니까? 그러니 제발 제 비늘 좀 그만 뽑으십시오. 너무 아픕니다. 크허허헝.]

이탄은 칭얼거리는 불의 수호룡을 못 본 척했다. 그리곤 이채민에게 말을 걸었다.

"화염의 여제께서 드디어 답을 하셨구먼. 좋아. 아주 잘했어. 그런데 말이야, 이렇게 대답을 듣고 나니 내 머릿속에 두 가지 추측이 떠오르네."

이탄은 이채민 앞에 손가락 2개를 내밀었다.

이탄은 두 손가락 중 검지를 먼저 접었다.

"첫째, 우리 간씨 세가에 편지를 보낸 배신자는 당신에게 중요한 인물은 아니었나 보지? 그가 비록 이공에게는 중요한 인물일지 모르겠으나, 당신에게까지 중요한 인물은 아니었던 거야. 내 말이 맞지?"

이탄의 추측은 송곳처럼 예리했다.

"큭."

이채민은 자신도 모르게 표정으로 답을 했다.

이탄은 하얀 미소와 함께 두 번째 손가락을 접었다.

"좋아. 그렇다면 두 번째 추측이야. 이채민, 당신은 미래를 읽는 자를 끝까지 보호하려고 들었어. 맹약을 맺은 드래곤을 포기하면서까지 그자를 지키려고 했지. 이걸 바꿔 말하면, 미래를 읽는 자가 당신에게 아주 중요한 인물이라는 뜻이거든. 과연 그가 누구일까? 당신의 언니? 동생? 딸? 아들? 아니면 조카인가?"

이탄은 머리가 비상했다.

이탄은 단편적인 정황만 가지고도 정답에 근접해버렸다.

"허억? 그걸 어떻게!"

이채민이 헛바람을 집어삼켰다.

이 대목에서 이탄은 한 번 더 이채민의 마음을 흔들어놓았다.

"후훗. 어차피 이공은 답이 아니야. 이공이 미래를 읽는 자일 리는 없어. 그렇다면 미래를 읽는 자는 당신의 언니나 동생, 어쩌면 당신이 새로 낳은 자식, 그것도 아니면 조카 중 하나겠지."

이채민이 움찔 몸을 떨었다.

Chapter 6

이탄이 추측을 이었다.

"그런데 참 희한하네? 앞뒤 정황상 당신이 20년 전에 자식 놈…… 그러니까 이탄을 내팽개친 이유가 저 드래곤과 맹약을 맺는 데 방해가 되어서 그런 것 아냐? 그런데 오늘 당신은 미래를 읽는 자를 지키기 위해서 저 드래곤을 버렸잖아. 이게 말이 돼? 그러니까 지금 당신이 악착같이 지키려는 대상이 저 드래곤보다, 혹은 이탄이라는 자식새끼보다 더 중요하다는 뜻인가?"

이탄의 독설이 날카로운 송곳이 되어 이채민의 가슴을 후벼 팠다.

"으흑, 흐흐흑."

이채민은 자신도 모르게 울음을 터뜨렸다.

이채민은 지금 뭐라고 말을 해야 할지 몰랐다.

불의 수호룡은 부리부리한 눈으로 이채민을 노려보고 있었다. 이탄도 흥미진진하게 이채민의 답을 기다렸다.

20년 전 이채민의 마음속에는 다음과 같은 공식이 자리했던 것이 분명했다.

아들 〈 불의 수호룡

'그런데 지금은? 미래를 읽는 자가 더 중요한가? 불의 수호룡보다도 더?'

이탄은 이채민을 향해서 이런 가혹한 화두를 던져놓았다.

이채민은 혼란스러운 듯 머리를 가로저었다.

'아아아, 내 조카 이린아. 우리 린이를 위해서라면 이모는 목숨도 버릴 수 있단다. 그런데 린이를 위해서 수호룡과의 맹약을 끊을 수 있을까? 이모는 위대한 존재와 맹약을 맺기 위해서 자식도 버렸는데?'

만약 이채민이 이린을 위해서 불의 수호룡을 버린다면?

그렇다면 앞의 공식은 다음과 같이 바뀌는 셈이었다.

아들 〈 불의 수호룡 〈 조카

이채민이 끝까지 이린에 대해서 함구한다면, 위 공식은 엄연한 사실로 증명되는 셈이었다. 이탄이 이채민에게 씌운 프레임 상에서는 분명 그러했다.

그런데 세상의 어느 어미가 자식보다 조카를 더 위한단 말인가? 이 또한 비정상적인 일이리라.

'린이야, 이모는 어떻게 하면 좋니? 으흐흐흑.'

이채민은 울기만 할 뿐 선뜻 결정을 내리지 못했다. 그렇게 시간이 흐르자 불의 수호룡은 짜증이 치솟았다.

[크롸왓. 역시 너는 답답하기 이를 데 없구나. 인간 여자여, 나는 너처럼 우유부단한 자와 맹약을 맺었던 것을 진심으로 후회하노라.]

마침내 불의 수호룡이 이채민에게 결정타를 날렸다.

'허업!'

이채민이 헛바람을 집어삼켰다.

불의 수호룡의 적나라한 선언이 이채민에게 큰 충격을 안겨주었다. 그와 동시에 불의 수호룡과 이채민 사이의 연결고리도 완전히 끊어질 기미를 보였다.

둘 사이의 맹약은 이미 조금 전에 취소된 상태였다.

설령 그렇다고 하더라도 수호룡과 이채민 간에는 아주 가느다란 실 한 가닥이 걸쳐져 있었다. 불의 수호룡과 이채민이 소리를 내지 않고도 서로 의사를 주고받을 수 있다는 점이 바로 그 증거였다.

그런데 지금은 그 아슬아슬한 연결마저 완전히 끊길 판국이었다.

'위대한 존재시여, 안 됩니다. 저는 결정했습니다.'

이채민이 황급히 불의 수호룡을 붙잡았다. 그런 다음 이채민은 간철호(이탄)에게 고개를 확 돌려 악을 썼다.

"으드득. 네놈이 찾는 사람은 내 조카다. 내 조카가 천공 안으로 미래를 읽는다. 이제 되었느냐? 그렇다면 당장 비 늘을 뽑기를 멈춰라."

드디어 이탄은 원하는 답을 들었다.

"오호? 천공안이라고 했나?"

이탄의 두 눈이 반달 모양으로 둥글게 휘었다. 이탄의 입 가에는 배시시 미소가 걸렸다.

그 미소가 무척 사악하게 보였다.

무엇이든 처음 한 번이 어렵지, 일단 저지른 짓을 반복하 기란 쉬운 법이었다.

이채민의 경우도 마찬가지였다. 그녀는 이탄의 협박에 못 이겨 천공안에 대해서 털어놓았다.

그렇게 조직의 가장 큰 비밀을 토설한 이후로, 이채민은 크고 작은 비밀들을 술술 뱉을 수밖에 없었다.

물론 이채민이 그냥 입을 연 것은 아니었다. 이탄은 얄밉 게도 용설란과 불의 수호룡을 지렛대로 삼았다.

용설란의 얼굴에 이탄의 손찌검이 날아왔다.

쫘악—.

"꺅!"

이탄에게 따귀를 맞은 용설란은 저 멀리 날아갔다가 엉 금엉금 다시 기어왔다. 용설란의 얼굴은 퉁퉁 부어서 형체를 알아보기 힘들었다. 이탄은 용설란의 머리카락을 붙잡아 이채민 앞에 들이밀고는 유들유들하게 겁박했다.

"화염의 여제여, 너는 이미 이린의 천공안에 대해서 말해주었잖아. 거기에 비하면 팔군의 정보는 아무것도 아닐 텐데 뭘 그렇게 고집을 부리시나? 네 시녀가 고통을 받는 게 불쌍하지도 않나?"

이채민은 엉망으로 망가진 용설란의 얼굴을 차마 보지 못했다.

"크으윽. 이 더러운 놈. 오냐. 내가 팔군에 대해서 말할 테니 더 이상 그녀를 구타하지 마라."

이채민이 고통스럽게 머리를 가로저었다.

이채민은 자포자기하는 심정으로 팔군의 주요 거점들을 지도에 표시했다. 팔군의 지휘관들에 대해서도 입을 열었다.

제4화
오대군벌의 역습 I

Chapter 1

유령조직의 팔군은 크게 천·지·현·황과 동·서· 남·북으로 나뉘어 있었다.

이 가운데 천로군과 지로군, 현로군, 황로군은 내군이라 불리는 중앙군에 해당했다.

그런 만큼 천로군을 지휘하는 용성 대장군, 지로군을 지 휘하는 호문평 대장군, 현로군을 지휘하는 양선창 대장군, 황로군을 지휘하는 관욱 대장군도 모두 쥬신 제국의 충신 가문 출신이었다.

반면 동로군, 서로군, 남로군, 북로군은 각지에 퍼져 있 는 외군이었다.

따라서 동로군의 바투 대장군이나 서로군의 시린 대장군, 남로군의 인유강 대장군, 북로군의 조로스 대장군은 쥬신 출신이 아닌 외부인들로 채워졌다.

한편 이채민은 회양당의 2대 당주인 학송에 대해서도 밝혔다. 학송은 회양당의 당주인 동시에 이공을 가까운 거리에서 보필하는 상서령(尙書令)이었다. 이채민은 바로 그 학송이 간씨 세가에 편지를 보낸 배신자임을 폭로했다.

물론 이채민은 모든 정보를 곧이곧대로 밝히지는 않았다. 이채민은 중간 중간에 거짓말을 섞어서 이탄에게 혼란을 주려고 시도했다.

그러다가 몇 차례 이채민의 거짓말이 발각되었다.

이탄은 이미 팔군에 대해서 20 퍼센트 정도는 꿰뚫고 있는 상태였다. 그동안 이탄에게 포로로 잡힌 자들이 실토한 정보 덕분이었다.

이탄은 이채민의 거짓말이 드러나면 그 대가를 불의 수호룡에게서 받아내었다.

이번에도 이채민이 거짓말을 살짝 섞었다.

이탄은 입술을 꾹 다물고 벌떡 일어나더니, 다짜고짜 불의 수호룡의 발목에 로우 킥을 날렸다.

빠각!

수호룡의 발목뼈가 단숨에 으스러졌다.

[꾸웩~.]

불의 수호룡 알리어스는 부러진 발목을 붙잡고는 눈물을 찔끔 흘렸다.

이채민이 진저리를 쳤다.

"간철호, 이 악적 놈아, 제발 그만 때려. 제발 그만하라고. 크흐흐흑. 조금 전에 내가 말실수를 하였다. 천로군의 진짜 거점은 그곳이 아니라 다른 곳이다. 으흐흐흑."

이채민은 피눈물을 흘렸다.

시간을 과거로 되돌릴 수만 있다면, 이채민은 감히 간씨 세가를 향해서 출격하지 않았을 것이다. 간철호가 이 정도로 괴물이라는 사실을 알았더라면 이채민은 절대 함부로 나서지 않았을 것이다.

이채민은 자신의 경솔한 행동을 후회하고 또 후회했다.

만족스러울 만큼 정보를 캐내자 이탄도 더는 이채민을 괴롭히지 않았다.

이탄은 이채민의 신체에 아무런 구속도 걸어놓지 않았다. 이채민을 감옥에 가두지도 않았다. 이탄은 이채민에게 간씨 세가 한 구석의 외진 별당을 내주었다. 별당이라고 하지만 최신 시설을 갖춘 으리으리한 곳이었다.

더불어서 이탄은 이채민의 곁에 용설란도 붙여주었다.

"귀한 손님이니 시중을 들어줄 사람이 필요하겠지."

이탄은 이렇게 중얼거렸다.

다른 한편으로 이탄은 불의 수호룡에게도 자유를 주었다.

원래 이탄은 불의 수호룡을 자신이 가지려고 했었다.

그런데 세상을 다 산 듯한 표정의 이채민을 보자 마음이 바뀌었다. 이탄이 흐느껴 우는 이채민을 향해서 속으로 중얼거렸다.

'내가 강제로 불의 수호룡을 빼앗아 가면, 아마도 당신은 정신적 공황을 견디지 못하고 자살을 할 것 같군요.'

이탄은 이채민이 자살하는 꼴을 보고 싶지는 않았다.

이탄의 배려 덕분에 이채민은 자유로웠다. 만약에 이채민이 원한다면 그녀는 불의 수호룡을 타고 간씨 세가를 탈출하여 큰언니의 곁으로 돌아가는 것도 가능했다. 물론 용설란도 데리고 말이다.

어쩌면 이탄은 이채민에게 가족들의 품으로 돌아갈 기회를 열어준 것일지도 몰랐다.

그런데도 이채민은 간씨 세가의 별당에서 단 한 발도 벗어나지 못했다.

여기에는 세 가지 이유가 있었다.

사실 이채민은 유령조직을 떠받치는 최강의 마법사였다. 이공의 신하들 중에서는 오직 화염의 여제 이채민만이 오대군벌의 수뇌부들과 1대 1로 맞서 싸울 수 있는 무력을 보유했다. 심지어 팔군을 지휘하는 대장군들도 오대군벌의 최상층 강자들과 단독으로 싸우기에는 역부족이었다.

그런 이채민이건만 간철호(이탄)에게는 감히 비벼볼 엄두도 내지 못하였다.

'대지의 소서러가 작정을 하고 나선다면 그 즉시 오대군벌은 하나로 통일될 거야. 그가 본래 실력을 드러내는 순간 다른 군벌들은 모두 간씨 세가 앞에 무릎을 꿇을 수밖에 없다고. 도대체 그는 왜 실력을 감추고 있었을까? 하아아. 그 이유는 모르겠으나 나의 실력으로는 도저히 대지의 소서러를 넘을 수 없구나. 아아아. 폐하, 그리고 언니. 폐하와 언니가 꿈꾸었던 쥬신 제국의 부활은 불가능할 것 같아요. 저런 괴물이 버티고 있는 한 우리가 꾸었던 꿈은 실현 불가능하다고요.'

이채민은 아득한 절망감을 느꼈다. 그 절망감이 이채민으로 하여금 조직으로 돌아가지 못하게 만들었다.

이채민이 간씨 세가의 별당을 벗어나지 못하는 두 번째 이유는 조직에 대한 죄책감 때문이었다.

이채민은 이탄에게 조직의 비밀을 대거 팔아넘겼다.

이채민은 이탄에게 천공안에 대해서 발설했을 뿐 아니라, 회양당과 팔군 등 조직의 핵심을 모두 다 불었다.

이것은 엄연한 배신이었다. 비록 이채민이 불의 수호룡과 용설란을 지키기 위해서였다고는 하나, 그래도 배신은 배신이었다.

'내가 어찌 얼굴을 들고 큰언니와 린이를 본단 말인가. 내가 어찌 얼굴을 들고 폐하를 알현한단 말인가. 게다가 이미 린이는 나의 배신을 알고 있을지도 몰라. 천공안으로 나의 행동을 지켜봤을지 모른다고.'

솔직히 말해서는 이채민은 조직으로 돌아갈 용기가 없었다. 그녀는 큰언니와 린이를 만나기 두려웠다.

이채민이 간씨 세가의 별당을 떠나지 못하는 세 번째 이유.

'탄이야. 엄마가 미안해. 으흐흐흑. 엄마가 죄인이야. 으흐흑. 너는 절대 이 비정한 엄마를 용서하지 마. 나는 너에게 엄마라고 불릴 자격도 없어. 끄윽, 끄끅끅끅.'

이채민은 죽은 이탄을 떠올릴 때마다 목이 메었다. 이채민은 하루에도 몇 번씩 눈물을 펑펑 쏟았다.

'불쌍한 내 아가. 죽어서도 간씨 놈들의 터전을 벗어나지 못하고 이곳 어딘가의 나뭇가지에 머리가 걸려 있다지? 으흐흐흑.'

이채민이 차마 간씨 세가를 떠나지 못하는 마지막 이유는 바로 죽은 이탄 때문이었다.

이채민은 자식인 이탄을 볼 면목도 없고, 자식에게 어미라고 내세울 면목도 없었다. 그래도 이채민은 차마 자식이 묻힌 곳을 떠날 수가 없었다.

"천벌을 받더라도 여기서 받아야지. 치욕을 당하더라도 이곳에서 당해야지. 그래야 내 불쌍한 아가에게 덜 미안하지. 끄흑, 끅끅끅."

이채민은 미친 사람처럼 중얼거리다가 흐느끼고, 꺽꺽 울다가 다시 미친 사람처럼 독백을 했다.

Chapter 2

이채민의 넋 나간 모습을 보면서 용설란은 가슴이 미어졌다.

'크윽. 공주마마, 이게 모두 저의 죄입니다. 제가 20년 전에 저지른 과오 때문에 지금 마마께서 이 모진 고통을 겪으시는 겁니다. 으흐흑. 저는 대체 이 죄를 어찌 갚으면 되겠는지요? 으흐흐흑.'

이채민이 몸부림을 치면서 흐느낄 때마다 용설란도 함께 괴로워했다.

불과 이틀이 지났을 뿐인데 용설란의 상처와 붓기는 거

의 다 가라앉았다. 이탄이 슬쩍 찔러 넣어준 치료제는 효과가 정말 좋았다.

그래도 용설란의 눈 밑 붓기는 빠지지 않았다. 그녀가 계속해서 울고 있으니 아무리 효과가 좋은 치료제도 무용지물이었다.

한편 불의 수호룡도 이채민의 곁을 떠나지 못했다.

불의 수호룡은 간철호의 훈련실에 머물면서 하루에 한두 차례씩 이채민과 뇌파를 주고받았다.

이채민이 지옥과도 같은 상황 속에서도 죽지 않고 버티는 것은 사실 불의 수호룡의 덕이 컸다.

반면 불의 수호룡이 이채민과 뇌파를 다시 연결한 이유는, 그녀에 대한 연민 때문이 아니라 이탄의 협박에 의한 것이었다.

'이채민이 죽으면 너도 죽는다. 나는 아직 그녀에게서 캐낼 게 많지만, 네게는 별로 얻어낼 게 없거든. 그러니까 이채민이 죽는 순간 나는 네 심장을 도려내고, 눈깔을 파내고, 뼈를 발라 언데드화를 시킬 테다. 저주받은 본 드래곤(Bone Dragon: 뼈의 드래곤)으로 만들어버린단 소리다.'

이탄의 협박은 살벌했다.

[히끅! 명심하겠습니다.]

솔직히 불의 수호룡은 겁도 나고 자존심도 상했다.

그러면서도 불의 수호룡은 이탄의 말을 반박하지 못했다. '네게는 별로 얻어낼 것이 없다.'라는 이탄의 말이 사실처럼 느껴졌기 때문이었다. 하늘을 찌르던 수호룡의 꼿꼿한 자존심은 어느새 땅 밑 저 바닥에 처박혔다.

11월 14일.

화염의 여제가 간씨 세가를 향해서 출격한 지도 벌써 닷새가 지났다. 지난 4박 5일 동안 이수민은 무척 초조했다.

만약 이린의 천공안이 사용 가능한 상태였다면 이수민은 어떻게든 딸을 다그쳐서 동생의 안전 여부를 살펴보았을 것이다.

안타깝게도 이린은 아직 천공안을 열 형편이 못 되었다. 주술사 노파들을 총동원하고도 이린은 천공안의 개안에 실패했다. 이린을 돌보는 노파들은 이수민의 독촉을 받을 때마다 힘없이 고개만 가로저었다.

결국 이수민도 마음을 접어야 했다.

"휴우, 채민이에게 별 일이야 없겠지. 위대한 존재께서 그 아이와 함께 있으니 별 탈은 없을 거야."

이수민은 이런 말로 애써 위안을 삼았다.

그러나 마음이 불안한 탓인지 이수민은 5일 내내 초조하게 방 안을 서성거리며 손톱을 물어뜯었다.

그 불안이 곧 현실로 드러났다.

11월 14일 오전 11시 00분.

기아아앙—.

초대형 군용기가 구름을 뚫고 고도를 낮추었다.

군용기 안에는 노란 갑옷을 입은 기사들이 입술을 굳게 다문 채 탑승 중이었다.

기사들의 가슴과 어깨에는 '𝒩' 문양이 아로새겨져 있었다. 또한 기사들이 손에 쥐고 있는 것은 묵직한 대검이었다.

'𝒩'는 유럽을 지배하는 발렌시드 군벌의 문장을 의미했다.

그리고 보니 군용기의 옆면과 날개에도 동일한 문양이 새겨진 모습이었다. 다시 말해서 이들은 발렌시드 군벌의 정예기사단이었다.

기사들을 태운 군용기가 구름 아래로 고도를 낮추자 군용기의 뒤쪽 문이 개방되었다. 철컹 소리가 들리자 기사들은 기다렸다는 듯이 벌떡 일어섰다.

기사들 중에는 발렌시드 군벌의 후계자인 릴리트 공주와 그녀의 여동생인 치아타 공주도 포함되었다.

2명의 공주들은 기사들의 선두에 서서 어깨를 나란히 했다.

이중 왼쪽의 릴리트는 번쩍거리는 전하를 온몸에 두른 상태였다. 그녀는 까마득한 저 아래에 펼쳐진 지상의 풍경을 굽어보았다.

한편 오른쪽의 치아타 공주는 사브레(끝이 뾰족한 찌르기 위주의 검)의 검날을 자신의 발로 툭툭 찼다.

이것은 치아타 공주가 긴장을 풀기 위한 습관적인 동작이었다.

유럽의 암호랑이라 불리는 두 공주가 발렌시드의 정예기사단을 이끌고 중앙아시아까지 날아온 이유?

그것은 한 통의 첩보 때문이었다. 이곳 중앙아시아에 쥬신 제국의 잔당들이 똬리를 틀고 있다는 첩보 말이다.

정보의 제공자는 간씨 세가였다. 빅토리아 여왕은 대지의 소서러로부터 직접 정보를 들은 뒤, 이 긴박한 소식을 릴리트에게 전달했다.

"쥬신의 망령들을 초토화시켜라. 그놈들의 목을 창에 꽂아서 내 앞에 대령하라."

뇌전의 여제 빅토리아의 명은 지엄했다. 릴리트는 명을 받기 무섭게 부하들을 엄선하여 중앙아시아로 출격했다.

"가자."

릴리트가 먼저 군용기에서 뛰어내렸다. 릴리트는 까마득한 상공에서 낙하산도 없이 점프했다.

번쩍!

군용기에서 벗어나자마자 릴리트의 주특기인 플레쉬(Flash: 섬광) 마법이 발휘되었다. 릴리트의 몸은 곧 한 줄기의 섬광이 되어 지상으로 내리꽂혔다.

치아타도 곧바로 언니의 뒤를 따랐다. 치아타는 둥그런 원반형 비행체에 두 발을 얹더니, 그 원반을 보드처럼 활용하여 그대로 군용기를 이탈했다.

치아타도 낙하산을 사용하지 않았다. 그녀는 원반형 비행체에만 의지하여 높은 상공에서 활공했다.

발렌시드의 수석기사가 지상을 향해서 검지와 중지를 까딱거렸다.

"무엇들 하느냐. 어서 공주님들의 뒤를 따르지 않고."

"옙!"

발렌시드의 기사들은 각자의 대검에 올라타더니, 그 대검을 보드처럼 활용하여 군용기 밖으로 속속 튀어나왔다.

수석기사가 마지막으로 군용기를 벗어났다.

Chapter 3

허공에 점점이 뿌려진 기사들의 숫자는 총 200명.

여기에 릴리트와 치아타까지 포함하여 202명의 초인들이 중앙아시아의 오쉬 시가지로 낙하했다.

고산지대에 위치한 오쉬는 평화로운 도시였다. 한 때 실크의 주생산지였던 이 도시의 원주민들은 소박하고 친절했다.

다른 중앙아시아의 도시들이 대부분 그러하듯이 오쉬도 3개의 군벌, 즉 아시아의 간씨 세가와 시베리아의 코로니 군벌, 유럽의 발렌시드 군벌 사이에서 균형 잡힌 외교로 살아남았다. 오쉬의 거주민들은 세 군벌과 적절히 교류하면서 그 중 어느 곳과도 함부로 척을 지지 않았다.

세 군벌의 입장에서도 척박한 중앙아시아에까지 굳이 관심을 둘 이유가 없었다. 이 지역이 그동안 평화를 지킬 수 있던 것도 모두 이러한 지리적 여건 덕분이었다.

그 관례가 오늘 깨졌다. 고산지대의 관문 도시인 오쉬에 날벼락이 떨어진 것이다.

번쩍!

가장 먼저 도시를 뒤집은 것은 눈이 멀어버릴 듯한 섬광이었다. 샛노랗게 피어오른 섬광 속에서 성인 여자의 그림자가 어른거렸다.

물론 여성의 그림자를 제대로 본 사람은 거의 없었다. 섬광이 번쩍인다 싶은 순간, 강력한 전하의 폭풍이 시가지 일각을 휩쓸었다.

쩌저적! 쩌저저적!

전하의 폭풍에 휘말린 즉시 텔레비전이나 스마트폰, 라디오 할 것 없이 모든 전자기기들이 오작동을 일으켰다.

철과 자석이 포함된 물건에서는 스파크가 마구 튀었다.

주유소의 기름 탱크 몇 곳에서는 불이 붙었다. 펑! 펑! 소리와 함께 기름 탱크가 폭발했다. 시커먼 연기가 무섭게 솟구쳤다.

일부 맨홀 뚜껑들은 요란한 소리를 내면서 하늘로 튀어 올랐다. 그 뚜껑에 부딪쳐 자동차와 건물 유리창이 박살 났다.

"아아악!"

사람들이 비명을 질렀다. 다들 갑작스러운 전하의 폭풍에 놀라서 제자리에 납죽 엎드렸다. 그러는 동안 전하의 폭풍은 시가지 중심부를 선회하며 그 일대를 엉망진창으로 만들어 놓았다.

이게 바로 릴리트의 위력이다.

릴리트가 섬광 마법으로 도심을 헤집는 동안, 치아타 공주를 비롯한 발렌시드의 정예기사단이 속속 지상에 착지했다.

기사단은 왼쪽 눈에 홀로그램 렌즈를 착용했다. 홀로그

램 렌즈 위에는 조그만 글씨들이 떠올랐다.

이 글씨들은 기사들에게 주변 지형지물뿐 아니라 오늘의 목표물에 대한 정보까지 제공해 주었다.

'홀로그램 렌즈야말로 우리 발렌시드 군벌의 최첨단 증강현실 기술이 적용된 차세대 군용 무기 중 하나지.'

치아타는 자랑스럽다는 듯 목에 힘을 주었다. 그리곤 뾰족한 사브레의 끝으로 높은 건물을 가리켰다.

"저기구나."

치아타가 몸을 날리자 발렌시드의 기사들이 바짝 따라붙었다. 기사들은 대검을 길게 눕혀 검 끝으로 바닥을 가리킨 채 각자의 자리를 고수했다.

그 모습을 하늘에서 내려다보면, 치아타가 선두에 섰고, 그 뒤를 이어 발렌시드의 기사들이 Λ자 모양으로 뒤쫓는 형태였다.

이것은 흡사 기러기들이 무리를 지어 비행하는 모양과도 비슷했다. 쥬신의 옛 제국에서는 이와 같은 군진을 학익진이라고 불렀다.

치아타와 발렌시드 기사들이 건물에 거의 도달할 무렵, 건물 각 층에서 다수의 무리들이 뛰어나왔다.

이들은 평소에 평범한 시민으로 위장하고 지냈다. 주변에서는 아무도 이들의 정체를 의심하지 않았다.

하지만 사실 이들은 평범한 시민이 아니었다. 쥬신 제국의 부활을 꿈꾸는 팔군 가운데 서로군에 소속된 마법사가 바로 이들의 정체였다.

마법사들 대다수는 칙칙한 회색 로브를 몸에 걸쳤다.

'회색 로브는 하위 계층이라지?'

치아타가 눈을 묘하게 빛냈다.

간철호(이탄)이 흘린 정보에 따르면, 쥬신의 잔당들은 로브의 색깔로 계급을 드러낸다고 하였다.

회색 로브가 하위 계급 마법사.

주홍색 로브는 중위 마법사.

노란 로브는 상위 마법사.

마지막으로 하얀 로브는 최상위 마법사.

'대지의 소서러는 대체 어떻게 그런 정보까지 입수했을까? 치잇.'

치아타 공주가 입술을 깨물었다.

간철호를 떠올린 순간, 치아타 공주의 뇌리에는 예전에 천산산맥 지하에서 그에게 당했던 치욕이 스쳐 지나갔다.

어쨌거나 지금 한가롭게 옛 생각이나 하고 있을 때는 아니었다. 회색 로브의 마법사들이 일제히 완드를 뻗었다. 완드 끝에서 마나가 요동쳤다.

그 마나에 의해서 건물 앞마당에 숨겨져 있던 대형 크리스틸이 대지를 뚫고 허공으로 솟구쳤다.

이러한 일은 비단 한 장소에서만 벌어지지 않았다. 도시의 일곱 지역에서 동시에 대형 크리스털이 등장했다.

크리스털은 도심 중앙에 하나, 그리고 외곽에 6개가 위치해 있었다.

회색 로브를 걸친 마법사 4,444명이 동시에 마나를 뿜어서 7개의 크리스털에 에너지를 공급했다.

그것만으로 부족했는지 이번에는 주홍색 로브를 입은 마법사 44명이 등장했다. 이들은 회색 로브 마법사들보다 나이가 더 많이 들어 보였다.

또한 주홍색 로브 마법사들의 혈관 속에는 나선형으로 꼬인 스파이럴 적혈구가 흐르는 중이었다.

44명의 주홍 로브 마법사들은 완드를 들어 크리스털에 마나를 추가로 공급했다. 주홍 로브 마법사들이 보유한 마나량이 어찌나 풍부했던지 허공에 마나가 흐르는 모습이 눈으로 보일 정도였다.

그 강력한 마나에 크리스털들이 들썩거렸다.

여기에 더해서 노란 로브를 입은 마법사 4명이 추가로 모습을 드러내었다. 이 4명의 고위마법사들도 혈관 속에 스파이럴 적혈구를 지녔다. 노란 로브의 마법사들은 방대한 양의 마나를 쏟아부어 7개의 크리스털을 가동했다.

후웅! 후웅! 후웅! 후웅! 후웅! 후웅! 후오오옹!

7개의 크리스털로부터 눈부신 광휘가 쏟아져 나왔다. 드디어 7개의 크리스털이 작동을 시작했다.

Chapter 4

파츠츠츠츠.

7개의 크리스털들은 서로 공명하면서 푸른 결계를 만들었다. 특히 중앙의 크리스털이 유독 크게 공명했다.

크리스털로부터 쭉쭉 뻗어 나간 푸른 선들은 거미줄처럼 촘촘히 연결되면서 하나의 거대한 마법진을 구성했다. 하늘에서 이 마법진을 내려다보면, 6개의 꼭짓점을 가진 육망성이 절로 연상되었다.

육망성 마법진은 도시 전체를 둘러쌀 만큼 거대했다.

"끄응."

회색 로브의 마법사들은 마법진에 마나가 연결된 즉시 넋을 잃었다. 육망성 마법진은 마치 살아 있는 생명체처럼 마법사들의 마나와 정신력을 빼앗아 스스로 가동했다. 시간이 갈수록 마법사들은 살이 빠지고 뼈만 남았다.

"끄루룩."

조금 더 시간이 흐르자 이번에는 주홍색 로브의 마법사들도 정신을 잃었다. 육망성 마법진은 주홍 로브 마법사들의 마나와 정신력까지 모두 끌어당겼다.

급기야 노란 로브의 마법사들도 육망성 마법진에 자신들의 모든 것을 갈취당했다.

육망성 마법진은 한동안 탐욕스럽게 에너지를 뽑아낸 이후에야 비로소 제 위력을 발휘했다. 육망성 마법진이 활성화되자 하늘이 사라졌다. 도심의 풍경도 싹 바뀌었다. 하늘은 온통 검은색으로 물들었다.

릴리트의 광역 마법에 휘말려 아수라장이 되었던 도심의 풍경도 모두 검은 장막 속으로 자취를 감추었다.

4,444명의 회색 로브 마법사들과 44명의 주홍색 로브 마법사들, 그리고 4명의 노란 로브 마법사들이 모두 암흑에 잠겼다.

"적들이 어디로 갔지?"

"앞이 전혀 보이지 않아."

발렌시드의 기사들이 주변을 두리번거렸다.

온통 칠흑으로 물든 세상에서 으스스한 괴음이 울려 퍼졌다.

스르륵, 스르륵.

무언가 돋아나는 듯한 소리가 들렸다. 이어서 키히히히

히~ 하고 사람의 심장을 멈추게 만드는 듯한 웃음소리가 뒤따랐다. 이것은 지옥의 악마가 성대를 날카로운 송곳으로 긁어서 내는 듯한 광소였다.

잠시 후, 암흑 속에서 무시무시한 존재가 모습을 드러내었다.

"허억, 저게 뭐야?"

"오오오, 신이시여, 제발 저희를 구원하소서."

오쉬의 시민들은 두려움에 질려 신을 찾았다.

반면 치아타를 포함한 발렌시드의 기사들은 검의 손잡이를 꽉 움켜쥐었다. 이윽고 기사들의 앞에 적의 실체가 나타났다.

어둠 속에서 등장한 것은 악마였다. 염소의 머리에 성인 남성의 몸뚱어리가 결합된 악마 말이다.

벌거벗은 악마의 사타구니에는 괴이할 정도로 확대된 남성의 성기가 매달려 징그럽게 덜렁거렸다. 악마의 체격은 수백 미터 이상, 아니 1킬로미터가 훌쩍 넘었다. 악마의 눈알은 두꺼비의 그것처럼 툭 튀어나왔다. 악마는 한 손에는 커다란 식칼을, 다른 손에는 잘린 머리통을 들고 있었다.

이 염소머리 악마는 예전에 이탄이 몽골평원에서 맞닥뜨렸던 악마와 생김새가 거의 똑같았다.

다만 그때 이탄과 싸웠던 악마보다 10배 이상 체구가 거대했으며, 양손에 무기를 움켜쥔 모습이 달랐다.

키히히히힛!

거대한 악마가 다시 한번 광소를 터뜨렸다.

"끄악."

염소머리 악마의 웃음소리를 듣는 것만으로도 평범한 사람들은 입에 거품을 물고 기절했다. 악마와 눈이 마주치는 것만으로도 일반인들은 까무러쳤다.

발렌시드의 수석기사가 재빨리 명을 내렸다.

"모두 신성투구를 착용하라."

"옙."

발렌시드 기사들은 홀로그램 렌즈의 옆 부분을 톡 건드렸다.

그러자 렌즈 옆에서 하얀 선이 튀어나와 기사들의 귀에 꽂는 이어폰이 되었다. 렌즈 위아래에서 금속이 튀어나와 기사들의 머리와 턱을 보호했다.

첨단기술이 적용된 투구를 쓰자 기사들의 귀에는 더 이상 악마의 광소가 들리지 않았다. 시야도 한층 안정되었다.

그 상태에서 발렌시드의 기사들은 달리는 속도를 배가하여 거대 악마에게 집단으로 달려들었다.

"이이익. 모두 나를 따르라."

치아타 공주는 용감하게도 기사들의 선두에 섰다.

이번에도 치아타보다 릴리트가 한발 빨랐다.

번쩍!

지상에 섬광이 몰아쳤다. 릴리트는 샛노랗게 폭발한 섬광과 더불어 거대 악마의 가슴 부위를 관통했다.

끼힛~.

가슴을 관통당하기 전, 염소머리 악마는 흉측한 식칼을 아래서 위로 휘둘러 섬광을 둘로 베었다.

둔해 보이는 덩치와 달리 염소머리 악마의 반응은 벼락처럼 신속했다.

"큽."

섬광 속에서 릴리트가 짧은 신음을 터뜨렸다. 염소머리 악마가 휘두른 식칼에 상처를 입은 듯, 릴리트는 잠시 휘청거리기까지 했다.

"언니!"

치아타가 몸을 가속했다. 순간적으로 치아타의 온몸이 빛으로 물들었다.

이것은 차지(Charge) 스킬.

온몸의 마나를 증폭하여 적에게 몸통박치기를 날리는 발렌시드 기사단 특유의 장기가 발휘되었다.

촤악—.

벼락처럼 쏘아진 치아타의 몸이 악마의 종아리를 훑고 지나갔다. 치아타의 사브레에서 뿜어진 빛이 적의 종아리를 깊게 찔렀다.

염소머리 악마는 바로 그 타이밍에 왼손에 든 머리통을 흔들었다.

Chapter 5

악마가 손에 들고 있는 거대 머리통은 두꺼운 끈으로 눈과 입을 꿰맨 모습이었다. 게다가 피골이 상접하여 미이라의 머리통을 연상시켰다.

다만 일반 미이라의 머리통과 달리 그 크기가 무려 직경 300미터에 육박할 만큼 거대했다.

염소머리 악마가 머리통을 흔들자 머리통이 스스로 주문을 읊었다. 괴상한 머리통은 분명 입술이 꿰매진 상태였건만, 중얼중얼 잘도 주문을 외웠다.

그 주문이 어둠의 마법을 구현했다. 순간 악마의 몸뚱어리가 마법에 의하여 수 미터 뒤쪽으로 순간이동했다.

염소머리 악마는 이 방법으로 손쉽게 치아타의 일격을 회피한 다음, 뒤에서 흉측한 식칼을 내리찍어 치아타의 정수리를 베어갔다.

"안 돼―."

발렌시드의 수석기사가 비명을 질렀다.

발렌시드의 기사들이 동시에 차지 스킬을 사용하여 염소머리 악마의 하체를 벌떼처럼 공격했다.

염소머리 악마는 다시 한번 미이라의 머리통을 흔들었다. 이번에도 미이라 머리통이 중얼중얼 주문을 외웠다.

그 즉시 염소머리 악마의 주변에 푸른 방패가 나타나 발렌시드 정예기사들의 공격을 막아내었다.

콰창! 콰차창!

발렌시드 기사들의 차지 공격과 악마의 방패가 맞부딪치면서 사방으로 불똥이 튀었다. 악마의 방패는 여러 기사들의 공격을 거뜬히 막아내었다.

그 사이 염소머리 악마는 치아타를 향해서 식칼을 끝까지 휘둘렀다.

"아악!"

치아타가 깜짝 놀라 눈을 감았다.

그 순간 치아타에게 섬광이 번쩍 날아들었다. 어느새 날아온 릴리트가 동생의 허리를 낚아채 100여 미터 밖으로 피신시켰다.

키힛~.

염소머리 악마는 허공에서 식칼의 방향을 꺾어서 릴리트를 끝까지 추격했다.

"흥!"

릴리트는 오른손으로 동생을 안은 채 왼손에 전하를 잔뜩 모아서 그것으로 상대의 식칼 끝을 후려쳤다.

콰창!

식칼 끝에서 불똥이 튀었다. 릴리트의 시기적절한 대응 덕분에 식칼의 방향이 살짝 틀어졌다.

릴리트는 그 짧은 틈새를 놓치지 않고 동생을 안전한 곳에 내려놓았다.

키히히히히.

염소머리 악마가 또다시 괴이한 광소를 터뜨렸다. 그러면서 염소머리 악마는 미이라 머리통을 세차게 흔들어댔다.

머리통이 조금 전보다 몇 배는 빠르게 주문을 읊었다.

사람의 심장을 꽉 죄는 듯한 주문과 함께 주변에서 피가 증발하기 시작했다.

멀쩡하던 사람의 피가 끓으면서 살갗이 팍팍 터졌다. 눈알이 퍽퍽 폭발했다. 그렇게 증발한 피가 안개처럼 퍼지더니 염소머리 악마의 콧구멍 속으로 빨려 들어갔다.

염소머리 악마가 흡수한 피는 악마의 피부 밖으로 다시

뿜어졌다.

그런데 뿜어진 피가 그냥 공기 중에 흩어지는 게 아니었다. 핏물이 찐득찐득하게 뭉쳐서 붉은 갑옷이 되었다.

키힛~.

염소머리 악마는 온몸에 피의 갑옷을 두른 채 릴리트에게 달려들었다.

역겨운 피 비린내가 사람들의 정신을 흐트러뜨렸다.

발렌시드의 기사들뿐 아니라 치아타 공주, 심지어 릴리트 공주마저 악마의 갑옷이 풍기는 피 비린내를 견디지 못하고 휘청거렸다.

그 사이 염소머리 악마가 바짝 달려들어 식칼을 마구 휘둘렀다.

"크윽, 큭."

릴리트는 노란 섬광으로 변하여 적의 공격을 회피하려 했으나, 적이 식칼을 휘두르는 속도가 어찌나 빨랐던지 조금씩 따라잡혔다. 게다가 고약한 피 비린내 때문에 릴리트의 속도는 점점 더 느려졌다.

언니가 고전을 면치 못하자 치아타가 나섰다.

치아타는 온몸의 마나를 사브레 끝에 집중한 다음, 잔뜩 응집한 마나로 악마의 발등을 내리찍었다.

치아타의 공격이 먹히려는 찰나, 끈으로 눈과 입술을 꿰맨 머리통이 중얼중얼 주문을 읊었다.

그 즉시 악마의 발등에 푸른 방패가 소환되어 치아타의 공격을 막았다.

발렌시드 기사들이 치아타의 뒤를 이어 연속 공격을 퍼부었다.

그때마다 머리통은 푸른 방패를 소환하여 모든 공격을 다 막아내었다.

'크윽, 저 괴상한 머리통 때문에 되는 일이 없구나.'

치아타는 억울하다는 듯이 머리통을 노려보았다.

미이라 머리통이 방어를 전담해주는 동안, 염소머리 악마는 릴리트를 거칠게 몰아붙였다. 그러다 릴리트가 멀리 도망이라도 치면, 염소머리 악마는 곧바로 식칼의 방향을 바꿔서 치아타 등을 공격했다.

그럼 릴리트는 어쩔 수 없이 다시 악마에게 달려들 수밖에 없었다.

이와 같은 일이 몇 차례 반복되자 릴리트도 많이 지쳤다. 릴리트의 집중력도 다소 저하되었다.

염소머리 악마는 그 짧은 틈을 놓치지 않고 식칼로 둥그런 궤적을 그렸다. 그 궤적의 끝에 릴리트가 정확하게 걸려들었다.

"끄악."

마침내 릴리트가 외마디 비명을 지르며 추락했다.

릴리트는 어느새 섬광 모드가 풀려서 다시 인간의 모습으로 돌아온 상태였다. 릴리트의 등에서 피가 철철 흘렀다.

키히힛~.

염소머리 악마는 추락하는 릴리트를 향해서 무섭게 달려들었다. 악마는 식칼로 릴리트를 공격하는 대신 커다란 머리통을 휘둘렀다.

끈으로 눈과 입술을 꿰맨 머리통이 괴상한 주문을 읊었다. 그 주문이 소름 끼치는 초음파가 되어 릴리트의 뇌를 뒤흔들었다.

"꺅!"

릴리트가 몸을 크게 퍼덕거렸다.

순간적으로 릴리트는 뇌진탕 현상을 겪었다. 릴리트의 눈알이 핑그르르 돌아갔다. 세상이 빙글빙글 회전했다.

"언니, 안 돼애—."

치아타가 온몸을 던져 릴리트의 앞을 가로막았다.

커다란 머리통이 다시 한번 초음파를 터뜨렸다. 이 초음파는 치아타와 릴리트를 한꺼번에 휩쓸었다.

Chapter 6

발렌시드의 기사들이 두 공주를 구하기 위해서 황급히 몸을 날렸으나, 그때는 이미 릴리트와 치아타가 무너져 내린 뒤였다.

만약 적절한 순간에 이탄이 등장하지 않았더라면, 릴리트와 치아타는 크게 위험했을 뻔했다.

아니, 두 공주 모두 목숨은 건졌을 것이다. 릴리트의 목숨이 경각에 달하는 순간 그녀의 목에 걸린 마법목걸이가 발동했을 테고, 릴리트 자매는 신비로운 마법의 힘에 의해 빅토리아 여왕의 곁으로 순간이동 했을 게 뻔했다.

다만 두 공주를 제외한 나머지 200명의 발렌시드 기사들은 전원 다 염소머리 악마에게 죽임을 당했을 터.

지옥으로부터 소환된 염소머리 악마는 발렌시드 군벌의 정예병들을 싹 다 쓸어버릴 만큼 강했다.

바로 그 위기의 순간 이탄이 나타났다.

불과 몇 초 전, 이탄을 태운 간씨 세가의 무인기가 중앙아시아 고원지대의 관문 도시인 오쉬의 상공에 도착했다.

이탄이 오쉬 시에 막 도착했을 때 도시의 상공은 온통 암흑 장막에 뒤덮인 상태였다. 이탄은 흥미롭다는 듯이 코를 씰룩거렸다.

"익숙한 냄새가 나는데?"

이탄은 눈앞에 내려다보이는 암흑 장막이 어둠의 숭배자들이 펼친 흑마법 때문임을 곧바로 알아보았다. 그리고 그 흑마법의 근간에 스파이럴 적혈구가 있음도 인지했다.

이탄은 아공간에서 아조브를 꺼내어 크게 휘둘렀다.

부왁—.

아조브가 암흑 장막을 거침없이 베었다.

원래 이 암흑 장막은 물리적인 힘으로는 찢을 수 없는 것이 장점이었다. 흑마법사들의 에너지가 모두 고갈되어 마법진이 힘을 잃는 경우를 제외하면, 외부의 힘으로 암흑 장막을 제거하기란 불가능했다.

최소한 어둠의 숭배자들은 그렇게 믿었다.

한데 아니었다.

이탄에게 암흑 장막을 찢는 것쯤은 손바닥을 뒤집는 것보다 더 쉬운 일이었다. 이탄이 아조브로 암흑 장막을 베어 버리자 그 장막은 수천, 수만 개의 파편이 되어 부서져 내렸다. 칠흑과도 같은 어둠은 파편화되고, 밝은 태양빛이 다시 도시를 비추었다.

끼후릇릇릇릇?

염소머리 악마는 태양이 거북스러운 듯 괴성을 터뜨렸다. 악마의 손에 들린 미이라 머리통은 더더욱 태양이 싫은 듯 얼굴을 찡그렸다.

염소머리 악마는 릴리트와 치아타에게 초음파 공격을 퍼붓다 말고 이탄에게로 공격 방향을 틀었다.

사―악―.

염소머리 악마가 휘두른 식칼이 둥그런 궤적을 그리며 이탄을 베었다.

이탄이 고개를 갸웃했다.

'오호라. 몽골 평원에서 싸울 때는 미처 인식하지 못했었는데 이제야 확실히 알겠네. 이 염소머리 악마는 부정 차원의 악마종이 아니야. 이건 완전히 다른 존재들이라고. 그렇다면 과연 이놈들은 어디서 온 거지? 어둠의 숭배자들은 도대체 어디서 이런 괴상한 존재들을 소환하는 것일까?'

이탄은 문득 이런 의문을 느꼈다.

하지만 지금은 고민만 하고 있을 때가 아니었다. 이탄은 무인기 위에서 휙 뛰어내렸다.

기아아앙―.

간씨 세가의 무인기는 이탄을 떨군 즉시 기수를 틀어서 하늘로 수직상승했다. 그 사이 이탄은 높은 상공에서 유유히 날아 내리며 오른손을 앞으로 뻗었다.

염소머리 악마가 휘두른 식칼이 이탄을 정확하게 가격했다.

이탄은 그 거대한 식칼을 맨손으로 잡았다. 순간 이탄의 손바닥에서 붉은 노을과도 같은 광채가 퍼져나갔다.

콰득, 콰드득.

대형 분쇄기에 폐차가 빨려 들어갈 때 날 법한 소리가 이탄의 손바닥 안에서 울렸다. 염소머리 악마의 애병이 이탄의 손 안에서 무섭게 우그러졌다가 산산이 파쇄되었다.

끼룻룻룻―.

염소머리 악마가 괴성을 내질렀다. 식칼을 잃은 염소머리 악마는 이번에는 이탄을 향해서 미이라 머리통을 휘둘렀다.

두꺼운 끈으로 눈과 입술을 꿰맨 머리통이 중얼중얼 주문을 읊었다. 릴리트와 치아타를 단숨에 무력화시켰던 초음파 공격이 또다시 발휘되었다.

"흥."

이탄이 코웃음을 쳤다. 이탄이 가볍게 손을 들자 그의 손바닥 앞쪽에 붉은 금속이 환상처럼 나타났다.

후오옹!

넓게 펼쳐진 금속은 방패가 되어 이탄을 보호했다. 꿰맨 머리통이 발사한 초음파는 붉은 금속을 뚫지 못하고 허무하게 흩어졌다.

그러는 동안 이탄은 염소머리 악마의 발등에 무사히 착지했다. 이탄이 착지와 동시에 손바닥으로 상대의 발등을 가볍게 찍었다.

툭 건드리기만 한 것 같은데 염소머리 악마의 발등이 움푹 꺼졌다.

끼랏!

악마가 고개를 위로 치켜들고 고통에 차서 울부짖었다.

이탄의 파괴력은 거기서 끝나지 않았다. 악마의 발이 뭉개지는 정도를 뛰어넘어 대지가 통째로 함몰되었다.

콰르르르.

염소머리 악마가 딛고 서 있던 지반이 허물어지면서 무수히 많은 흙더미가 지하로 빨려 들어갔다.

간철호의 흙 속성 마법 가운데 하나인 툼(Tomb: 무덤)이 발휘된 것이다.

지반이 붕괴하자 염소머리 악마가 몸을 휘청거렸다. 염소머리 악마는 어느새 종아리 부위까지 땅속에 파묻혔다.

끼후룻룻?

염소머리 악마가 황급히 팔을 뻗어 땅을 붙잡으려 했다.

하지만 그곳조차 연쇄적으로 허물어지면서 염소머리 악마는 지하 더 깊숙한 곳으로 파묻혔다.

이건 마치 악마가 딛고 선 지역만 늪으로 변하여 악마를 지하로 잡아당기는 듯한 광경이었다.

Chapter 7

거대한 체격의 악마가 땅속으로 파묻히는 순간, 이탄은 수평으로 몸을 날렸다. 이탄은 단숨에 악마의 얼굴 앞에 나타나더니 양손으로 악마의 뿔을 붙잡았다.

콰득, 콰득, 콰드득.

이탄이 손으로 주무를 때마다 염소머리 악마의 뿔이 과자처럼 부서졌다. 그리고 그때마다 이탄의 손아귀에서는 붉은 노을과도 같은 광채가 번뜩였다. 이탄은 눈 깜짝할 사이에 악마의 뿔을 분쇄해버렸다.

이어서 이탄은 악마의 정수리 부위에 두 다리를 딛고 선 다음, 오른쪽 주먹을 번쩍 들었다가 쾅! 내리찍었다.

이탄의 오른팔 전체가 악마의 머릿속으로 쑥 파고들었다. 주먹질 한 방에 염소머리 악마의 두개골이 둘로 쪼개졌다.

어디 두개골뿐이겠는가. 염소머리 악마의 목뼈도 세로로 쪼개졌다. 염소머리 악마의 척추도 대나무 쪼개지는 것처럼 쩍쩍 갈라졌다.

끼룻? 끼루룩.

결국 염소머리 악마는 눈과 귀, 코와 입에서 검붉은 피를 대량으로 쏟았다. 악마의 몸을 둘러싸고 있던 피의 갑옷도 한꺼번에 와장창 터져나갔다.

이탄은 어깨까지 푹 박힌 오른팔을 다시 뽑았다가 한 번 더 내리쳤다.

빠각!

마침내 염소머리 악마의 머리통이 수박 깨지듯이 박살났다. 시뻘건 피와 허연 뇌수, 그리고 눈알이 사방으로 비산했다.

염소머리 악마가 죽자 육망성 마법진이 자동으로 해제되었다. 마법진을 구성하던 7개의 크리스털들은 쩍쩍 갈라지더니 가루로 변했다. 크리스털과 크리스털 사이를 연결했던 푸른 결계도 자취를 감추었다.

마법진의 해체와 동시에 마법진을 구성했던 흑마법사들이 다시금 모습을 드러내었다. 그런데 노란 로브를 입은 흑마법사 4명, 주홍색 로브의 흑마법사 44명, 그리고 회색 로브의 흑마법사 4,444명 모두 미이라처럼 바짝 마른 채 죽어 있었다. 이 마법사들은 모두 유령조직 내 서로군 소속이었다.

숨을 죽인 채 이탄의 활약을 지켜보던 발렌시드 기사들은 그제야 한숨 돌렸다.

"으윽. 제기랄."

릴리트가 고통스럽게 몸을 뒤틀었다.

릴리트의 등과 어깨에서는 아직도 피가 많이 흘렀다. 특히 어깨 한쪽은 완전히 부서져서 하얀 뼈가 살갗을 뚫고 튀어나왔다.

"괜찮아요? 언니."

치아타가 황급히 릴리트를 안았다.

수석기사도 후다닥 달려와 릴리트에게 치료마법을 시전했다. 수석기사의 손에서 뿜어진 성스러운 빛이 릴리트의 상처를 아물게 만들었다.

릴리트는 눈을 지그시 감고 치료를 받았다. 그녀는 독하게도 단 한 마디의 신음도 뱉지 않았다.

발렌시드의 기사들은 릴리트와 치아타 공주를 둥글게 둘러싸고는 경계심 가득한 눈초리로 이탄을 노려보았다.

릴리트가 힘겹게 손을 들었다.

"비켜라. 저분은…… 대지의 소서러시다."

"헉, 대지의 소서러."

"어쩌지!"

발렌시드의 기사들은 깜짝 놀라 이탄을 다시 살폈다.

이탄이 릴리트 자매에게 한 발 다가왔다.

"릴리트 공주, 그리고 치아타 공주, 여기서 또 만나는구려."

이탄은 두 공주에게 엷은 미소를 보냈다.

릴리트는 인상을 찡그리며 상체를 일으키더니, 이탄에게 목례를 했다.

"대지의 소서러께서 제때 와주시지 않았더라면 큰 코 다칠 뻔했습니다."

옆에서 치아타 공주도 끼어들었다.

"도대체 저 괴상한 악마의 정체가 뭡니까? 쥬신의 잔당들이 저런 사악한 흑마법을 사용합니까?"

오대군벌의 인물들 중에 쥬신의 잔당들에 대해서 가장 많이 알고 있는 사람이 바로 대지의 소서러였다. 치아타가 이탄에게 질문을 던진 이유는 바로 그 때문이었다.

이탄은 순순히 대답해주었다.

"얼마 전 몽골평원에서 저런 로브를 입은 흑마법사들과 맞닥뜨린 적이 있소. 그들은 쥬신의 잔당들 가운데 북로군 소속이더군."

"북로군!"

릴리트와 치아타가 눈을 번쩍 빛냈다.

이들 자매는 이미 빅토리아 여왕으로부터 팔군에 대한 정보를 들은 상태였다. 빅토리아 여왕의 전언에 따르면, 유령조직의 8개 군단 중에서 서로군의 본진이 이곳 오쉬 시에 숨어 있다고 했다.

"그런데 북로군은 몽골 평원에 웅크리고 있었나 보군

요."

치아타가 두 주먹을 불끈 쥐고 으르렁거렸다. 치아타는 당장 몽골 평원으로 달려갈 기세였다.

이탄이 빙그레 웃었다.

"북로군보다는 우선 서로군부터 박멸해야 하지 않겠소?"

이탄의 말에 치아타가 눈을 동그랗게 떴다.

"박멸이요? 서로군 놈들은 이미 조금 전에 다 죽은 것 아닌가요? 그 사악한 흑마법사들이 바로 서로군이잖아요."

릴리트도 여동생의 주장에 동의하듯 이탄을 올려다보았다.

이탄은 가볍게 고개를 가로저었다.

"아니지. 조금 전의 흑마법사들이 서로군의 주력부대인 것은 사실이지만, 그게 전부는 아니오. 저기를 보시오."

릴리트와 치아타는 이탄의 손가락이 지목한 곳으로 시선을 돌렸다. 이탄이 가리킨 곳은 조금 전 툼 마법에 의해서 붕괴한 지반 아래쪽이었다. 산사태를 만난 듯 붕괴한 깊은 지하에 철근콘크리트로 이루어진 벙커들이 하나둘 모습을 드러내었다.

"아아아."

"저건!"

릴리트 자매가 경악한 눈으로 지하벙커를 내려다보았다.

그 순간 벙커 상단부에 설치된 자동기관총 수십 자루가 일제히 릴리트를 겨냥하더니 투타타타타! 불을 뿜었다.

"크흥, 어림도 없다."

발렌시드의 기사들이 큼지막한 대검을 휘둘러 릴리트를 보호했다. 강한 빛을 휘감은 검날은 기관총에서 쏟아진 탄환 세례를 거뜬히 막아내었다.

4명이 검날로 방어를 하는 동안, 나머지 기사들은 지하벙커를 향해서 무섭게 몸을 날렸다. 수석기사도 어느새 선두에서 내달렸다. 치아타 공주도 벌떡 일어나 공격에 합류했다.

오직 릴리트만이 공격에 가담하지 못하고 제자리를 지켰다. 릴리트는 조금 전 입은 부상이 심하여 전투에 개입하기는 무리였다.

Chapter 8

이탄이 위성통신으로 무인기를 불렀다.

기아아앙—.

간씨 세가의 무인기가 구름 아래로 하강하여 이탄의 머

리 위로 접근했다.

이탄은 풀쩍 점프하여 무인기 위에 올라탔다.

"그냥 가시게요?"

아래쪽에서 릴리트가 물었다.

이탄은 고개를 주억거렸다.

"흑마법사들을 제거했으니 나머지는 숫자만 많을 뿐 잔챙이에 불과하오. 그 정도는 발렌시드의 기사들이 충분히 제압할 수 있을 테지."

릴리트가 목청을 높여 한 번 더 질문했다.

"그럼 대지의 소서러께서는 어디로 가시나요?"

이탄은 뒤도 돌아보지 않고 대답했다.

"발렌시드가 서로군을 공략할 동안, 우리 간씨 세가와 에디아니 군벌은 팔군 가운데 남로군과 동로군을 각각 공격 중이오. 그러니 거기도 한번 살펴봐야겠지."

이탄을 태운 무인기는 이미 하늘 높이 날아오른 상태였다. 그런데도 이탄의 말소리는 릴리트의 귓가에 속삭이는 것처럼 잘 들렸다.

릴리트가 얼굴을 딱딱하게 굳혔다.

'오늘 서로군만 공격하는 게 아니었어? 남로군과 동로군도 동시에 공략 중이라고?'

이건 처음 듣는 이야기였다. 빅토리아 여왕은 릴리트 자매에게 이런 이야기를 해준 적이 없었다.

'아마 여왕 폐하도 모르셨겠지. 모든 밑그림은 간씨 세가에서 그리는 대로 흘러갈 뿐이야. 하아아, 제기랄.'

릴리트가 갑자기 한숨을 내쉬었다.

릴리트의 짐작대로였다. 확실히 이번 전쟁의 주도권은 간씨 세가에서 쥐고 있었다. 발렌시드와 에디아니는 간씨 세가가 귀띔해준 정보에 따라 움직이고 있을 뿐, 유령조직을 와해시키는 주인공은 어디까지나 대지의 소서러가 이끄는 간씨 세가였다.

'대지의 소서러는 정말 무서운 사내로구나.'

릴리트는 무인기를 타고 멀어지는 이탄의 뒷모습을 무거운 마음으로 바라보았다.

그렇게 마음이 답답한 반면, 릴리트의 가슴 한구석에서는 이탄에 대한 묘한 동경심이 자라났다.

'아쉽게도 유럽에는 내가 동경할 만큼 강한 사내가 없지. 유럽뿐만이 아니야. 전 세계를 다 뒤져도 내 동경을 받을 만한 사내는 거의 없어. 유일하게 대지의 소서러 정도가 눈에 들어올 뿐.'

물론 대지의 소서러는 나이가 많았다. 그는 이미 부인이 4명이나 되었고, 심지어 손자까지 두었다.

'흥. 그게 무슨 상관이람.'

이탄의 뒷모습을 바라보는 릴리트의 표정이 어째 심상치 않았다.

유령조직의 팔군 가운데 동로군이 웅크리고 있는 장소는 하와이 군도의 빅 아일랜드였다. 휴양지로 유명한 이 아름다운 섬에 동로군 본진이 숨어 있는 것이다.

발렌시드 군벌이 중앙아시아 오쉬 시의 서로군을 기습 공격하는 동안, 미주 지역의 군벌인 에디아니의 무력부대는 하와이의 동로군을 폭격했다.

이 두 전쟁은 거의 한 시간의 차이를 두고 발발했다.

이탄은 무인기를 타고 중앙아시아에서 하와이까지 날아갈 생각은 없었다. 그건 너무나도 지루한 일이었다.

이탄이 무인기 위에서 한 발을 앞으로 내딛자 그의 몸이 빛의 알갱이로 흩어졌다.

샤라랑~.

경쾌한 소리와 함께 흩어졌던 이탄의 몸뚱어리는 하와이 군도 서쪽 해상을 비행 중인 또 다른 무인기 위에 나타났다.

이 무인기 또한 간씨 세가의 소유였다.

이탄은 이번 전쟁을 기획하면서 중앙아시아(서로군)와 하와이 군도(동로군), 발리 섬(남로군), 그리고 몽골의 므릉 지역(북로군) 인근에 4대의 무인기를 동시에 띄워놓았다.

이유는 단순했다.

이탄이 동에 번쩍, 서에 번쩍 장거리 이동을 하려면 무한공의 권능을 사용하는 것이 가장 편리했다.

하지만 이탄은 여러 사람들이 보는 앞에서 무한공의 권능을 드러내는 것을 원치 않았다. 하여 곳곳에 무인기를 미리 띄워놓은 다음, 마치 그 무인기를 타고 이동한 것처럼 꾸미기로 했다.

이탄의 계획이 착착 맞아떨어졌다.

이탄은 릴리트가 지켜보는 앞에서 무인기를 타고 중앙아시아를 출발하는 척하면서 곧바로 무한공의 권능을 사용했고, 단숨에 하와이 군도 서쪽 해상에 모습을 드러내었다. 그리곤 그곳에 준비해 놓은 제2의 무인기를 타고 빅 아일랜드로 접근했다.

'유령조직 동로군이 웅크리고 있는 장소가 하와이 군도의 킬라우에아 산이라지?'

이탄은 무인기를 컨트롤하여 곧장 목표지점으로 향했다.

이탄이 도착했을 때는 이미 전쟁이 진행 중이었다. 에디아니 군벌의 상징인 Ⅲ 문양이 온 산을 뒤덮었다.

Ⅲ은 에디아니 군벌이 크게 3개의 기둥으로 지탱되고 있음을 의미했다.

북미의 시즈너 가문.

중미의 말레우스 가문.

남미의 가라폴로 가문.

오늘 이 세 가문이 모두 출격하여 유령조직의 동로군을 무차별 폭격했다.

가장 먼저 이탄의 눈에 띈 부대는 가라폴로 가문이 공들여 키운 폭격대였다.

하늘의 항공모함이라 불리는 초대형 비행기가 까마득한 상공에 높이 떠 있었다. 그 비행기로부터 삼각형 모양의 폭격기들이 무수히 쏟아져 나와 칼라우에아 산 곳곳에 폭탄을 떨궜다.

삼각형 모양의 폭격기에는 가라폴로의 정예병들이 2인 1조로 탑승했다. 이 가운데 한 명은 폭격기의 조종사였고, 다른 한 명은 마법사였다.

삼각형 폭격기가 떨어뜨린 폭탄에 마법을 한 겹 덧씌우는 것이 마법사의 역할이었다.

마법으로 보호된 폭탄은 지면에서 폭발하지 않았다. 폭탄 끝에 드릴이라도 달린 것처럼 지면을 뚫고 지하로 파고들더니, 지하 깊은 곳에 꾸며진 콘크리트 시설물을 파악하고는 단숨에 그곳까지 도달하여 쾅! 쾅! 쾅! 터졌다. 마법사가 폭탄에 보호 기능과 유도 기능을 더해준 셈이었다.

동로군의 주력 부대는 칼라우에아 산 지하의 대형 벙커 속에 웅크리고 있었다.

'그러니 적들이 아무리 폭탄을 퍼붓더라도 우리 주력이 상할 염려는 없다.'

이것이 동로군 대장군인 바투의 생각이었다.

그런데 그 확신이 산산조각 났다. 마법사에 의해서 유도 된 폭탄이 벙커를 때릴 때마다 천장에서 콘크리트 가루가 우수수 낙하했다. 거대한 지하 시설 전체가 붕괴할 것처럼 뒤흔들렸다.

Chapter 9

"크윽, 빌어먹을. 에디아니 놈들이 대체 이곳을 어찌 알 고 폭격을 한단 말인가? 팔군 내 어지간한 지휘관들도 우 리의 정확한 위치는 알지 못하는데. 설마 대장군급 이상의 수뇌부들 중에 배신자가 있나?"

바투는 주먹으로 테이블을 쾅 내리쳤다. 바투의 어깨 위 로 푸르스름한 살기가 유형화되어 스멀스멀 뻗쳐올랐다.

동로군의 총사령관인 바투는 짧은 스포츠머리에 체격이 건장한 사내였다. 그는 한눈에 보기에도 군인다운 포스가 물씬 풍겼다. 또한 옆머리에 문신으로 새겨 넣은 아내의 이름이 인상적이었다.

바투가 주먹을 불끈 쥐고 있을 때였다.

쿠우웅.

동로군의 지하 시설 전체가 또다시 크게 진동했다. 어디에선가 콘크리트 벽이 허물어지는 소리도 들렸다.

"제길. 무차별 폭격으로 우리의 1차 방어선을 허물었으니 그 다음엔 시즈너 가문의 기사단과 말레우스의 암살단이 들이닥치겠구먼."

바투는 에디아니 군벌의 전략·전술에 대한 이해도가 높았다. 이것은 한때 바투가 에디아니 군벌에 몸을 담았던 덕분이었다.

바투는 잠시 과거를 회상했다.

쥬신 제국이 완전히 무너지기 전, 바투는 말레우스 가문의 암살단에 막 입단한 루키(Rookie: 신참)였다.

당시 바투의 전투력은 안토니오 부단장의 눈에 들 만큼 뛰어났다. 오죽했으면 안토니오가 바투의 강력한 무술과 체력에 감탄하여 그에게 의형제를 맺자고 청했을까.

그 후 바투는 안토니오의 배려 속에 무럭무럭 성장했다. 바투와 안토니오의 사이도 더할 나위 없이 좋았다.

문제는 쥬신 제국의 마지막 황제인 이윤이 안토니오의 누이를 능욕하면서 벌어졌다.

복수심에 불타는 안토니오와, 그런 안토니오를 말리는 바투.

지금도 변함이 없지만, 그 무렵의 바투는 제국에 대한 충성심으로 활활 불타올랐다. 당연히 의형인 안토니오와 뜻이 갈릴 수밖에 없었다.

결국 바투는 말레우스 가문을 떠난 뒤, 쥬신의 황군에 입대했다. 말레우스의 암살기를 습득한 바투는 황군 내에서도 고속승진 루트를 탔다.

그러던 어느 날이었다. 바투가 섬기던 하늘이 통째로 무너졌다. 영원히 존속될 것이라 여겼던 쥬신 제국이 하루아침에 몰락해버렸다.

제국의 황제 이윤은 오대군벌의 압박을 견디지 못하고 자결했다. 제국을 떠받치던 무력부대들은 이미 발렌시드나 코로니, 간씨 세가, 에디아니, 그리고 카르발에게 포섭되어 그들의 휘하로 들어간 지 오래였다.

바투는 살기 위해서 오대군벌과 싸웠다. 살기 위해서 탈출로를 뚫었다. 그런 다음 바투는 가까스로 살아남은 부하들과 함을 합쳐서 게릴라 조직을 결성했다. 하와이에 근거지를 둔 저항군이 탄생한 셈이었다.

그러던 어느 날, 바투가 만든 게릴라 조직에 한 여인이 찾아왔다.

"나는 이수민이라고 해요. 쥬신 황실 이윤 폐하의 피를 물려받은 후손이죠."

이수민은 여자답지 않게 호탕한 표정으로 바투에게 손을 내밀었다. 그런 이수민의 얼굴에는 쥬신 황족 특유의 당당함과 고귀함이 어려 있었다.

이상이 바투가 유령조직에 가입하여 동로군의 대장군이 된 경위였다.

전투를 코앞에 둔 바투의 머릿속에는 지난 7, 80년간 벌어졌던 사건들이 한 편의 파노라마 영상처럼 스쳐 지나갔다.

안타깝게도 바투에게는 옛 추억에 젖어들 시간적 여유가 없었다. 극심한 폭격 소리가 잦아들었다 싶은 순간, 저 멀리서 비명이 터졌다.

이건 폭격에 의한 비명이 아니었다. 날카로운 흉기에 목이 잘리면서 나온 비명이었다.

"드디어 놈들이 들이닥쳤구나. 으드득. 그래. 어디 한번 싸워보자."

바투가 장갑을 낀 손으로 양 주먹을 쾅 부딪쳤다. 바투의 주먹 사이에서 푸른 번개가 쩌저적 튀어나왔다.

바투의 뒤쪽에 도열해 있던 노병들도 각자의 무기를 손에 쥐고 전의를 다졌다.

얼굴과 몸에 흉터가 가득한 이 노병들이야말로 70년 전쥬신 황실의 직속군, 즉 황군에 편성되어 있던 역전의 용사들이었다. 말이 노병이지 이들 개개인의 무력은 오대군벌중상위급 실력자들에 못지않았다.

이 노병들은 바투가 가장 믿고 의지하는 동료들이기도했다.

"으흐흣. 대장군님의 의형도 직접 왔을까요?"

"안토니오, 안토니오. 말만 무성하던데 실제로 그가 얼마나 강한지 한바탕 붙어보고 싶구려. 흐흐흐."

노병들은 여유롭게 농담까지 주고받았다.

사실 말레우스 가문의 가주인 안토니오는 노병들이 함부로 입방아를 찧을 만큼 호락호락한 인물이 아니었다.

70여 년 전, 쥬신 황군의 내노라 하던 용장들이 안토니의 손에 처참하게 죽임을 당했다. 당시 안토니오는 수백 명황군의 피로 길을 뚫고 황군의 시체를 밟으며 진격하더니끝끝내 황제의 목에 칼날을 들이밀었다.

노병들도, 그리고 바투도 안토니오가 얼마나 무서운 인물인지 잘 알았다.

그럼에도 노병들이 실없는 농담을 던진 이유는 하나였다. 무거운 분위기를 전환하고 긴장을 풀기 위함.

역시 노병들은 노련했다.

노병들이 전의를 끌어올리는 가운데 백병전이 시작되었다. 가라폴로 가문의 폭격대가 폭탄을 투하하여 지하 벙커에 구멍을 뚫고 나자, 기다렸다는 듯이 시즈너 가문과 말레우스 가문이 움직였다.

시즈너의 기사들이 정면을 뚫었다. 기사들은 푸른빛이 감도는 육중한 갑옷을 걸친 채 지하 벙커 안으로 속속 진입했다.

기사들은 왼팔에 둥그런 버클러(Buckler: 소형방패의 일종, 직경은 30 센티미터 안쪽)를 착용했다. 오른손 손등에는 60 센티미터에 달하는 뾰족한 검을 매달고 있었다. 기사들의 검날에서는 푸른빛이 환상처럼 일렁거렸다.

기사들의 선두에는 가문의 둘째인 시어드 시즈너가 자리했다.

시어드는 각진 턱을 가진 사내로, 198 센티미터의 장신에 미식축구 선수를 연상시키는 호남형의 중년인이었다.

원래 시즈너 가문의 가주는 고령의 나이 때문에 외부활동이 거의 없었다. 그래서 소가주인 지미가 부친을 대신하여 가문을 지휘했었으나, 최근에 지미 또한 안타깝게도 정체불명의 조직으로부터 테러를 당해 목숨이 오락가락하는 중이었다.

그 후 둘째인 시어드가 자연스럽게 형의 뒤를 이어서 시즈너 가문을 이끌었다.

다른 군벌들도 모두 그러하듯이, 시즈너 가문도 최상층부의 권력자가 위험한 전투에 앞장서서 싸우는 것이 미덕이었다.

시어드가 유령조직 소탕에 앞장선 것도 바로 오블리스 노블리쥬를 실천하기 위함이었다.

Chapter 10

물론 전쟁 중에 시어드가 크게 다치거나 죽을지도 몰랐다.

하지만 반대로 시어드가 전쟁에서 큰 공을 세운다면? 적들을 상대로 사자의 용맹을 떨친다면?

그럼 가문의 기사들은 시어드를 진심으로 따르게 될 것이다. 또한 형의 복수를 했다는 명분도 얻을 것이다.

벙커로 진입하는 시어드의 눈이 이글이글 불타올랐다.

시즈너 가문의 기사들이 벙커의 정문으로 당당하게 진입

하였다면, 말레우스의 암살단은 벙커 측면의 미세한 균열을 찾아 그 비좁은 틈으로 스며들었다.

암살단원들은 모두 몸에 밀착된 검은 복장을 입고 있었으며, 검은 마스크로 얼굴 아래쪽을 가린 모습이었다.

암살단 특유의 복장 때문에 암살단원의 성별도 그대로 드러났다. 의외로 암살단원 가운데 절반 이상이 여성들이었다.

다만 암살단을 선두에서 이끄는 우두머리는 뽀글뽀글한 파마머리의 사내였는데, 그는 특이하게도 얼굴에 마스크를 쓰지 않았다. 또한 우두머리는 목에 번쩍번쩍한 금목걸이를 걸었고, 손가락에도 금반지를 주렁주렁 착용했다.

사실 이 곱슬머리 사내는 암살단의 단장이 아니었다. 단장보다 더 위에서 군림하는 존재가 바로 곱슬머리 사내였다.

그의 이름은 안토니오 말레우스.

당대 말레우스 가문을 이끄는 가주가 직접 전쟁에 개입하였다.

시어드는 기사단장 역할을 충분히 수행할 만했다. 그는 시즈너 가문의 기사들을 선도할 만큼 검술 실력이 뛰어날 뿐 아니라 통솔력도 갖추었다.

시어드가 이끄는 시즈너 기사단은 오른쪽 주먹에 착용한 푸른 검을 날카롭게 휘두르며 동로군 병력을 사정없이 몰아붙였다.

"크윽. 버텨라. 에디아니의 반역자 놈들에게 저지선이 뚫리면 안 된다."

동로군의 부대장들이 악을 썼다.

동로군 병사들은 지하 시설 내부 복도에 모래주머니를 쌓아서 2차, 3차 저지선을 만들었다. 그리곤 모래주머니 뒤에서 격렬히 저항했다.

하지만 시즈너 기사단의 거침없는 진격을 막기에는 역부족이었다. 시즈너 가문의 기사들은 원형 버클러로 적의 총알을 튕겨내고 검으로 적들의 목을 베며 모래주머니로 만든 임시 저지선을 넘었다.

이처럼 뛰어난 활약을 보이는 시즈너 기사단도 말레우스의 암살단에 비하면 한 수 아래였다.

말레우스의 암살단은 지하 벙커의 측면을 뚫고 들어와 동로군의 허리를 끊었다. 특히 암살단의 선두에 선 안토니오의 무력이 압권이었다.

"쥬신의 잔당들이여, 네놈들을 단 한 명도 살려두지 않으리라."

어둠 속에서 안토니오의 두 눈이 횃불처럼 형형하게 빛

났다. 어둠과 하나가 된 안토니오가 바닥에서 둥실 떠올랐다. 안토니오는 20 센티미터 높이로 부상한 뒤, 수평으로 비행하면서 동로군 병력을 처단했다.

안토니오의 몸 주위에는 칠흑처럼 새까만 단검 18자루가 떠올라 위성처럼 빙글빙글 공전 중이었다.

이 칠흑의 단검들이 기척도 없이 날아가 전방 모퉁이 뒤에서 매복 중이던 동로군 병사들의 목을 땄다.

칠흑의 단검은 비단 기척만 없을 뿐 아니라 실체도 불분명했다.

때때로 이 18자루의 단검들은 단단한 콘크리트 벽 속으로 쑥 들어갔다가 반대쪽 벽에서 불쑥 튀어나오며 적의 숨통을 끊었다. 혹은 천장 위로 쓱 사라졌다가 수십 미터 밖의 바닥에서 튀어나오며 적병의 아킬레스건을 자르기도 하였다.

주변의 모든 물리적인 장애물을 무시한 채 유령처럼, 혹은 연기처럼 자유자재로 공간을 누비는 칠흑의 단검이야말로 안토니오의 가장 무서운 무기 중 하나였다.

당연한 말이지만, 칠흑의 단검은 실체가 있는 물건이 아니었다. 이 단검은 안토니오의 마나와 의지가 뭉쳐서 형성된 심령의 무기였다.

그러므로 칠흑의 단검이 닿지 못할 곳은 없었다. 칠흑의 단검이 가지 못할 장소도 없었다. 안토니오가 마음을 먹은 순간, 그곳에는 이미 시커먼 칠흑의 단검이 도착하여 적의 목을 잘랐다.

동로군 병사들은 안토니오의 무시무시한 수법에 감히 저항하지 못했다.

"으윽, 안 되겠다."

"저 괴물을 도저히 막을 수 없어. 후퇴. 후퇴."

동로군은 속수무책으로 후퇴하고 또 후퇴했다.

안토니오가 이끄는 암살단이 허리를 끊자 동로군은 곤란에 빠졌다. 특히 탄환이나 마법 아이템과 같은 무기의 수급이 끊긴 것이 가장 큰 문제였다.

시어드는 그 틈을 놓치지 않았다.

"용맹스러운 기사들이여, 쥬신 잔당들의 숨통을 물어뜯어 완전히 끊어놓아라."

시어드가 푸른 검을 번쩍 치켜들고 외쳤다.

"우와아아아—."

시즈너 가문의 기사들이 허둥거리는 동로군 병사들에게 일제히 달려들어 세 번째 저지선마저 무너뜨렸다.

동로군 병력은 점점 더 뒤로 몰리다가 급기야 중앙통제실까지 후퇴했다.

중앙통제실은 병사들을 지휘하는 사령부였다. 여기까지

밀렸으면 동로군에게는 더 이상 물러설 곳도 없는 셈이었다.

그러자 기다렸다는 듯이 바투가 등장했다.

총사령관인 바투를 비롯한 동로군의 노병들은 투명 마법진을 설치한 뒤 중앙통제실 입구에서 매복 중이었다. 그들은 시즈너 기사들이 중앙통제실 안으로 진격해 들어가자 갑자기 후방에서 모습을 드러내어 적의 뒤를 쳤다.

"크헝—."

바투가 굶주린 맹수처럼 적에게 달려들었다.

투황! 쩌저저저적—.

바투가 장갑을 낀 두 주먹을 맞부딪치는 순간, 푸른 번개의 폭풍이 휘몰아쳐 나와 시즈너 기사들의 후방을 지졌다.

"허억? 적의 매복이닷."

"막앗."

시즈너 가문의 기사들은 재빨리 버클러로 몸을 보호했다.

그 보다 바투의 공격이 한발 빨랐다. 바투가 방출한 고압 번개는 기사들이 채 반응을 보이기도 전에 그들의 몸을 강타했다.

기사들의 갑옷을 타고 스파크가 현란하게 튀었다. 살타는 냄새가 매캐하게 퍼졌다. 기사들의 고통스러운 비명이 뒤따랐다.

Chapter 11

바투는 입을 쩍 벌린 적 기사들을 어깨로 밀치면서 파고들더니, 적진 한복판에서 다시 한번 두 주먹을 맞부딪쳤다.

투황! 빠카카카카캉!

이번에는 더욱 격렬하게 벼락이 몰아쳤다. 중앙통제소 내부가 온통 번개의 폭풍으로 뒤덮였다.

"안 돼, 비켜라."

시어드가 재빨리 중앙통제소의 입구 쪽으로 달려왔다.

시어드는 번쩍 몸을 날려 부하들의 머리 위를 타넘더니, 바투의 코앞으로 뛰어내리면서 버클러로 상대의 머리를 후려쳤다.

"푸흥. 애송이 놈이 겁도 없구나."

바투가 시어드를 애송이 취급했다.

바투는 머리 위에서 양팔을 X자로 교차하여 시어드의 방패 공격을 막아낸 다음, 몸을 갑자기 180도 돌려서 손등으로 시어드의 콧잔등을 뭉개버렸다.

"끄억."

바투의 파격적인 공격 한 방에 시어드가 뒤로 날아갔다.

바투는 물소의 목을 물어뜯으려는 흑표범처럼 날렵하게 달려들어 시어드에게 주먹을 날렸다.

쩌저저적! 쩌저저적!

바투의 양 주먹을 타고 벼락이 강하게 응집되었다.

"이크."

시어드는 황급히 버클러로 상대의 공격을 막았다.

시어드는 그러면서 검을 휘둘러 바투의 목을 노렸다. 위기의 순간, 방어보다 공격에 치중하는 것이 시즈너 가문의 전투 스타일이었다. 만약 상대가 몸을 사리는 타입이었다면 시어드의 공격이 효과를 발휘했을 것이다.

안타깝게도 상대는 바투였다. 바투는 시어드의 공격을 전혀 피하지 않았다. 대신 바투는 시어드의 버클러 위에 주먹을 때려 박는 것과 동시에 상체를 교묘하게 좌우로 흔들어 시어의 검날을 회피했다.

근거리 백병전에서 상체의 움직임만으로 적의 공격을 무산시키는 이 독특한 무빙 기술은 바투의 주특기 가운데 하나였다. 오래 전, 안토니오도 회피 기술만큼은 바투가 최고라고 추켜세웠다.

시어드가 40대의 장년층들 가운데 몇 손가락 안에 꼽히는 기사라고 하나, 역전의 노장인 바투에 비하면 경험이 모자랐다. 시어드의 공격은 바투의 회피 동작에 막혀서 무산된 반면, 바투의 일격은 시어드의 버클러를 완전히 부숴버렸다.

쩌저저적! 쩌저적!

쪼개진 버클러의 파편 사이로 눈부신 벼락이 파고들었다.

"끄악!"

시어드가 어금니를 악물었다. 시어드의 입에서는 하얀 연기가 치솟았다.

시즈너 가문의 마법공학이 집약된 특수갑옷이 아니었다면, 시어드는 바투의 이번 일격에 목숨을 잃었을 뻔했다.

그만큼 바투의 벼락은 강력했다.

"흥. 반역자 집안의 애송이치고는 실력이 제법이구나."

바투가 시어드를 칭찬했다.

그러면서 바투는 오른손으로 시어드의 머리카락을 움켜쥐었다. 왼손에는 벼락을 잔뜩 끌어모아 한 방 더 후려칠 준비를 했다.

바투는 지금 이 자리에서 시어드를 죽일 생각은 없었다.

'이 귀해 보이는 도련님을 인질로 삼아 탈출로를 뚫어야겠구나.'

이게 바투의 생각이었다.

바투가 시어드를 제압하는 동안, 시즈너 가문의 기사들은 어떻게든 시어드를 도우려고 애썼다.

하지만 바투를 따르는 노병들이 능숙하게 기사들을 막아낸 덕분에 시어드를 제대로 도울 수가 없었다.

동로군의 노병 부대는 과연 노련했다. 노병들은 기사들을 상대하는 요령을 잘 알고 있었다.

마침내 바투의 주먹이 시어드의 목젖을 강타하려는 순간이었다. 천장에서 칠흑의 단검 두 자루가 획 등장하더니 그대로 바투의 목덜미를 노렸다.

단검은 아무런 기척도 없었다. 소리도 나지 않았다.

그러니 청력이나 감각이 예민한 무사들도 칠흑의 단검의 표적이 되면 속수무책으로 죽을 수밖에 없었다.

놀랍게도 바투는 칠흑의 단검을 감지해내었다.

"헉?"

단검이 목덜미를 찌르려는 순간, 바투는 펄쩍 뛰어 몸을 180도 뒤집었다. 시어드를 위에서 깔고 앉았던 바투가 어느새 시어드의 밑으로 기어들어 갔다. 대신 시어드가 인간 방패가 되어 바투의 몸 위로 올라왔다.

칠흑의 단검은 바투 대신 시어드의 목을 자를 뻔했다.

그 순간 두 자루 단검이 미끄러지듯이 옆으로 이동하면서 시어드가 아닌 바투를 다시 타겟팅했다.

바투는 장갑을 낀 손으로 바닥을 후려쳐서 벼락을 쫙 퍼뜨렸다. 그리곤 등을 바닥에 댄 채 몸을 팽이처럼 회전시켜 그 자리를 벗어났다.

"역시 대장군님이시다."

"실력이 전혀 녹슬지 않았어. 클클클."

곡예에 가까운 바투의 체술에 노병들이 감탄했다.

감탄은 동로군의 노병들만 한 것이 아니었다. 어두운 복도 저편에서도 탄성에 가득한 웃음소리가 들렸다.

"음홧홧홧. 누가 저렇게도 뛰어날까 했더니 바투 아우였구먼. 오래 전 쥬신의 말기에 죽은 줄 알았는데 아우가 살아 있었어. 음홧홧홧."

호통하게 웃음을 터뜨린 장본인은 안토니오 말레우스였다.

바투가 미간을 찌푸렸다.

"안토니오?"

바투의 반문에 안토니오도 얼굴을 구겼다.

"뭐? 안토니오? 네가 이제는 눈에 뵈는 게 없나 보구나. 형의 이름을 함부로 부르다니 말이다."

안토니오의 주변을 위성처럼 떠돌던 18자루의 단검들이 더욱 격렬하게 공전했다. 안토니오가 등장하자 숨 막히는 기세가 주변을 짓눌렀다.

조금 전까지만 해도 여유롭던 노병들이 침을 꿀꺽 삼켰다.

"제기랄. 안토니오와 같은 거물이 직접 오다니, 아무래도 여기가 우리의 무덤이 될 것 같구먼. 퉤에."

노병 한 병이 바닥에 침을 탁 뱉었다.

조금 전까지만 하더라도 이 노병은 "안토니오를 한번 만나보면 좋겠네."라고 너스레를 떨었다.

하지만 막상 안토니오가 눈앞에 등장하자 노병의 다리가 후들후들 떨렸다.

Chapter 12

확실히 안토니오는 보통 거물이 아니었다. 단순히 그가 모습을 드러낸 것만으로도 주변의 공기가 달라졌다.

노병들뿐 아니라 바투도 바짝 긴장했다.

반면 안토니오는 여유가 넘쳤다.

안토니오는 번쩍거리는 금반지를 낀 손으로 자신의 곱슬머리를 뒤로 쓸어 넘겼다. 웃음을 흘리는 안토니아의 입술 사이에서 금니가 번뜩였다.

그 순간 바투가 몸을 날렸다.

"이놈!"

바투는 안토니오의 오른쪽으로 파고드는 척하면서 어느새 왼쪽으로 몸을 이동했다. 그러면서 바투가 손바닥을 쫙 펼쳤다.

빠카카캉!

바투의 손바닥에서 방출된 벼락 다섯 줄기가 안토니오를 후려쳤다.

그에 대응이라도 하듯이 안토니오의 주변을 공전하던 칠흑의 단검 다섯 자루가 바투에게 날아들었다.

단검은 각기 다른 궤적을 그리며 바투를 공략했다.

바투는 단검을 피하지 않았다.

'안토니오는 사자다. 그에게 뒤를 보이면 반드시 목덜미가 물려서 죽는다.'

바투는 팔 하나쯤은 내줄 각오를 하고는 안토니오에게 바짝 달라붙었다.

오래전 바투가 안토니오와 의형제를 맺었을 당시, 둘은 여러 번 대련을 하며 서로의 실력을 키워갔다.

그때 대련 결과는 거의 안토니오의 승리.

다만 몇 차례는 바투가 이긴 적도 있었다. 그리고 바투가 승리했을 때는 안토니오에게 바짝 달라붙어 싸웠을 때뿐이었다.

바투는 이번에도 인파이터가 되기로 작정했다.

쭈─우─왕─.

순간적으로 바투의 몸이 길게 늘어났다.

실제로 바투의 몸이 고무처럼 늘어난 것은 아니었다. 바투가 별안간 가속을 하자 그의 몸이 늘어난 것처럼 보였을 뿐이었다.

어쨌거나 바투는 어느 틈에 안토니오와의 거리를 2미터 이내로 좁혔다.

'성공이다.'

바투가 속으로 쾌재를 불렀다.

등 뒤에서 바짝 따라붙는 칠흑의 단검 5자루의 존재는 바투도 느끼고 있었다. 코앞에서 풍차처럼 회전 중인 13자루의 단검들도 바투는 신경을 바짝 썼다.

그러나 바투가 진짜로 신경을 쓰는 대상은 칠흑의 단검 18자루가 아니라 안토니오 그 자체였다.

'내게 칼침을 놓고 싶으면 마음대로 해라. 그깟 칼침 18 방쯤은 기꺼이 맞아주지. 대신 네놈의 심장에 벼락을 꽂아주마.'

바투는 어금니가 으스러져라 이빨을 물었다.

그렇게 바투가 각오를 다진 순간, 바투의 등에 소름이 쫙 돋았다. 누런 금니를 드러내면서 웃고 있는 안토니오 때문이었다.

과거 안토니오는 바투보다 근접전에 약했다.

그러나 그것은 70년 전의 데이터일 뿐이다. 70년이라는 세월 동안 안토니오가 제자리에 머물고 있을 리 없었다.

바투가 알고 있는 안토니오는 암살 능력에 있어서는 세상 최고의 천재였다. 그리고 대부분의 암살자들은 근접전에 능했다.

위기감을 느낀 순간, 바투는 다시 한번 가속을 감행했다. 안토니오의 왼쪽을 공략하던 바투가 어느새 안토니오의 등 뒤로 돌아왔다. 바투의 이러한 움직임은 눈으로도 따라잡지 못할 만큼 신속했다.

한데 안토니오는 어느새 바투를 쫓아 180도 빙글 몸을 돌렸다.

안토니오의 등에 벼락을 꽂아 넣으려는 바투 .VS. 활짝 웃으며 바투를 응시 중인 안토니오.

두 사내의 시선이 허공에서 맞부딪쳤다.

바투는 심장이 철렁했다.

하지만 이왕에 내친걸음이었다. 바투는 여기서 물러설 수 없었다.

"이익. 죽어라, 반역자여."

바투가 잇새로 뜨거운 숨을 토했다. 바투의 주먹에서는

지금까지와는 비교도 되지 않는 양의 전하가 쏟아져 나왔다.

빠카카캉!

그 전하가 벼락이 되어 안토니오를 집어삼켰다.

벼락이 안토니오를 후려쳤는데, 스파크가 전혀 튀지 않았다. 대신 철벽이 깨지는 듯한 굉음과 함께 바투가 피를 토하며 뒤로 날아갔다. 뒤를 이어 칠흑의 단검 18자루 가운데 16자루가 바투의 신체 구석구석을 베고 지나갔다. 나머지 두 자루의 단검은 여전히 안토니오의 주변을 호위 중이었다.

피투성이가 된 바투가 황급히 몸을 일으켰다. 바투에게는 상처를 지혈할 틈도 주어지지 않았다.

쾅!

다시 한번 굉음이 터졌다.

"크악."

바투는 비명과 함께 수십 미터를 날아가 복도 벽에 거칠게 처박혔다.

"크으윽. 방금 뭐였지?"

바투가 겨우 몸을 일으키더니 머리를 부르르 흔들었다.

조금 전 바투는 안토니오의 공격을 제대로 보지 못했다.

그저 바투의 벼락이 무언가에 막혀서 허무하게 사그라졌

다. 그와 동시에 철벽같은 것이 날아와 바투의 눈앞이 캄캄해졌다.

쓰러진 바투의 앞으로 안토니오가 날아왔다. 안토니오의 몸 주변에는 검은 기운이 철벽처럼 뭉쳐서 일렁거렸다. 이 검은 기운은 반투명하여 안토니오의 얼굴 표정이 고스란히 들여다보였다.

"으으윽. 이, 이것은 설마?"

바투가 이빨을 딱딱딱 맞부딪쳤다.

"그래. 바투. 너라면 알아볼 줄 알았지. 이것은 혼돈의 벽이다."

안토니오가 바투에게 뽐내듯이 두 손을 위로 들었다.

후오오옹!

안토니오의 손짓을 따라 검은 벽 같은 기운이 거창하게 일어났다.

정식 명칭은 혼돈의 벽.

하지만 세상에는 광황(狂皇: 미치광이 황제)의 벽이라는 이름으로 더 많이 알려져 있다.

이 무시무시한 수법을 창안한 창시자는 쥬신의 역대 황제 중 한 명인 광황이었다.

Chapter 13

쥬신 제국의 1,000년 역사상 광황이라 불리던 존재는 단한 명뿐이었다.

쥬신이 낳은 최악의 황제.

어둠의 수호룡과 계약을 맺고 세상을 혼돈으로 몰아넣었던 바로 그 미치광이 황제.

달리 공포 황제라 불리던 자.

광황의 살아생전, 그는 천공안을 가진 무녀를 옆에 끼고 수많은 신하들에게 역도의 누명을 씌워 도륙하였으며, 그 10,000배에 달하는 백성들을 찢어 죽였다. 광황은 그야말로 미친 황제였다.

그런데도 신하들은 감히 광황과 맞서 싸울 엄두를 내지 못했다. 왜냐하면 광황은 쥬신 제국의 1,000년 역사상 건국황 이관, 패황 이군억과 함께 가장 강했을 것이라 짐작되는 초인이었기 때문이다.

또한 광황과 맹약을 맺었던 어둠의 수호룡도 막강하기 이를 데 없었다.

오죽하면 빛의 수호룡과 어둠의 수호룡을 묶어서 모든 수호룡들 중에 최강자로 손꼽았겠는가.

그런데 놀랍게도 오늘 안토니오의 손에서 광황의 주력

기술이 튀어나왔다.

간철호가 쥬신의 고대 황릉을 뒤져서 광정(光精, 빛 알갱이)이라는 무서운 수법을 손에 넣은 것처럼, 안토니오도 지난 70년 동안 놀고 있지만은 않았던 것이다. 지난 세월 동안 안토니오는 공포 황제라 불리던 광황의 주력 수법을 거의 완벽한 형태로 재현해 내는 데 성공했다.

바투가 안토니오를 향해서 악을 썼다.

"크으으으. 안토니오, 이 반역자여. 쥬신 제국을 물어뜯었던 네놈이 어찌 감히 황제의 기술을 탐내었단 말이냐?"

"아하하. 반역자라고? 이 안토니오가 반역자라고?"

안토니오가 허리를 뒤로 젖히며 웃었다.

안토니오는 바투를 향해 한 발 한 발 힘주어 다가가면서 10개의 손가락으로 자신의 곱슬머리를 빗질하여 뒤로 넘겼다. 그러면서 안토니오가 바투에게 으르렁거렸다.

"오냐. 네가 나를 반역자라 불렀으니 너의 평가대로 기꺼이 반역자가 되어주마. 황제가 개새끼라면 마땅히 반역을 해야지. 그 개새끼가 나의 누이를 능욕하고 죽게 만들었으니 당연히 그놈도 찢어 죽여야지. 그딴 개새끼를 황제의 자리에 앉혔던 간신들도 모조리 찢어 없애야지."

다혈질답게 안토니오의 눈이 홱 돌아갔다. 70년 전 쥬신의 마지막 황제를 떠올리는 것만으로도 안토니오의 살기는 미친 듯이 고조되었다.

어지간한 무사들은 안토니오의 살기를 견디지 못하고 그 대로 주저앉았다.

그래도 바투는 끝까지 신념을 굽히지 않았다.

"반역자 안토니오여, 궤변을 늘어놓지 마라."

"뭐?"

"주군이 그릇된 길을 걸으면 신하 된 자들이 주군을 바른 길로 인도해야 할 것이다. 그런데 네놈은 폐하를 올바른 길로 인도하려는 노력을 해보았느냐? 그런 노력도 없이 제국을 뒤집어엎는다는 것이 곧 반역이니라."

바투는 안토니오를 준엄하게 꾸짖었다. 그러면서 그는 자신의 두 주먹에 번개를 잔뜩 응집했다.

파츠츠츠츳—.

눈부시게 전하가 몰려들면서 바투의 상반신 전체가 시퍼렇게 물들었다.

그에 대응하여 안토니오를 뒤덮은 시커먼 기운도 저절로 발동했다.

꽝!

"크악."

무지막지한 충격이 바투를 강타했다.

바투가 어떻게 손을 써볼 틈도 없었다. 그는 그저 피를 뿌리며 훨훨 날아가더니 멀찍이 떨어진 모퉁이에 등짝을 세게 처박았을 따름이었다.

광황의 벽은 과연 무시무시했다.

"쿨럭, 쿨럭, 쿨럭. 으으윽."

바투가 피거품을 왈칵 게웠다.

"헉! 대장군님."

"대장군님, 괜찮으십니까?"

노병들이 바투를 돕기 위해 안토니오를 공격했다.

"어딜 가려고?"

"너희 늙은이들의 상대는 우리다."

시즈너의 기사들이 노병들의 발목을 잡으려고 달려들었다.

그러자 안토니오가 손바닥을 들어서 시즈너의 기사들을 제지했다. 안토니오의 배려(?) 덕분에 노병들은 아무런 방해도 없이 안토니오에게 접근할 수 있었다.

안토니오는 노병들의 공격이 자신에게 집중되는 순간을 노려서 광황의 벽을 한 번 더 일으켰다.

꽝!

노병들은 안토니오를 공격하다 말고 갑자기 눈앞에서 불똥이 번쩍 튀는 충격을 받았다. 노병들은 뭐가 어떻게 된 일인지 알지도 못한 채 피떡이 되어 날아갔다. 그것도 수많은 노병들이 동시에 박살 났다.

즉사! 즉사! 즉사! 즉사!

수많은 노병들이 안토니오의 공격 한 방에 떼죽음을 당했다.

안토니오는 손에 사정을 두지 않았다. 광황의 벽에 부딪친 노병들은 그 즉시 온몸이 으스러졌다.

사실 이것이 안토니오가 가진 진짜 파괴력이었다.

조금 전에 바투가 광황의 벽에 무려 세 차례나 부딪치고도 죽지 않은 것은, 안토니오가 일부러 힘 조절을 해주었던 덕분이었다. 만약에 안토니오가 작정을 하고 광황의 벽을 휘둘렀으면 바투도 이미 죽은 목숨이었으리라.

안토니오는 마지막으로 한 번 더 바투에게 광황의 벽을 사용했다.

꽝!

"크왁."

바투는 또다시 피를 뿌리며 뒤로 날아갔다.

"끄으응."

결국 바투는 짧은 신음과 함께 까무룩 정신을 잃었다. 천하의 대장군도 더는 버티지는 못했다.

총사령관이 쓰러졌으니 동로군에게 더 이상의 희망은 없었다. 바투를 보필하던 노병부대도 절반 이상 죽은 터라 상황은 더더욱 절망적이었다.

동로군이 사기가 급격히 꺾인 반면, 에디아니 군벌의 사기는 하늘을 찌를 듯이 올라갔다.

"와아아, 역시 가주님이시다."

"역시 안토니오 님은 대단하셔."

말레우스 가문의 암살자들뿐 아니라 시즈너의 기사들도 안토니오의 무력에 감탄을 금치 못했다.

일단 사기가 오르자 그 다음은 파죽지세였다. 지하 벙커 곳곳에서 말레우스의 암살단이 활약했다. 시즈너 가문의 기사들도 동로군의 중앙통제실을 완벽히 장악한 뒤, 에디아니 군벌의 깃발을 꽂았다.

동로군은 그렇게 한순간에 무너지는 것처럼 보였다.

그때 노란 로브를 입은 흑마법사 3명이 불쑥 나타났다.

제5화
오대군벌의 역습 Ⅱ

Chapter 1

3명의 흑마법사들은 동로군 소속이었다.

하지만 그들은 전투를 담당하는 워 메이지(War Mage: 전투 마법사)가 아니라 마법아이템 제작 전문이었다.

그래서 3명 모두 전투에 직접 나서지 않고 안전한 후방에만 머물렀다.

흑마법사들의 등장을 처음 알아차린 목격자는 시즈너의 기사들 가운데 2명이었다.

"네놈들은 누구냐?"

"제자리에 스톱. 당장 양손을 머리 위에 올리고 완드를 버려라."

기사들은 푸른빛이 일렁거리는 검으로 마법사들을 위협하며 항복을 종용했다.

흑마법사들은 기사들의 협박에 굴하지 않았다. 3명의 흑마법사들이 품(品)자 형태로 서더니, 그 중앙에 화로를 하나 놓았다.

화로에서 시커먼 연기가 모락모락 피어올랐다.

3명의 흑마법사들은 화로 위에서 손을 하나로 겹치고는 음산한 주문을 외웠다. 흑마법사들의 주문이 계속될수록 화로에서 피어오르는 연기는 더욱 짙어졌다.

"무슨 수작이냐?"

"당장 그 수상한 캐스팅을 멈추지 못할까."

시즈너의 기사들이 성큼 다가와 흑마법사들의 목줄기에 검날을 들이밀었다.

3명의 흑마법사는 목에 흉기가 들어와도 아랑곳하지 않았다. 노란 로브 속에서 흑마법사들의 눈이 기괴한 광기로 번들거렸다.

"…… 마침내 때가 되었으니…… 지옥이 눈을 뜨고……."

"…… 혼돈의 신의 안배가 깨어나……."

"…… 어둠을 숭배……. 어둠의 기운이 싹을 틔워 마침내……."

세 흑마법사들의 주문 가운데 언뜻언뜻 이런 낱말들이 튀어나왔다. 그리고 그 주문에 맞춰서 흑마법사들이 끌어올린 마나가 화로 속으로 일제히 빨려들어 갔다.

쭈—왕!

순간 화로 속에서 시커먼 빛 한 줄기가 솟구쳤다.

검은 유령처럼 솟구친 빛줄기는 중앙통제실의 천장을 뚫고 사라졌다가 별안간 안토니오의 정수리에 내리꽂혔다.

번쩍!

안토니오가 흠칫하여 옆으로 몸을 이동했다.

평소 안토니오의 실력이라면, 설령 바투가 그의 정수리에 벼락을 떨어뜨린다 하더라도 발 한 걸음만 내디뎌서 그 벼락을 피해야 정상이었다.

한데 안토니오의 몸이 갑자기 움직이지 않았다. 안토니오를 둘러싼 시커먼 기운, 즉 광황의 벽이 안토니오의 통제에서 벗어나 그의 온몸을 꽉 붙들었다.

"뭐, 뭐야?"

안토니오의 동공이 활짝 열렸다.

광황의 벽이 안토니오의 몸을 잠시 붙잡고 있는 동안, 화로에서 튀어나온 검은 빛이 안토니오의 정수리에 화끈하게 작렬했다.

"큽!"

순간적으로 안토니오의 눈 전체가 검은색으로 물들었다. 안토니오의 얼굴과 목, 그리고 손등에는 검은 핏줄이 징그 럽게 퍼져나갔다.

찌이이잉—.

안토니오의 귀에 강한 이명이 들렸다.

안토니오가 부르르 머리를 흔들었다.

검게 물들었던 안토니오의 눈이 잠시나마 정상으로 돌아 왔다. 안토니오의 얼굴과 피부에 먹물처럼 퍼져나가던 검 은색 핏줄도 다시 영역이 축소되었다.

하지만 다음 순간, 또다시 안토니오의 귀에 이명이 들렸 다.

안토니오의 눈알은 한 번 더 검게 변색되었다. 안토니오 의 피부를 타고 검은 핏줄이 쭉쭉 영역을 넓혔다.

"끄읏. 안 돼. 끄으윽."

안토니오가 잇새로 신음을 토했다. 안토니오는 어떻게든 정신을 차려보려고 애썼다. 안토니오가 혀끝을 꽉 깨물자 흐려졌던 정신이 잠시 되돌아왔다. 안토니오가 정신을 차 리자 눈빛도 정상적으로 변했다.

하지만 혀를 깨물었던 효과는 잠시뿐.

안토니오의 눈이 다시금 검게 물들었다. 안토니오의 피 부에는 점점 더 많은 핏줄이 돋아나 안토니오를 옭아매었다.

"끄으윽, 끄윽, 끅, 끅. 아, 안 돼."

안토니오가 비명을 질렀다. 꽉 움켜쥔 안토니오의 주먹 안에서 핏물이 뚝뚝 떨어졌다. 안토니오의 귀에는 이명이 울리다 못해 천장이 빙글빙글 돌았다.

"끄어어억."

안토니오가 트림을 하듯 숨을 내뱉었다.

이것이 안토니오의 마지막 저항이었다. 제아무리 안토니오가 에디아니 군벌의 최강자라 할지라도 광황의 힘, 즉 어둠의 힘에 물든 이상 그 지독한 저주를 벗어나지는 못하였다.

"끄윽, 끅, 끅. 크흐흐흐. 크흐흐흐. 크하하하하하."

안토니오는 신음을 흘리다 말고 미친 듯이 웃었다. 시커먼 눈을 번들거리며 미치광이처럼 광소를 터뜨렸다.

그러던 한 순간, 안토니오가 벼락처럼 몸을 날렸다.

쫭!

안토니오의 몸에서 뿜어진 광황의 벽이 시즈너 가문 기사들 네다섯 명을 일거에 곤죽으로 만들었다.

기사들이 입고 있던 마법갑옷은 광황의 벽에 부딪치자마자 단숨에 찌그러져 고철로 변했다. 기사들이 들고 있던 버클러도 단숨에 종잇장처럼 구겨졌다. 갑옷 속 기사들 몸뚱어리도 당연히 곤죽이 되었다. 시즈너의 기사들은 피와 **뼈**, 살점이 하나로 뒤섞여 잘 다진 고깃덩이 신세가 되었다.

"이런 미친!"

시즈너의 기사들이 소스라치게 놀랐다.

"안토니오 숙부님, 이게 무슨 짓입니까?"

시어드가 안토니오를 향해서 고함을 질렀다.

Chapter 2

평소 시어드는 말레우스 가문의 가주인 안토니오와 가라폴로 가문의 가주인 험프를 숙부라고 불렀다.

안토니오와 험프도 시어드를 친조카처럼 아꼈다.

한데 지금 안토니오의 태도는 평소와 완전히 달랐다.

"숙부님."

시어드가 다시 한번 버럭 소리쳤다.

"크크큭. 누가 네 숙부란 말이냐?"

안토니오의 입에서 악마가 울부짖는 듯한 괴성이 흘러나왔다. 시어드를 향한 안토니오의 눈은 온통 검은색으로 번들거렸다.

게다가 안토니오의 얼굴 전체를 거미줄처럼 뒤덮은 핏줄

들을 보라!

'이건 숙부님이 아니시다. 이분은, 아니 이자는 안토니오 숙부님이 아니야.'

시어드는 강한 위기감을 느꼈다.

안토니오가 시어드를 향해서 한 손을 휘둘렀다.

"아악, 안 돼."

"단장님, 위험합니다."

시즈너의 기사 6명이 반사적으로 몸을 날려 시어드의 앞을 가로막았다.

쾅!

그 6명이 분쇄기에 빨려 들어간 고철처럼 온몸이 찌그러져서 즉사했다. 오직 시어드만이 부하들의 희생 덕분에 목숨을 건졌다.

"으으으, 이럴 수가. 안토니오 숙부님이 대체 왜?"

시어드는 망연자실하여 중얼거렸다.

"단장님, 어서 피하셔야 합니다."

"안토니오 님께서 변하셨습니다."

주변의 기사들이 시어드를 강제로 잡아끌어 피신시켰다.

목표를 잃은 안토니오는 미친 사람처럼 광황의 벽을 마구 휘둘렀다.

쾅! 쾅! 쾅! 쾅!

무지막지한 벽에 얻어맞아 시즈너의 기사들이 벌레처럼 몸이 터져 죽었다. 말레우스의 암살자들도 안토니오를 말리다가 처참하게 몰살을 당했다. 사망한 암살자들 중에는 안토니오의 직계 핏줄도 포함되었다.

안토니오는 적과 아군을 가리지 않았다. 그는 동로군의 노병이 앞에서 걸리적거리면 그 노병을 짓이겨 죽였다. 시즈너 가문이나 말레우스 가문 사람들을 향해서도 안토니오는 닥치는 대로 칠흑의 단검을 날렸다. 광황의 벽도 마구 휘둘렀다.

이탄이 무인기에서 뛰어내려 동로군의 지하 벙커에 진입했을 즈음, 안토니오의 손에 죽은 아군과 적군의 수는 무려 수천 명이 넘었다. 이곳의 그 누구도 미치광이가 된 안토니오를 말리지 못했다.

"헉, 헉, 허허헉."

시어드가 지하 벙커의 복도를 미친 듯이 달렸다. 시어드의 양옆과 앞뒤에서는 시즈너 가문의 기사들이 함께 뛰었다.

또 다른 복도에서는 말레우스 가문의 암살자들이 허겁지겁 도망쳤다.

안토니오는 가젤 무리를 사냥하는 사자처럼 뒤에서 어슬

렁어슬렁 쫓아왔다.

"크흐흐흐흐."

안토니오의 웃음이 들릴 때마다 다들 진저리를 쳤다. 안토니오가 가끔씩 손을 휘저을 때면 귀청을 찢는 듯한 폭음이 울렸다. 그때마다 지하 벙커의 복도가 무너져 도망자들의 발목을 붙잡았다.

시즈너의 기사들은 무너진 잔해물을 원형 방패로 후려쳐서 치웠다. 그렇게 기사들이 길을 뚫으면 시어드는 그 길로 정신없이 도주했다.

덕분에 시어드는 무사했다.

대신 시즈너 가문의 기사들은 하나둘 뒤로 쳐졌다가 결국 안토니오의 손짓 한 방에 온몸이 으스러져 죽었다.

말레우스의 암살자들도 마찬가지. 도주로가 막힌 암살자들은 벽이나 천장에 찰싹 달라붙어서 은신술을 펼쳤다.

하지만 상대는 세계 최고의 암살자라 불리던 안토니오였다. 말레우스의 암살자들은 안토니오의 눈을 피하지 못하고 차례로 숨통이 끊겼다.

"헉헉, 허허헉. 제발, 제바아알—."

시어드는 필사적이었다. 시어드는 숨이 턱 끝까지 찼다. 시어드는 머리가 멍하고 심장이 쿵쾅거려서 제대로 된 생각을 하지 못했다. 그저 시어드의 머릿속에는 의문과 공포만이 맴돌 뿐이었다.

'이게 대체 어찌 된 일이란 말인가? 쥬신의 잔당들이 대체 무슨 사악한 흑마법을 펼쳤기에 안토니오 숙부께서 저리 미치신 거야?'

시어드는 안토니오가 얼마나 무서운 존재인지 비로소 절감했다.

기사들 여럿이 힘을 합쳐 안토니오를 공격해도 소용없었다. 시즈너 가문이 자랑하는 정예기사들이 안토니오의 손짓 한 방에 종이인형처럼 날아갔다. 말레우스의 암살자들도 아무런 도움이 안 되기는 마찬가지였다. 시어드는 등 뒤에서 쫓아오는 안토니오 때문에 심장이 터져버릴 것 같았다.

'으으윽. 어서 이 사실을 가주님께 알려야 한다. 안토니오 숙부님이 미쳐버리셨다는 소식을 어서 전해야 해. 출구! 도대체 출구가 어디야?'

시어드는 겁이 나서 손이 벌벌 떨렸다. 그렇게 마음이 조급해지자 출구를 찾기란 더더욱 힘들어졌다.

혼이 쏙 빠진 것은 시어드뿐 아니라 다른 기사들도 마찬가지였다.

그 앞에 이탄이 불쑥 나타났다.

"으헉?"

이탄의 갑작스러운 등장에 놀라서 기사 2명이 반사적으로 검을 휘둘렀다. 기사들의 검으로부터 푸른빛이 솟구쳐서 이탄을 X자로 베었다.

까앙!

놀랍게도 이탄은 맨손으로 시즈너 기사들의 공격을 막아 내었다.

"죽엇―."

이번에는 시어드가 이탄을 공격했다. 시어드는 달리는 속도를 멈추지 않고 풀쩍 점프하더니 이탄의 안면을 버클러로 후려쳤다.

까앙!

시어드의 버클러가 저 멀리 튕겨 나갔다. 이탄은 상대의 방패를 한 손으로 쳐낸 다음, 다른 손으로 상대의 멱살을 잡았다.

"켁."

198 센티미터의 시어드가 이탄의 악력을 뿌리치지 못하고 그대로 제압을 당했다. 시어드는 이탄 앞에 무릎을 꿇고 절망에 가득 차서 몸부림쳤다.

"놔. 이거 놓으라고."

시어드가 악을 썼다.

"시어드, 정신을 차리게."

이탄은 잔뜩 흥분한 시어드의 뺨을 후려쳤다.

"허억? 네? 앗! 대지의 소서러님."

시어드는 뺨을 한 대 얻어맞고 나서야 겨우 정신을 차렸다.

Chapter 3

이탄은 가볍게 톡 때렸지만, 시어드의 턱뼈에 금이 가고 볼이 퉁퉁 부었다.

이탄이 심드렁한 눈빛으로 물었다.

"이제 정신을 좀 차렸나? 대체 무슨 일인데 이 난리인가?"

"대지의 소서러님, 큰일 났습니다. 쥬신의 잔당들이 사악한 흑마법을 사용하여 안토니오 숙 가주님의 정신을 오염시켰습니다. 지금 뒤에서 안토니오 가주님이 아군을 해치며 쫓아오는 중입니다."

이탄이 고개를 갸웃했다.

"응? 그게 무슨 소리인가? 흑마법사가 안토니오 님의 정신을 제압이라도 했단 말인가? 내가 아는 안토니오 님이라면 한낱 정신계 마법에 당할 분이 아닌데?"

이탄은 시어드의 말을 믿지 못하겠다는 표정이었다. 답답해진 시어드가 주먹으로 자신의 가슴을 팡팡 때렸다.

"제발 믿어주십시오. 제가 왜 대지의 소서러께 거짓말을 하겠습니까? 지금 이럴 때가 아닙니다. 안토니오 가주님께서 뒤에서 쫓아오고 있단 말입니다. 대지의 소서러께서도 어서 몸을 피하십시오."

심지어 시어드는 이탄의 손을 뿌리치고 도망치려 들었다.

어림도 없었다. 시어드가 아니라 시즈너 가문의 가주가 오더라도 이탄의 악력을 이겨낼 수는 없는 법이었다.

이탄은 시어드의 멱살을 쥐고 물었다.

"쥬신의 흑마법사들이 어떤 색깔의 로브를 입고 있던가? 회색? 주홍색? 노란색? 아니면 흰색?"

"으으으. 옷 색깔이 중요합니까? 으으으윽. 생각이 잘 나지 않습니다. 회색은 아닌 것 같고, 주홍색 아니면 노란색 로브였을 겁니다."

시어드가 초조한 표정으로 대답했다.

이탄은 다른 것을 질문했다.

"주홍색 아니면 노란색이라? 하면 흑마법사들의 숫자가 얼마나 되나? 10명? 20명? 아니면 100명이 넘나?"

"3명. 아마도 셋이었던 것 같습니다. 확실하진 않습니다."

시어드는 가까스로 기억을 더듬었다.

이탄은 한 번 더 고개를 갸웃했다.

"고작 셋이라고? 아무리 노란 로브의 흑마법사라고 해도 그렇지, 고작 3명이서 안토니오 님을 꼭두각시로 만들어 조종한다고? 그게 가능해?"

이탄이 이런 의문을 품을 때였다. 전방에서 시커먼 벽이 날아와 이탄과 시어드를 동시에 후려쳤다.

꽈아앙앙—.

그런데 이번에 울린 폭음은 이전과는 조금 달랐다. 지금까지 안토니오가 광황의 벽을 휘두르면 꽝! 하고 짧은 단발음만 울리고 말았다.

그런데 조금 전의 폭음은 꽤 길게 공명했다.

단지 소리만 달라진 것이 아니었다. 거의 무적처럼 보였던 광황의 벽이 처음으로 저지를 당했다.

아니, 단순히 저지를 당한 정도가 아니었다. 이탄과 부딪치자 광황의 벽이 통째로 깨져버렸다.

"응?"

광황의 벽이 붕괴한 순간, 안토니오는 당혹스럽게 이맛살을 찌푸렸다.

안토니오가 다시 한번 시커먼 기운을 끌어모아 광황의

벽을 만들었다. 안토니오의 등 뒤에서 어둠이 거창하게 일어났다.

이탄은 상대를 찬찬히 살폈다.

"시어드의 말이 사실이었군. 안토니오 님이 완전히 맛이 갔어."

이탄의 독백이 끝나기도 전에 광황의 벽이 날아왔다.

동로군의 대장군인 바투를 비롯하여 시어드에 이르기까지, 그 누구도 광황의 벽을 제대로 보지 못했다.

광황의 벽은 단지 파괴력만 강한 게 아니었다. 이 벽은 인간의 동체시력으로는 도저히 쫓아가지 못할 만큼 빨랐다.

단, 이탄은 예외였다. 이탄은 시커먼 벽이 날아오는 궤적을 똑똑히 보았다. 이탄이 손을 슬쩍 들었다.

파츠츠츠—

이탄의 손에서 붉은 노을과도 같은 기운이 고색창연하게 일어났다.

이것은 적양갑주의 권능.

꽈아앙앙앙

오케스트라에서 심벌즈 소리를 몇백 배 증폭한 듯한 굉음이 울렸다. 광황의 벽이 산산이 쪼개지면서 울린 소리였다.

굉음이 어찌나 강력했던지 음파를 견디지 못하고 지하 벙커가 무너질 기미를 보였다. 안토니오 뒤쪽의 복도가 허물어졌다. 천장에서 돌가루가 우수수 쏟아졌다. 안토니오도 크게 휘청거리다가 뒤로 수십 미터를 밀려났다.

"크욱."

안토니오의 시커먼 눈이 이탄을 노려보았다. 안토니오의 입가를 타고 핏물이 주르륵 흘렀다.

반면 이탄은 제 자리에서 단 1 밀리미터도 밀리지 않았다. 이탄은 조금의 상처도 입지 않았다.

단지 이탄만 무사한 것이 아니었다. 이탄 뒤쪽의 시어드를 비롯한 기사들도 멀쩡했다. 이들은 음파의 영향도 받지 않았다.

이탄이 차단해준 덕분이었다.

"크아악."

화가 난 안토니오가 다시 한번 광황의 벽을 일으켰다.

시커먼 벽이 이탄을 덮치는 것과 동시에, 벙커의 천장과 바닥, 그리고 벽에서 18자루의 단검들이 튀어나와 이탄을 찔렀다.

이탄이 전면을 막으면 단검에 찔릴 수밖에 없고, 이탄이 단검에 치중하면 전면이 뚫릴 수밖에 없는 공격이었다.

"앗! 위험합니다."

시어드가 반사적으로 경고를 날렸다.

"흥."

이탄은 이번에도 가볍게 한 손을 들어 안토니오의 공격을 막았다.

꽈아아아앙앙앙.

긴 공명과 함께 무지막지한 음파가 주변을 휩쓸었다. 안토니오의 공격은 이번에도 목적을 달성하지 못했다. 한때 온 세상을 공포에 떨게 만들었던 광황의 벽이 벌써 세 번이나 찢어졌다.

Chapter 4

광황의 벽이 파괴될 때 안토니오도 뒤로 날아가 바닥에 거칠게 나뒹굴었다.

그러는 사이 18자루의 단검이 이탄의 몸에 틀어박혔다.

아니, 칠흑의 단검들은 이탄에게 틀어박히는 것처럼 보였을 뿐, 실제로는 피부 속으로 전혀 파고들지 못했다. 18자루의 단검들이 쨍그랑 쨍그랑 터져나갔다. 실체가 없는 심령의 검도 이탄과 부딪치면 여지없이 박살 났다.

이탄은 미끄러지듯 안토니오에게 다가섰다.

"쿠우우."

안토니오가 부르르 머리를 흔들었다.

이탄은 어느새 안토니오의 앞에 유령처럼 나타나 상대의 곱슬머리를 왼손으로 움켜잡았다.

콰득.

이탄이 살짝 잡기만 했을 뿐인데 안토니오의 머리카락과 머리가죽이 한 움큼 뜯겼다. 이탄은 상대의 머리를 앞으로 잡아당기는 것과 동시에 오른손을 날렸다.

슈우욱, 뻑!

이탄의 오른손 손바닥이 S자 궤적을 그리며 날아가 안토니오의 관자놀이를 후려쳤다.

"꾸륵."

안토니오는 뻣뻣한 통나무처럼 옆으로 쓰러졌다.

안토니오의 관자놀이 부위는 움푹 함몰되어 있었다. 기절한 안토니오의 입가에서 검붉은 핏물이 왈칵 쏟아졌다.

안토니오가 쓰러지자 그의 양손에 뭉쳐 있던 시커먼 기운이 이탄을 향해서 휘릭 날아들었다.

처음에 이탄은 이 시커먼 기운을 손등으로 쳐내려고 했다.

그런데 이상하게도 친밀한 느낌이 들어서 그 기운을 쳐내지 않고 손으로 착 받아내었다. 콩알 크기의 시커먼 기운은 이탄의 손아귀에 들어오자마자 스르륵 녹더니 이탄의 피부 속으로 흡수되었다.

본래 외부의 기운이 몸속으로 들어오면 거부감이 들게 마련이었다.

희한하게도 콩알 크기의 어두운 기운은 이런 거부감이 들지 않았다. 마치 그림자가 어둠에 스며드는 것처럼, 시냇물이 바다에 포함되는 것처럼, 늙은 고래가 죽을 때가 되어 고래무덤으로 회귀하는 것처럼, 안토니오의 몸에서 이탈한 어둠의 기운은 자연스럽게 이탄에게 녹아들었다.

'허어, 묘하구나.'

이탄은 알쏭달쏭한 표정을 지었다.

한편 이탄의 뒤에서는 시어드가 입을 쩍 벌렸다.

"이럴 수가."

시어드뿐 아니라 주변의 모든 생존자들의 말문이 막혔다.

"말도 안 돼."

다들 현실을 부정하거나, 아니면 붕어처럼 입만 벙긋거렸다.

모두들 기겁할 수밖에.

대체 안토니오가 누구인가?

안토니오는 에디아니 군벌의 최강자다. 안토니오는 아직

까지도 세계 최고의 암살자라는 타이틀을 보유한 거물 중의 거물이었다. 안토니오는 70년 전 혼군 이윤을 황제의 자리에서 끌어내린 영웅이기도 했다.

"유럽에 뇌전의 여제 빅토리아가 있고, 시베리아에 빙제 알렉세이가 있으며, 아시아에 대지의 소서러 간철호가 있다면, 미주 지역에는 사신(死神: 죽음의 신) 안토니오가 존재한다."

안토니오는 사람들로부터 이런 찬사를 받는 절대자였다.

안토니오가 얼마나 무서운 존재인지, 에디아니 군벌의 기사와 암살자들은 조금 전에 절실히 경험했다. 안토니오가 미쳐서 날뛰자 그 누구도 안토니오를 막지 못했다.

그런데 대지의 소서러는 그 무서운 안토니오를 어린아이 다루듯이 손쉽게 제압해버리는 것이 아닌가.

"으으으, 믿을 수가 없어. 어떻게 이게 가능하단 말인가."

시어드는 도저히 지금 상황을 믿을 수가 없어서 고개만 가로저었다.

이탄이 기절한 안토니오의 목덜미를 잡아서 시어드에게 휙 던져주었다.

"시어드, 받게."

"어어어, 네? 네."

시어드는 얼떨결에 안토니오를 받아 안았다.

이탄이 손가락으로 안토니오를 가리켰다.

"자네가 안토니오 님을 잘 챙기게. 아마도 깨어나려면 시간이 좀 걸릴 거야."

"네넵. 알겠습니다."

시어드가 바짝 긴장하여 대답했다.

이탄은 손의 방향을 바꿔서 엄지로 지하 벙커 안쪽을 지목했다.

"그 사이에 나는 안쪽에 좀 다녀오지. 쥬신의 잔당들을 마저 처리해야겠어."

"네넵. 얼른 다녀오십시오."

긴장한 시어드는 자신도 모르게 이탄을 향해서 직각으로 허리를 숙였다.

이탄은 시어드를 비롯한 에디아니 병력들을 뒤에 남겨둔 채 지하 벙커 깊숙한 곳으로 사라졌다.

"푸하—."

시어드는 그제야 참았던 숨을 몰아쉬었다.

"가주님! 괜찮으십니까?"

말레우스 혈족들이 시어드의 곁으로 후다닥 달려와 안토니오의 몸 상태부터 살폈다.

안토니오의 머리 한쪽은 이탄에게 얻어맞아 두개골이 수

센티미터나 함몰된 상태였다. 안토니오의 몸뚱어리도 넝마 조각처럼 너덜너덜했다. 이 상처들은 조금 전 광황의 벽이 찢어질 때 생긴 여파였다.

그래도 다행인 점은, 안토니오의 피부를 뒤덮었던 불길한 핏줄들이 감쪽같이 사라졌다는 사실이었다.

"우우욱. 가주님⋯⋯."

말레우스의 직계 혈족 가운데 한 명이 안토니오의 코에 조심스럽게 손가락을 대보았다. 그런 다음 그녀는 안토니오의 눈꺼풀을 살짝 열어서 눈 색깔도 확인했다.

안토니오가 이대로 사망해도 문제, 다시 깨어나서 미치광이처럼 아군을 죽여도 문제였기에 직계 혈족의 손가락은 가늘게 떨렸다.

다행히 안토니오는 죽지 않았다. 불규칙하기는 하지만 그래도 숨을 쉬었다. 게다가 시커멓게 변했던 안토니오의 눈에 다시 흰자위가 돌아왔다.

"휴우우, 가주님께서 아직 살아 계신다. 눈 색깔도 다시 정상으로 돌아오셨어."

안토니오의 코에 손가락을 대보았던 혈족이 손등으로 자신의 이마를 훔쳤다.

"오오, 그게 정말입니까?"

"정말 다행입니다."

말레우스의 암살자들은 그제야 놀란 가슴을 쓸어내렸다.

Chapter 5

그 시각.

이탄은 감각으로 지하 벙커 전체를 훑은 다음, 정확하게 중앙통제실을 향해서 몸을 날렸다.

지하 벙커의 복도는 캄캄했다. 전등이 모두 망가진 탓이었다.

그래 봤자 이탄에게는 전혀 지장이 없었다. 이탄은 어두운 복도를 밝은 대낮인 양 거침없이 가로질렀다.

안토니오가 광황의 벽으로 온 사방을 때려 부순 탓에 복도에는 생존자가 전무했다. 반쯤 허물어진 복도 곳곳에 온몸이 터져서 죽은 시체들이 가득했다. 이탄이 지하 깊은 곳으로 들어갈수록 피 냄새는 더욱 짙게 진동했다. 혈향이 어찌나 지독했던지 마치 비린내가 송곳으로 변하여 콧구멍을 찌르는 듯한 느낌이었다.

아마도 다른 사람 같았으면 헛구역질을 했을 것이다.

반면 이탄은 아무렇지도 않았다.

언노운 월드나 동차원에서는 수천 명 단위로 죽어 나가

는 전쟁쯤은 소규모 국지전으로 치부되었다.

그릇된 차원에서도 이 정도 전투는 간에 기별도 가지 않는 수준이었다.

악마들의 고향인 부정 차원은 말할 것도 없었다.

이탄은 언노운 월드나 그릇된 차원, 부정 차원을 골고루 겪어본 경험자였다. 그런 이탄에게 이 정도 시체 밭은 가소로울 따름이었다.

이탄은 오히려 다른 점을 골똘히 고민했다. 이탄이 자신의 손을 내려다보았다.

"안토니오의 몸에서 튀어나온 검은 기운도 그렇고, 안토니오가 사용했던 그 시커먼 벽도 그렇고, 분명히 처음 접하는 기운과 수법인데 왠지 익숙한 느낌이 드네? 왜 그럴까?"

또 한 가지 의문.

조금 전 안토니오의 혈관 속에는 나선형의 적혈구, 즉 스파이럴 적혈구가 맹렬하게 활동 중이었다.

그런데 안토니오가 이탄에게 한 방 얻어맞고 기절을 하자 그의 혈관 속에서 부글부글 증식 중이던 스파이럴 적혈구가 씻은 듯이 자취를 감추었다.

"허어. 그런 경우도 다 있나? 어둠의 숭배자들이 대체 무슨 짓을 했기에 멀쩡하던 안토니오가 갑자기 스파이럴 적혈구를 가지게 되었을까? 혹시 스파이럴 적혈구를 각성 시키는 마법이라도 있나?"

전혀 불가능할 것 같지는 않았다.

"피사노교의 사도들도 모두 스파이럴 적혈구를 각성한 자들이 아닌가. 나를 포함해서 말이야."

문제는 '일단 스파이럴 적혈구를 각성한 사람이 그 적혈 구를 다시 없앨 수 있느냐?' 라는 점이었다.

"그걸 없앤다는 것은 불가능할 텐데? 물론 피사노교의 잠행사도들은 스파이럴 적혈구를 뼛속으로 거둬들여서 잠 시 숨길 수는 있지. 실제로 잠행사도들이 백 진영에 침투할 때는 종종 그런 수법을 쓰곤 하니까. 그러나 안토니오의 경 우는 잠행사도와는 완전히 다르잖아? 대체 이게 무슨 일이 래?"

이탄은 호기심이 발동했다.

이탄이 중앙통제실 앞에 도착했을 때, 그곳에서는 동로 군의 생존자들이 피해 상황을 파악하기 위해 집결 중이었 다.

생존자들 사이에는 동로군의 대장군인 바투의 모습도 보 였다.

원래 바투는 안토니오와 싸우다가 패해서 정신을 잃었 다. 그러다 안토니오가 시어드를 쫓아가자 동로군의 노병들이 바투를 재빨리 빼돌렸다.

노병들은 지하 벙커의 비밀 장소로 바투를 옮긴 다음, 상황이 잠잠해질 때까지 그곳에서 숨어 지낼 요량이었다.

하필 그 순간에 이탄이 등장했다.

"어라? 거기 드러누워 있는 스포츠머리가 동로군의 총사령관 아닌가?"

이탄은 바투의 얼굴을 곧바로 알아보았다. 이것은 이탄이 이채민의 입을 통해서 바투의 인상착의를 파악해온 덕분이었다.

아니, 좀 더 정확히 말하자면, 바투의 생김새가 너무 독특하여 눈에 띌 수밖에 없었다.

군인의 포스를 물씬 풍기는 근육질의 체격.

짧은 스포츠머리.

옆머리에 새긴 문신.

이것만 보아도 누가 바투인지 빤히 보였다.

"네놈은 또 뭐냐?"

동로군 소속 노병이 길고 짧은 칼 두 자루를 뽑아서 바투의 앞을 가로막았다.

또 다른 노병은 양손에 침을 퉤퉤 뱉은 뒤, 양날도끼의 자루를 꽉 움켜쥐었다. 2명 모두 이탄을 경계하는 눈빛이 역력했다.

"하하하. 내가 누구냐고?"

이탄이 하얗게 웃었다.

토옹!

이탄이 발을 한 번 구른 순간, 주변의 중력이 여덟 배로 증가했다.

"큽."

"커억."

노병 2명이 잠시 휘청거렸다.

이탄은 어느새 두 노병의 코앞에 나타나 양손을 휘저었다. 둔탁한 소리와 함께 두 노병의 머리통이 수박 깨지듯이 터져나갔다.

다른 노병들이 깜짝 놀라 각자의 무기를 들었다.

이탄의 행동이 그것보다 더 빨랐다. 이탄이 발을 한 번 더 구르자 중력은 스무 배까지 증가했다.

이탄은 한 줄기 바람이 되어 휘청거리는 노병들 사이를 누볐다. 퍼퍼퍽! 소리와 함께 노병들의 머리통이 모두 박살났다.

"억! 이것은 중력마법이다."

"저자는 대지의 소서러다. 간씨 세가의 악마가 나타난 게야."

동로군 병사들이 동요했다.

그 즉시 틈 마법이 발휘되면서 동로군 병사들의 몸이 지하로 쑥 빨려들어 갔다. 지하에서 진흙이 마구 솟아오르면서 동로군의 생존자들 전체를 진득진득한 흙 속에 파묻었다.

"으헙. 크헙헙."

"어푸, 어푸."

숨이 막힌 동로군 병사들이 흙 속에서 허우적거렸다.

그 위에 흙이 쏟아지고, 또 쏟아졌다. 이탄은 가혹하게도 수백에 달하는 병사들을 산채로 흙에 파묻어서 생매장시켰다.

수백 명이 눈앞에서 죽어나가는 동안, 이탄은 여유롭게 한 명만 챙겼다. 바투의 목덜미를 붙잡아 흙 속에서 건져낸 것이다.

"동로군의 대장군이라면 생포할 가치가 있지. 대장군 밑의 떨거지들이야 이 자리를 무덤으로 만들어주는 편이 더 나을 테고."

이탄이 무표정하게 뇌까렸다.

덤으로 하나 더.

이탄이 손가락을 까딱했다.

쇠로 만들어진 통제실의 바닥이 저절로 갈라졌다. 그 바닥 속에 숨어 있던 노란 로브의 흑마법사 3명이 이탄의 눈앞에 고스란히 드러났다.

Chapter 6

"안녕들하신가?"

이탄이 입꼬리를 옆으로 비틀었다. 이탄은 세 흑마법사의 혈관 속에 흐르는 스파이럴 적혈구를 훤히 꿰뚫어 보았다.

흑마법사들은 벌벌 떨다가 무슨 결심을 했는지 일제히 완드를 뽑았다.

그보다 한발 앞서 이탄이 손가락을 까딱였다. 그러자 중앙통제실의 배관이 투창처럼 쏘아져서 세 흑마법사의 복부를 한 방에 꿰뚫었다.

"끄악."

3명의 흑마법사들은 막 주문을 읊다 말고 동시에 비명을 터뜨렸다. 셋의 비명이 한 번에 겹쳐 나왔다. 배관에 의해 관통을 당한 복부 부위에서는 피가 철철 흘렀다.

기이잉.

이탄이 손가락을 움직이자 배관이 둥글게 구부러져서 흑마법사들을 칭칭 포박했다.

이탄은 포로로 잡은 흑마법사들을 향해서 이빨을 드러내었다.

"내가 원래 어둠의 숭배자들에게 관심이 많거든."

이탄의 말이 떨어지기 무섭게 3명의 흑마법사들이 헛바람을 집어삼켰다.

"헉?"

"어떻게 그걸!"

세 흑마법사는 우선 대지의 소서러가 '어둠의 숭배자'라는 용어를 알고 있다는 사실에 놀랐다.

하지만 흑마법사들이 놀랄 일은 여기서 그치지 않았다. 이탄은 세 흑마법사의 앞에 쪼그려 앉아 질문했다.

"너희들이 한번 대답해 봐라. 안토니오에게 대체 무슨 짓을 벌인 거냐? 어떻게 그의 피 속에 스파이럴 적혈구를 증식시켰지?"

"어억, 스파이럴 적혈구도 알아?"

세 흑마법사들은 다시 한번 자지러지게 놀랐다.

이탄은 상대의 반응에 신경 쓰지 않고 계속해서 추궁했다.

"너희들의 혈관 속의 스파이럴 적혈구는 그렇게 빠르게 늘어날 수 없잖아? 게다가 한번 형성된 스파이럴 적혈구가 없어지는 경우도 없고 말이야. 그런데 왜 안토니오에게는 그런 괴상한 변화가 생긴 것일까? 응?"

"허어엇?"

"말도 안 돼. 어떻게 그런 것까지!"

세 흑마법사의 동공은 지진이라도 만난 듯이 흔들렸다.

그 앞에서 이틴이 빙글빙글 웃고 있었다. 이탄의 입은 웃고 있는데 이탄의 눈은 여전히 무표정했다.

그래서 더욱 섬뜩했다.

당연한 일이지만, 3명의 흑마법사들은 쉽게 입을 열지 않았다. 이탄도 흑마법사로부터 쉽게 대답을 들을 것이라 기대하지 않았다.

"뭐, 결국엔 사실을 불게 될 거야. 내가 장담하지."

이탄은 두 손으로 무릎을 짚고 일어섰다.

오늘 이탄이 포로로 잡은 사람은 동로군의 대장군인 바투와 3명의 흑마법사뿐. 나머지 동로군 병사들은 이탄의 관심 밖이었다.

여기서 관심 밖이라는 말은, 그냥 살려준다는 의미가 아니었다. 이탄은 중앙통제실을 벗어나 지하 벙커 내부를 크게 한 바퀴 돌았다.

지하 벙커 곳곳에는 동로군의 잔당들이 숨어 있었다. 그들은 겁에 질려 벌벌 떨다가도 이탄이 가까이 다가오면 기습적으로 튀어나와 공격했다.

"이놈, 죽어랏."

용감하게 소리치며 이탄에게 달려드는 병사가 있는 반면, 어떤 병사들은 지뢰를 설치하거나 기관총을 난사했다.

다 소용없었다. 이탄은 불나방처럼 달려드는 잔당들을 향해서 툼 마법을 한 번씩 사용해 주었다.

이탄은 툼 마법으로 땅을 파기 전에 지하 벙커의 바닥을 뚫어버리는 절차를 잊지 않았다.

동로군이 본거지인 지하 벙커는 철근콘크리트 구조물이었다.

콘크리트 속에 박힌 철근은 금속인지라 이탄의 명을 어기지 못했다. 콘크리트도 흙 성분인지라 이탄의 흙 속성 마법에 따를 수밖에 없었다.

뿌드득.

이탄이 의지를 일으킨 순간, 지하 벙커 바닥이 요란한 소리를 내면서 갈라져 틈을 만들었다.

이탄은 그 틈새로 동로군 병사들을 떨어뜨린 다음, 툼 마법으로 흙을 팠다.

"으아아악."

"어푸, 어푸푸."

동로군 병사들은 산채로 땅 속에 매몰되어 생매장을 당

했다. 병사들의 쩍 벌어진 입과 코, 눈으로 흙더미가 무자비하게 틀어박혔다. 이탄을 향해 뻗은 병사들의 손가락이 뿌드득 소리를 내었다. 병사들의 손톱이 흙과 콘크리트를 벅벅 긁다가 피투성이가 되어 빠졌다. 이탄은 그런 모습을 무감각하게 지켜보았다.

이탄은 자비라는 단어를 몰랐다.

이탄은 생명을 생명으로 인식하지 않았다.

이탄은 그저 풍성한 가을날 탈곡기에 빨려 들어가는 곡식을 보는 듯한 눈빛으로 땅속에 매장당하는 적병들을 바라볼 뿐이었다.

그러니 누가 더 무서운가?

광기에 가득 찬 전쟁이 무서운가? 흑마법에 오염된 안토니오가 무서운가? 아니면 무표정하게 생명을 거두는 이탄이 더 무서운가?

오늘 에디아니 군벌과 동로군 사이의 전투로 인하여 상당히 많은 생명이 스러졌다.

그보다 더 많은 생명들이 안토니오의 손에 죽었다.

그런데 이탄이 땅속에 산채로 파묻어버린 적병들의 숫자는 안토니오의 살육 횟수를 가뿐히 넘어선다.

Chapter 7

"자, 확인해 보게."

이탄은 바투의 뒤통수를 쥐고서 시어드에게 확인시켜주었다.

"여기 이자가 동로군의 총사령이 맞나?"

시어드는 살짝 한숨을 내쉬었다.

"맞습니다. 안토니오 숙부님께서 저놈과 싸우는 장면을 목격했습니다. 후우우."

시어드가 한숨을 내쉰 이유?

적장을 생포한 공로를 이탄에게 빼앗겼기 때문이었다. 시어드뿐 아니라 에디아니 군벌의 모든 이들이 아쉬운 표정을 지었다.

이탄이 시어드에게 바투를 던져주었다.

"대지의 소서러님, 이게 무슨 의미입니까?"

시어드가 휘둥그레진 눈으로 이탄을 바라보았다.

이탄은 검지를 좌우로 까딱였다.

"어차피 적장은 내가 잡은 게 아니야. 내가 중앙통제실에 도착했을 때 저자는 이미 기절해 있더군. 아마도 안토니오 님께서 놈을 때려잡으셨을 테지. 그러니까 에디아니 군벌에서 적장을 데려가는 게 맞아."

"아아!"

시어드는 이탄의 너그러운 마음씀씀이에 깜짝 놀랐다.

이탄이 말을 이었다.

"대신 이 3명의 흑마법사들은 내가 데려가겠네. 괜찮겠지?"

시어드의 시선이 멈춘 곳에는 3명의 흑마법사가 무릎을 꿇고 있었다. 흑마법사들은 기다란 쇠파이프에 복부가 일렬로 꿰뚫린 행색이었다. 시어드는 바투뿐 아니라 저 흑마법사들까지 에디아니 군벌로 데려가고 싶었다.

'저놈들이 대체 어떤 흑마법을 사용했을까? 무슨 마법이기에 안토니오 숙부님께서 광증을 보이셨지?'

시어드의 궁금증을 해소하려면 3명의 흑마법사들을 에디아니 군벌로 끌고 가서 정보를 캐물어야 하리라.

하지만 시어드는 차마 이탄에게 흑마법사들을 내달라는 요구를 하지 못했다.

솔직히 이탄의 도움이 아니었다면 오늘 에디아니 군벌은 큰일을 치를 뻔했다. 이번 전쟁에 참전한 에디아니 군벌의 인물들 가운데 감히 미쳐버린 안토니오를 막을 만한 사람은 없었다.

하마터면 시어드 본인도 안토니오의 손에 죽을 뻔했으니 말 다 했다.

에디아니 군벌을 위기에서 구해준 장본인이 바로 대지의 소서러였다.

'대지의 소서러께서 바투와 흑마법사들을 모두 간씨 세가로 데려가겠다고 우겨도 우리는 할 말이 없지. 그런데 대지의 소서러는 기꺼이 적장을 우리에게 양보하셨어. 우리에디아니 군벌의 체면을 세워주기 위해서 말이야.'

시어드는 간철호(이탄)의 너그러운 행동에 감동했다.

시즈너 가문의 기사들이나 말레우스 가문의 암살자들도 시어드와 같은 생각들이었다.

시어드는 두 손바닥을 위로 들어 이탄의 뜻대로 하라는 시늉을 했다.

"고맙네."

이탄은 시어드에게 고개를 까딱한 다음, 컨트롤러를 꺼내어 간씨 세가의 무인기를 가까이 호출했다.

잠시 후, 구름을 뚫고 무인기 한 대가 나타났다.

이탄이 시어드에게 시선을 돌렸다.

"나는 이만 가봐야겠네. 쥬신의 잔당들 가운데 남로군을 마저 처리해야 해서 말일세. 남은 일은 에디아니 군벌에서 충분히 처리할 수 있겠지?"

"넵. 저희가 마무리를 하겠습니다."

시어드가 냉큼 대답했다.

"좋아. 자네를 믿지."

이탄은 시어드의 어깨를 툭툭 두드려주었다. 그런 다음 이탄은 무릎도 굽히지도 않고 하늘로 부상하여 무인기 위에 두 발을 내디뎠다. 3명의 흑마법사도 투명한 그물에 걸린 물고기처럼 이탄에게 딸려갔다.

기아아앙―.

간씨 세가의 무인기는 얼마 지나지 않아 구름 위로 모습을 감추었다.

"대지의 소서러님……."

시어드는 대지의 소서러가 자신의 어깨를 두드려 준 것에 감격한 듯 몽롱한 눈으로 멀어지는 무인기를 올려다보았다. 시어드의 손이 자신의 어깨 부위를 더듬었다.

불과 몇 분 뒤.

"자, 이제 발리로 가볼까?"

이탄은 무인기 위에서 휙 뛰어내렸다. 간씨 세가의 무인기는 흑마법사 3명만 매달고서 아시아를 향해서 빠르게 활공했다. 이탄은 무인기에서 망망대해로 뛰어내린 뒤, 곧바로 빛의 알갱이로 흩어졌다.

샤라랑~.

잘게 흩어졌던 빛 알갱이가 머나먼 발리 섬 상공에 다시 등장해 하나로 뭉쳤다.

이탄은 이곳 발리 섬 인근에도 무인기를 한 대를 미리 띄워놓았다. 그리곤 정확하게 그 무인기 위에 나타났다.

이탄을 태운 무인기가 고도를 낮춰서 발리 섬으로 접근했다.

신들의 섬이라 불리는 휴양지 발리는 유령조직의 팔군 가운데 남로군이 거점을 마련해 놓은 곳이었다.

이탄은 발리 섬의 동쪽 해안가로 무인기의 방향을 잡았다. 그러다 적당한 지점에 도착하자 무인기 위에서 풀쩍 뛰어내려 하강했다. 이탄의 몸이 바람을 거스르며 무시무시한 속도로 내리꽂혔다.

이탄은 낙하하는 와중에 남로군에 대한 정보를 머릿속에 끌어당겨 놓았다.

'남로군의 대장군인 인유강은 이소민의 남편이라지?'

이공의 셋째 딸 이소민이 이탄의 이모니까 인유강은 이탄에게 이모부가 되는 셈이었다.

'그래서 어쩌라고.'

이탄은 인유강을 이모부로 인정하지 않았다. 당연히 이소민도 이모라고 부를 수 없었다. 이탄은 그저 '오늘 남로군을 쳐부수다가 이수민과 맞붙게 될지도 모르겠구나.'라는 정도로만 생각을 정리하였다.

이탄이 목적지에 도착할 무렵, 아름다운 해안가에서는 간씨 세가의 초토화 작전이 전개 중이었다.

해변 곳곳에서 시커먼 연기가 뭉게뭉게 피어올랐다. 해안에 늘어서 있던 리조트와 호텔들은 연이은 폭격으로 인하여 반쯤 허물어졌다. 폐허가 된 건물들 틈에서 철근 다발이 볼품 사납게 삐져나왔다.

생지옥으로 변한 리조트 사이를 간씨 세가의 마도병기인 전투로봇 '젠―201'이 철컹철컹 돌아다녔다.

젠―201을 몰고 발리 섬을 공략 중인 자들은 간씨 세가의 백호대였다.

지휘관은 당연히 백호대주 서원평.

지금 서원평이 이끄는 백호대는 100기나 되는 전투로봇을 기동하여 남로군의 본거지를 뿌리 뽑는 중이었다.

전쟁에는 단지 젠―201만 동원된 것이 아니었다. 간씨 세가의 문장이 새겨진 전투헬기 수백 대가 해안을 따라 저공비행하며 백호대를 엄호 사격했다.

다수의 전투헬기들이 난사하는 미사일은 간씨 세가의 마도공학이 집결된 결과물이었다. 미사일은 단순히 적진을 폭격하는 수준을 뛰어넘어 적의 방어마법진을 무력화하는 데 최적화되어 있었다.

구름 위 상공에는 간씨 세가의 초계기가 떠올라 지상들

의 미세한 움직임까지도 놓치지 않고 낱낱이 파악했다.

오늘 간씨 세가는 작정이라도 한 듯이 발리 섬에 물량과
전투력을 쏟아부었다.

제6화
오대군벌의 역습 III

Chapter 1

  남로군의 총사령관인 인유강은 발리 섬을 비롯한 인근의 아름다운 섬에서 대규모 리조트와 호텔 사업을 진행 중이었다. 겉으로 드러난 인유강의 신분은 어디까지나 부유한 부동산 디벨로퍼(Developer: 개발자)였다. 인유강의 부하들도 대부분 리조트나 호텔의 직원으로 위장취직 중이었다.

  이 점이 백호대주 서원평을 자극했다.

  사실 발리 섬은 아시아이므로 간씨 세가의 권역에 속했다. 그런데 쥬신의 잔당들이 보란 듯이 간씨 세가의 권역 안에 본거지를 만들어 놓았다.

"우흐흐. 이런 깜찍한 것들. 우리의 코앞에 숨어 있었어?"

서원평은 젠—201의 조종대를 힘껏 잡아당겼다.

슝슝슝슝슝—.

젠—201의 어깨에 장착된 다연발 로켓의 포신이 불을 뿜었다. 12발의 로켓이 연속해서 쏘아져 나갔다.

엄청난 화력에 리조트 벽이 단숨에 허물어졌다. 벽 안쪽에서 매복 중이던 남로군 병력들은 속수무책으로 죽임을 당했다.

쿵쿵 소리와 함께 서원평의 뒤쪽에서 또 다른 젠—201 두 기가 뛰쳐나왔다. 새로 등장한 젠—201은 서원평의 왼쪽과 오른쪽에 자리를 잡더니 리조트 뒤쪽 언덕으로 다연발 로켓을 집중했다.

콰앙! 쾅! 쾅! 쾅!

폭음이 귀청을 찢었다.

"으아악."

모터싸이클을 타고 후방으로 후퇴하던 남로군 병사들이 추가로 전사했다.

남로군도 맥없이 그냥 당하지만은 않았다. 쪽빛 물로 가득 채워져 있던 수영장 바닥이 좌우로 쩍 갈라졌다. 수영장을 가득 채운 물은 폭포수처럼 아래로 낙하했다.

지이이잉—.

고주파의 기계음과 함께 수영장 바닥으로부터 지름 3 미터 크기의 마법구슬이 올라왔다. 바다 색깔의 마법구슬은 등장과 동시에 시퍼런 플라즈마를 집약하더니, 한순간 온 사방으로 플라즈마파를 내뿜었다.

호르륵, 호르르륵.

간씨 세가의 전투헬기들이 플라즈마파에 노출되어 단숨에 녹았다. 우선 헬기의 프로펠러와 뼈대 일부가 수증기로 증발했다. 이어서 헬기 동체가 요란한 소음과 함께 지상으로 추락했다.

더 무서운 점은, 마법구슬이 한 개가 아니라는 사실이었다.

해안의 모든 리조트 수영장 바닥이 좌우로 갈라졌다. 그 속에서 동그란 마법구슬들이 솟구쳤다. 푸른빛의 마법구슬은 등장과 동시에 에너지를 집약했다가 강력한 플라즈마파를 사방으로 쏘았다.

"안 돼."

"피해랏."

전투헬기들이 황급히 상승했다.

가까스로 플라즈마파의 범위를 벗어난 헬기들은 무사했다. 반면 반응이 느린 헬기들은 모조리 촛농처럼 녹아서 추락했다.

헬기 부대에 비해서 젠—201의 피해는 상대적으로 경미했다. 젠—201은 플라즈마파가 방출되기 직전에 신속히 바닥에 엎드렸다. 혹은 엄폐물 뒤에 숨었다.

백호대원들의 발 빠른 반응 덕분에 대부분의 젠—210호가 무사했다. 단지 한두 기의 젠—201만이 미쳐 피하지 못하고 타격을 받았다.

서원평이 벌떡 일어나 명령을 내렸다.

"집중 사격! 어서 저 구슬들을 박살 내라."

"집중 사격!"

백호대원들이 대주의 명령을 복창했다. 거의 100기에 달하는 젠—201이 리조트 수영장을 향해서 무차별 공격을 퍼부었다.

수영장에 설치된 방어마법진이 저절로 가동되어 백호대의 무차별 폭격을 1차로 막아내었다. 일부 마법구슬은 파괴되었으나, 일부는 방어마법진 덕분에 살아남았다.

아직 건재한 마법구슬들이 또다시 시퍼렇게 에너지를 집약했다.

서원평이 그 모습을 보고는 악을 썼다.

"모두 피햇!"

백호대원들은 황급히 바닥에 엎드렸다. 일부 대원들은

주변의 엄폐물 뒤로 숨었다.

그보다 한발 앞서 수십 개의 마법구슬이 강력한 플라즈마파를 방출했다.

파츠츠츠츠.

시퍼런 에너지가 발리 해안을 무섭게 뒤덮었다.

이 정도로 강력한 에너지라면 엄폐물을 단숨에 녹이고 백호대에 치명타를 안겨줄 수준이었다.

위기의 순간, 이탄이 등장했다.

이탄은 무인기에서 뛰어내려 무서운 속도로 급강하했다. 그러면서 이탄이 양 손바닥을 하늘로 들어 올리는 시늉을 했다.

쿠콰콰콰콰—.

어마어마한 굉음과 함께 땅거죽이 들고 일어났다. 발리섬 해안의 지형이 완전히 바뀌었다. 바닷물이 썰물처럼 빠졌다. 일부 바다로 도망치지 못한 바닷물은 지상에 고여 호수처럼 변했다.

그렇게 육지에 갇힌 바닷물이 범람하여 리조트들을 덮쳤다. 이어서 해안가 모래사장이 수십 미터 높이로 일어나 벽을 이루었다.

마법구슬들이 방출한 플라즈마파는 범람하는 바닷물과 1차로 부딪쳤다. 이어서 수십 미터 높이의 모래벽과 2차로 충돌하면서 대부분의 에너지를 소진했다.

"의장님이시다."

서원평이 환호했다.

"오오오, 의장님께서 오셨나보구나."

백호대원들도 주먹을 불끈 쥐었다.

무려 수 킬로미터에 걸쳐서 해안가 모래사장을 융기시켜는 마법이라니! 모래로 수십 미터 높이의 벽을 쌓아버리다니!

이건 차라리 마법이 아니라 이적이라 불려야 하리라.

세상 그 누가 이런 이적을 보여줄 수 있으랴.

세상 그 누가 이런 위력을 뽐낼 수 있으랴.

지상 최강의 땅의 마법사, 오로지 대지의 소서러만이 가능하다.

이탄은 구름 위에서 낙하하여 지상에 안착하는 것과 동시에 하늘로 향했던 손바닥을 다시 지면 방향으로 뒤집었다.

그러자 수 킬로미터에 걸쳐서 수십 미터 높이로 융기했던 모래의 벽이 한꺼번에 허물어지면서 리조트 전면을 덮쳤다.

Chapter 2

쿠와앙!

대규모 모래 쓰나미에 휩쓸려 리조트가 뭉개졌다. 리조트 수영장에 설치된 마법구슬도 모조리 모래 해일에 휩쓸려 박살 나고, 또 파묻혔다. 수영장에 설치된 방어마법진 따위로는 이탄의 광역 마법을 감당하지 못했다.

이탄이 나직하게 으르렁거렸다.

"백호대원들은 뭘 하는 거야? 저 따위 잔당들도 아직 처리하지 못하고."

"윽! 송구합니다."

서원평이 후다닥 젠—201호를 기동하여 하늘로 날아올랐다. 젠—201호의 등에 장착된 부스터가 강력한 불꽃을 지상으로 뿜었다.

다른 백호대원들도 이탄의 호령에 기겁하여 부지런히 하늘로 날아올랐다.

이탄이 한 번 더 명을 내렸다.

"적장의 행방은 찾았나? 우선 적의 우두머리부터 확보하라."

"알겠습니다, 의장님."

서원평은 간씨 세가에서 개발한 스마트 글래스를 오른쪽

눈에 착용했다. 그러자 간씨 세가의 초계기에서 수집한 정
보들이 서원평의 시야에 쫙 떠올랐다. 이 스마트 글래스는
발렌시드 군벌의 홀로렌즈와 비슷했다.

서원평이 검지로 동남쪽 방향을 지목했다.

"동남쪽 A—119 포인트의 움직임이 수상하다. B—13
포인트도 유력한 후보 중 하나다. 이 두 곳을 집중적으로
포위한다."

"넵. 대주님."

백호대원들은 서원평의 지시를 받아 일사불란하게 움직
였다.

이탄은 사냥에 나선 우두머리 범처럼 어슬렁어슬렁 그
뒤를 쫓았다.

오늘 발렌시드의 기사단이 서로군의 본거지를 쳤다. 그
곳에서 어둠의 숭배자들, 즉 로브를 입은 흑마법사들이 뛰
쳐나왔다.

흑마법사들은 이 세상에 존재하지 않는 거대한 염소머리
악마를 소환하여 발렌시드 기사단과 릴리트 공주를 쩔쩔매
게 만들었다. 만약 이탄이 제때 도와주지 않았더라면 발렌
시드 기사단은 상당히 큰 대가를 치를 뻔했다.

에디아니의 경우도 다르지 않았다. 에디아니 군벌이 공

략한 하와이의 동로군 벙커 속에서도 어둠의 숭배자들이
튀어나왔다.

그곳의 흑마법사들은 괴이한 흑마법으로 안토니오 가주
를 오염시켰다. 흑화된 안토니오 때문에 에디아니의 병력
은 거의 전멸할 뻔했다. 바로 그 타이밍에 이탄이 나타나
안토니오를 제압해 주었다. 이탄의 도움 덕분에 시어드가
살았다. 에디아니의 핵심 인물들도 겨우 목숨을 건졌다.

'그러니 발리 섬의 남로군에도 어둠의 숭배자들이 웅크
리고 있겠지.'

이탄은 이렇게 추측했다.

솔직히 이탄의 주 관심사는 쥬신의 잔당들이 아니었다.
잔당들 사이에 몰래 박혀 있는 어둠의 숭배자들이 이탄의
주된 목표였다.

한발 더 나아가, 이탄은 어둠의 숭배자들 틈에 몰래 섞여
있는 차원이동자들, 즉 '쿤룬'을 더 궁금히 여겼다.

쿤룬의 열쇠공, 혹은 쿤룬의 차원이동자들은 동차원의
북명 지역에서만 활동 중인 게 아니었다.

'이곳 간씨 세가의 세상에도 쿤룬 녀석들이 존재해.'

이탄이 눈을 번쩍 빛냈다.

지금으로부터 몇 달 전, 이탄은 이곳 세상에도 쿤룬이
존재한다는 증거를 잡았다. 당시 이탄은 첩보 하나를 들었

다.

　유령조직의 아지트 가운데 한 곳이 타이베이의 스린 야시장에 발마사지 숍으로 위장한 채 숨어있습니다.

　이러한 첩보가 이탄의 귀에 들어왔다. 이탄은 그 즉시 타이베이로 날아가 유령조직의 아지트를 쓸어버렸다.

　바로 그때 유령조직원 가운데 한 명이 이탄이 보는 앞에서 유유히 차원의 문을 열고 도망쳤다.

　'당시에는 미처 몰랐지. 그런데 내 앞에서 유유히 도망친 놈이 쿤룬의 조직원이었어. 차원을 자유롭게 오가는 신비로운 조직 쿤룬 말이야. 그때 어떻게든 그놈을 생포했어야 했는데. 제기랄.'

　이탄은 아쉽게 입맛을 다셨다.

　당시에 이탄은 '쿤룬'이라는 신비조직에 대해서 잘 몰랐다. 그러다 최근에야 비로소 이탄은 쿤룬의 대해서 어렴풋이 알게 되었다. 동차원 북명에서 거대 쥐의 사념을 통해 엿본 기억들 덕분이었다.

　그 후 이탄은 쿤룬의 조직원들을 몇 명 생포했다. 어둠의 숭배자들은 더 많이 포로로 잡았다.

　그러면서 이탄은 점점 더 많은 사실을 깨닫게 되었다. 알고 보니 어둠의 숭배자들과 쿤룬은 동일한 조직이 아니었다.

어둠의 숭배자들은 혼돈의 신을 섬기는 사교 무리였다. 반면 쿤룬은 여러 차원에 걸쳐서 무언가를 조사하고 획책 중인 신비집단이었다.

어둠의 숭배자들은 언젠가 혼돈의 신의 재림하여 세상을 정화할 것이라 믿으며 온갖 사악한 제례의식에 집중하였다.

반면 쿤룬의 조직원들은 자신들의 신이 내린 애매모호한 명령을 묵묵히 수행 중이었다.

'오래 전에 먼 차원으로 떠난 퀸. 그 퀸이라는 신이 쿤룬을 만들었고, 쿤룬의 구성원들에게 희한한 명령을 내렸다지?'

이탄이 알아낸 바는 이게 전부가 아니었다. 여기서 한 발 더 나가서 이탄은 퀸과 쿤룬의 본명까지 알아내었다.

'이곳 간씨 세가의 세상과 언노운 월드, 그릇된 차원, 그리고 동차원에서 암약하는 쿤룬의 조직원들은 자신들의 신을 퀸이라고 부르고 있지. 하지만 퀸은 이 세계의 발음일 뿐, 그 신의 진짜 본명은 퀸이 아니라 종리권이야. 종리가 성이고 권이 이름이지. 마찬가지로 쿤룬도 진짜 발음은 쿤룬이 아니라 곤륜이었어.'

이탄은 포로로 붙잡은 쿤룬의 조직원들로부터 신의 본명을 알아내었다.

거기에 더해서 쿤룬의 조직원들은 종리권 외에도 또 다른 신과 신수의 본명까지도 이탄에게 털어놓았다.

Chapter 3

이탄은 쿤룬으로부터 입수한 정보를 모아서 하나의 표로 작성했다.

현재 사용 중인 이름	본명
퀀	종리권
콘	곤
알리어스	알리어스
붉은 신수	적양갑
투명 신수	투명마검
쿤룬	곤륜

이탄은 이 표를 작성하고 나서 얼마나 놀랐는지 모른다.

"알리어스란 말이지?"

알리어스는 세계의 파편, 즉 수호룡들을 의미하는 이름이었다. 오래 전부터 간씨 세가와 맹약을 맺어온 흙의 수호룡의 이름도 알리어스, 이탄이 천산산맥 지하에서 발견한 빛의 수호룡의 이름도 알리어스, 화염의 여제 이채민이 타고 다니는 불의 수호룡도 동일하게 알리어스라는 이름을 가졌다.

이탄이 놀랄 일은 그것만이 아니었다.

"게다가 뭐? 적양갑?"

이탄은 어이가 없다는 듯이 혀를 찼다.

적양갑이 무엇인가?

이탄이 간씨 세가의 망령목에 매달리기 직전, 붉은 침에 의해서 얻게 된 신비로운 권능이 적양갑, 혹은 적양갑주다.

그런데 그 적양갑이 간용음이 수집한 신화 속 붉은 신수의 본명이었다니!

"허!"

이탄은 말문이 막혔다.

다른 한편으로 이탄의 뇌리에는 투명 신수에 대한 궁금증이 맴돌았다.

'다른 것은 대충 알겠거든. 그런데 투명 신수는 과연 뭘까? 투명 신수의 본명이 투명마검이라니? 무슨 이름이 마검이야? 마검이라는 것은 살아 있는 생명체가 아니라 무기에 붙여지는 명칭 아닌가?'

처음에는 이런 의문이 들었다.

그런데 이탄이 곰곰이 생각해보니 적양갑도 신수의 이름이 아니라 방어구에 붙여지는 명칭 같았다.

딱!

이탄이 손바닥으로 자신의 이마를 때렸다.

"아하, 그렇구나. 적양갑과 투명마검. 방어구와 무기. 뭔가 짝이 척척 맞잖아. 이 둘 사이에 분명히 어떤 연관성이 있을 거야."

오늘 이탄이 파악한 것은 여기까지였다.

최근에 이탄은 신화 속의 비밀들을 꽤 많이 파헤쳤다. 아무것도 몰랐던 과거에 비해서 장족의 발전을 한 셈이었다.

그럼에도 불구하고 여전히 이탄에게는 모호한 부분들이 존재했다. 이탄이 이 모호함을 해소하기 위해서는 앞으로도 쿤룬의 조직원들을 더 많이 붙잡아야 하리라. 또한 어둠의 숭배자들도 더 많이 생포할 필요가 있었다. 그래야 비로소 이탄은 고대로부터 전해진 신의 퍼즐을 완성하게 될 것이다.

"고대의 신화와 관련된 퍼즐 조각, 수호룡과 관련된 퍼즐 조각. 이런 조각들을 마저 모아서 비밀을 풀어야지."

이탄은 각오를 다지듯 뇌까렸다.

사실 오늘 이탄이 무한공의 권능을 발휘하여 중앙아시아와 하와이, 그리고 발리 섬 사이를 바쁘게 오간 이유도 바로 여기에 있었다.

그런데 안타깝게도 이곳 남로군 본거지에서는 어둠의 숭배자들, 즉 스파이럴 적혈구를 가진 흑마법사들이 발견되지 않았다.

또한 쿤룬의 차원이동자들도 안 보였다.

"쳇, 여긴 완전히 맹탕이구면."

이탄은 낙심하여 발로 땅을 걷어찼다.

쿠쿠쿵!

이탄이 툭 뻗은 발길질 한 방에 해안가 지표면에 구불구불하게 주름이 잡혔다. 지반의 일부가 함몰되어 지하로 꺼졌다.

흥흥흥흥흥—.

기다란 창이 풍차처럼 허공을 휘저었다.

은빛 갑옷을 입은 꽁지머리 사내가 어깨에 창을 얹은 채 온몸을 빙글빙글 회전했다. 사내는 빠르게 회전하면서 적들 사이로 파고들었다.

사내가 입고 있는 은빛 갑옷은 한때 쥬신 대제국의 황제 친위대가 사용하던 형식이었다. 사내의 어깨에 얹힌 창에서는 순백의 오러가 수 미터 길이로 줄기줄기 뿜어져 나왔다. 오러가 실린 창을 들고 빠르게 회전하는 사내의 모습은 마치 날카로운 가시가 돋친 팽이를 연상시켰다.

사내의 회전 공격이 어찌나 위력적이었던지 간씨 세가의 젠—201이 벌써 네다섯 기나 망가졌다.

젠—201은 더 이상 은빛 갑옷 사내에게 달려들지 못하고 거리를 두었다.

전투가 소강상태에 접어들자 백호대원들 중 몇 명이 부상당한 동료를 챙겼다. 대원들은 망가진 젠—201로부터 부상자들을 꺼내어 후방으로 옮겼다. 나머지 백호대원들은 은빛 갑옷을 입은 사내를 둥글게 둘러싸 포위했다.

부하들이 적의 퇴로를 막는 사이, 백호대주인 서원평이 전면에 나섰다. 서원평은 젠—201에서 내려서 직접 칼을 뽑았다.

은빛 갑옷 사내도 잠시 회전을 멈추고는 서원평을 노려보았다.

"누군가 했더니 간씨 놈들의 발바닥을 핥는 개로구나."

은빛 갑옷 사내가 서원평을 폄하했다.

"뭐?"

서원평의 굵은 눈썹이 사납게 역팔자를 그렸다. 서원평의 왼쪽 이마에서 시작하여 입꼬리까지 길게 팬 흉터가 징그럽게 꿈틀거렸다.

은빛 갑옷 사내는 오만한 자세로 손가락을 까딱여 서원

평을 도발했다.

"오너라. 내가 오늘 어떻게 개새끼를 때려잡는지 보여주마."

"으득."

서원평이 어금니를 꽉 물었다.

순간, 서원평의 칼에서 하얀 오러가 줄기줄기 뿜어졌다. 백호의 기세를 고스란히 담고 있는 이 오러야말로 백호대주 서원평의 트레이드 마크였다.

다음 찰나, 서원평이 제자리에서 사라졌다. 다시 서원평이 나타난 곳은 은빛 갑옷 사내의 코앞이었다.

번쩍!

서원평이 수직으로 내리꽂은 새하얀 오러가 적을 세로로 쪼갰다.

"흥!"

은빛 갑옷 사내도 순순히 당하지만은 않았다. 사내는 핑그르르 몸을 회전했다.

Chapter 4

사내가 쥐고 있던 긴 창이 우유빛깔의 오러를 발산했다.

사내는 창날에서 뿜어낸 오러에 원심력을 더하여 서원평의 칼날을 옆으로 쳐냈다.

칼과 창이 맞부딪치면서 불똥이 튀었다. 서원평의 오러와 은빛 갑옷 사내의 오러가 충돌하면서 눈부신 빛의 파편이 사방으로 쏟아졌다.

첫 충돌의 결과는 무승부.

"큭."

서원평은 손바닥이 피투성이가 된 채 세 걸음 뒤로 물러섰다.

"후욱, 후우욱."

은빛 갑옷 사내도 서너 걸음 후퇴하여 숨을 가다듬었다.

다음 순간, 서원평이 다시 몸을 날렸다.

은빛 갑옷 사내도 팽이처럼 몸을 회전하여 서원평과 맞부딪쳤다.

두 번째 충돌도 무승부.

이번에도 둘은 다섯 걸음씩 물러났다가 다시 맞붙어 세 번째 합을 겨루었다. 두 무사 사이에서 하얀 오러가 난무했다. 창과 칼이 부딪치는 소리가 귀청을 찢었다. 둘의 실력이 막상막하라 승부는 쉽게 나지 않을 듯했다.

"하아암."

백호대 뒤에서 이탄이 길게 하품을 했다. 이탄은 이 지루한 싸움을 끝까지 구경할 만큼 인내심이 크지 않았다.

후웅—.

하품을 마친 이탄이 바람처럼 몸을 날려 전투에 개입했다. 이탄의 몸이 엿가락처럼 쭉 늘어나는 듯이 보였다. 이탄은 어느새 젠—201호의 머리 위를 뛰어넘어 서원평과 은빛 갑옷 사내 사이에 끼어들었다.

마침 서원평과 은빛 갑옷 사내는 정신없이 맞부딪치던 참이었다. 서원평의 칼이 사선으로 튕겨나면서 하얀 오러가 10여 미터 공간을 훑었다. 은빛 갑옷 사내의 창도 같은 방향으로 튕겨나면서 우윳빛 오러를 발산했다.

하필 그 2개의 오러가 쏟아지는 방향으로 이탄이 뛰어들었다.

서원평은 그제야 이탄을 발견했다.

"헙? 의장님!"

깜짝 놀란 서원평이 황급히 칼의 방향을 틀려고 했다.

하지만 이미 때는 늦었다. 서원평의 칼에서 뿜어지는 오러는 그대로 이탄의 가슴으로 파고들었다.

더 나쁜 것은, 은빛 갑옷 사내가 일부러 서원평의 오러를 뒤에서 밀면서 오히려 더 빠르게 가속시켰다는 점이었다.

은빛 갑옷 사내는 조금 전 서원평의 입에서 쏟아진 단어를 놓치지 않았다.

'의장? 그렇다면 이자가 바로 대지의 소서러구나.'

은빛 갑옷 사내의 눈빛이 악독하게 변했다.

'내가 오늘 여기서 죽더라도 대지의 소서러를 지옥으로 함께 데려갈 수만 있다면 손해가 아니다.'

은빛 갑옷 사내는 함께 죽자는 심정으로 서원평의 오러를 강하게 밀어붙여 이탄을 공격했다.

당혹스럽게도 이탄은 방어에 전혀 신경을 쓰지 않았다. 이탄은 마치 자살이라도 하려는 사람처럼 자신의 가슴을 무방비로 열어주었다. 대신 이탄의 손이 쭉 뻗어와 은빛 갑옷 사내의 목을 노렸다.

충돌은 순식간에 다가왔다.

요란한 폭음과 함께 서원평이 뒤로 훨훨 날아갔다. 서원평은 입에서 핏줄기를 뿜으며 수십 미터를 날아가더니 바닥에 거칠게 처박혔다.

이탄과 부딪쳤던 서원평의 오러는 어디로 사라졌는지 보이지도 않았다. 섬뜩하게 벼린 서원평의 칼도 산산이 부서진 상태였다.

은빛 갑옷 사내의 처지도 서원평과 다를 바 없었다. 은빛 갑옷 사내가 이탄을 향해 쏟아부었던 우윳빛 오러는 이탄의 가슴과 충돌하자마자 물거품처럼 스러졌다. 이어서 사내의 창과 두 팔이 완전히 박살 났다.

원래는 은빛 갑옷 사내도 서원평처럼 수십 미터 밖으로 튕겨 나가야 정상이었다. 하지만 그가 튕겨나가기 전에 이탄이 그의 멱살을 틀어쥐었다.

우두둑.

갑옷의 일부가 이탄의 악력에 의해서 그대로 찌그러졌다.

파창! 파창! 파창! 파창!

갑옷 표면에 정교하게 새겨진 방어마법들은 자동으로 발동되었다가 이탄의 힘을 견디지 못하고 모조리 파훼되었다.

"이놈."

이탄은 상대의 목을 붙잡아 하늘로 번쩍 치켜들었다. 그런 다음 이탄은 상대를 땅바닥에 세차게 패대기쳤다.

빠각! 하고 뼈 으스러지는 소리가 울렸다. 은빛 갑옷 사내의 척추가 어긋났다. 강한 충격 때문에 사내의 갈비뼈도 여러 대 박살 났다.

"크악."

은빛 갑옷 사내는 고통스럽게 입을 쩍 벌렸다.

이탄은 상대의 멱살을 놓아준 대신 그 손으로 사내의 얼굴 아래쪽을 감쌌다.

끔찍한 소리와 함께 사내의 아래턱이 완전히 으스러졌

다. 이탄은 피를 철철 흘리는 상대를 내려다보면서 하얗게 웃었다.

"잡았다, 인유강."

그렇다. 은빛 갑옷 사내의 정체는 인유강이다. 유령조직 남로군의 총사령관이자 이공의 막내사위인 인유강이 이탄의 손에 사로잡혔다.

이탄은 인유강을 생포한 뒤, 그의 팔다리를 거침없이 잡아 꺾었다.

"으와, 으와와으."

인유강이 머리를 좌우로 가로저었다.

인유강은 조금 전 이탄에 의해 아래턱이 으스러졌기에 비명이 또렷하게 들리지 않았다. 발음이 잔뜩 뭉개졌다.

이탄은 초주검이 된 인유강을 서원평에게 던져주었다.

"이자를 끌고 가서 주작대에 넘겨라."

"넵, 의장님."

서원평은 고개를 직각으로 숙여 이탄의 명을 받들었다.

이탄이 서원평에게 턱짓을 보냈다.

"저쪽에 남은 유령조직 잔당들쯤은 백호대에서 처리할 수 있겠지?"

"물론입니다. 맡겨만 주십시오."

서원평이 바짝 긴장하여 대답했다.

"좋아. 그럼 뒤처리를 맡아라."

이탄은 고개를 한 번 끄떡인 다음, 그대로 하늘로 날아올라 무인기 위에 발을 디뎠다.

기아아앙—.

이탄을 태운 무인기가 다시 북쪽으로 기수를 돌렸다.

Chapter 5

"자, 이제 북로군을 공략해볼까?"

이탄은 무인기 위에서 다시 한번 무한공의 권능을 발휘했다.

이번에 이탄이 목표로 삼은 곳은 몽골 북쪽의 므릉이었다. 이탄의 몸이 곧 빛의 알갱이로 흩어져 자취를 감추었다.

발렌시드와 에디아니 군벌은 오늘 간씨 세가와 함께 대대적인 군사작전을 펼쳤다. 3개의 군벌이 힘을 합쳐서 유령조직의 팔군 가운데 세 곳인 서로군과 동로군, 그리고 남로군을 동시에 공격한 것이다.

그러나 애초에 이탄이 목표로 삼은 대상은 셋이 아니라 넷이었다. 이탄의 계획에는 북로군까지도 포함되었다.

북로군을 공략할 주역은 시베리아의 코로니 군벌이었다. 이탄은 파격적이게도 시베리아의 불곰들마저 자신의 계획에 끌어들였다.

최근 간씨 세가와 코로니 군벌은 몇 차례에 걸쳐서 무력 충돌을 일으킨 상태였다. 그 충돌의 와중에 간철호의 아들인 간영수가 코로니 군벌에게 테러를 당했다. 간영수는 하마터면 식물인간이 될 뻔했다.

이탄은 그 대가로 코로니 군벌의 부동항 가운데 한 곳인 블라디보스톡을 통째로 날려버렸다.

이탄은 단지 도시 하나만 파괴하고 만 것이 아니었다. 당시 이탄은 블라디보스톡에서 아이스 프린세스(Ice Princess: 얼음공주) 아나스타샤를 포로로 붙잡아 간씨 세가로 강제로 끌고 왔다.

아나스타샤는 빙제 알렉세이의 총애를 받는 여인이었다. 코로니 군벌이 펄쩍 뛰면서 당장 아나스타샤를 돌려달라고 항의했다.

이탄은 "나는 모르는 일인데?"라며 시치미를 뚝 떼었다.

아나스타샤의 납치 사건 이후로 간씨 세가와 코로니 군벌은 앙숙 중의 앙숙이 되었다.

하지만 양측이 으르렁거리는 것은 겉모습일 뿐.

이탄은 시베리아 남단에 위치한 이르쿠츠크 시를 공습할

당시에 아무도 모르게 코로니 군벌 상층부과 모종의 교감을 나누었다.

코로니 군벌의 서열 5위인 예니세이와 서열 6위인 슈닌이 이탄과 빙제 사이의 연결고리 역할을 했다.

오늘 므릉 지역을 공략하여 슈신의 잔당들을 토벌하는 임무를 맡은 책임자 3명 가운데 2명이 바로 예니세이와 슈닌이었다.

예니세이의 별명은 살육하는 사제.

이 무서운 인물은 시베리아 정교회의 고위 사제로, 턱에 덥수룩하게 밤색 수염을 기르고, 늘 순백색의 사제복을 입고 다녔다.

예니세이의 외모는 푸근한 사제를 연상시켰으나, 실제 예니세이의 성품은 잔혹하기 이를 데 없었다. 오죽하면 예니세이의 별명이 살육하는 사제이겠는가.

한편 코로니 군벌의 서열 6위인 슈닌도 예니세이에 못지 않은 미치광이였다.

슈닌의 별명은 블러디 해머(Bloody Hammar: 피투성이 해머).

살벌한 별명에 걸맞게 슈니의 주무기인 해머는 늘 피에 물들어 있었다. 슈닌은 키가 160 센티미터에 불과한 땅딸 보였으나, 어깨가 떡 벌어지고 근육이 울퉁불퉁하여 왜소

해 보이지 않았다.

바로 그 슈닌이 커다란 해머를 풍차처럼 휘둘러 적들의 머리통을 으깨놓았다.

"으하하하. 슈닌 님이 나가신다. 길을 비켜라. 이 쥬신의 잔당 놈들아."

슈닌은 호탕하게 웃으며 북로군의 우측으로 파고들었다.

슈닌의 뒤에서는 육중한 중병기로 무장한 기갑부대가 척척 진군했다.

한편 예니세이는 북로군의 좌측을 맡았다. 예니세이는 자신의 장기인 '극빙의 숨결'을 내뱉어 적들을 꽝꽝 얼려 죽였다.

예니세이의 뒤에는 얼음마법에 정통한 마법군단이 뒤따랐다.

이게 끝이 아니었다.

예니세이와 슈닌이 북로군의 양쪽 측면을 공략하는 동안, 북로군의 정면에서는 더 무시무시한 존재가 등장했다.

코로니의 서열 2위인 염제(炎帝) 발로바가 바로 그 장본인이었다.

화륵! 화륵! 화르르륵!

발로바는 북로군을 정면에서 밀어붙이며 시야에 걸리는 모든 것들을 불태웠다.

예니세이나 슈닌과 달리 발로바의 뒤에는 아무도 따르지 않았다.

솔직히 코로니의 병력들이 발로바의 뒤를 따르고 싶어도 불가능했다. 전투에 돌입한 순간 염제 발로바의 주변 수백 미터가 불바다로 뒤덮이는 까닭이었다. 그러니 어떻게 발로바를 따르겠는가.

"우왁, 적들이다. 적들이 쳐들어왔다."

"이건 코로니야. 시베리아의 불곰 녀석들이 쳐들어왔다고."

"피해라. 아니, 맞서 싸워라."

북로군은 적의 기습 공격에 놀라 허둥거렸다. 북로군 지휘부도 당황하여 판단을 제대로 내리지 못했다.

북로군이 가까스로 정신을 차린 것은, 총사령관인 조로스 대장군이 본격적으로 지휘에 나선 이후부터였다.

조로스는 얼음마법에 능한 별동대를 추려서 예니세이를 막으라고 명령했다. 한편 그는 블러디 해머 슈닌을 막기 위해 중장갑으로 무장한 보병대를 투입했다.

물론 이들만 가지고 코로니의 초강자들을 막기란 불가능했다. 조로스도 이 점을 놓치지 않았다.

"무리해서 예니세이와 맞붙지 마라. 엄폐물 뒤에서 몸을 숨긴 채 시간을 끈다는 생각으로 싸워야 한다. 특히 예니세이가 내뿜는 숨결에 노출되지 않도록 조심하라."

조로스가 마법 별동대에 신신당부했다.

"대장군 각하의 명을 받들겠습니다."

별동대장이 절도 넘치게 대답했다.

조로스는 보병대에도 이와 비슷한 명령을 내렸다.

"슈닌과 근접전을 펼치면 끝장이다. 놈이 가까이 접근하지 못하도록 원거리에서 아낌없이 포격을 퍼부어라. 실탄을 아낄 생각 하지 말고 무조건 물량으로 때려 박아서 슈닌의 진격을 늦추어라."

"예, 각하."

애꾸눈 보병대장이 발목을 척 붙여 대답했다.

조로스가 마지막으로 한 마디를 덧붙였다.

"너희가 예니세이와 슈닌의 발을 붙잡고 시간을 끌어주는 동안, 나는 염제 발로바를 상대할 것이다. 내가 최대한 빨리 염제의 숨통을 끊고 합류할 터이니, 너희는 내가 올 때까지만 버텨라."

"옙. 버티겠습니다."

별동대장과 보병대장이 한 목소리로 복창했다.

조로스는 부하들의 어깨를 한 번씩 두드려준 다음, 곧장 발로바를 향해서 뛰쳐나갔다.

Chapter 6

병영을 가로지르던 중, 조로스는 하얀 로브를 꺼내어 옷 위에 걸쳤다.

어둠의 숭배자들은 로브의 색깔로 신분을 표시하곤 했다. 이 가운데 하얀 로브는 서열의 맨 꼭대기, 즉 최상층부를 의미했다.

여러 차원에 걸쳐서 활약 중인 수많은 어둠의 숭배자들 가운데 하얀 로브를 입을 수 있는 사람은 고작 6명 안쪽.

다시 말해서 하얀 로브는 극소수의 인물에게만 허락된 귀한 복장이었다.

조로스 대장군은 바로 그 극소수 안에 포함되었다. 지금 조로스가 꺼내 입은 하얀 로브도 그냥 평범한 의복은 아니었다.

—마나 증폭 50퍼센트.
—마나 보충 속도 증가 70퍼센트.
—투명화.
—신체에 가해진 충격의 50퍼센트를 마나로 전환.

이상이 하얀 로브에 부여된 특성이었다. 보는 것만으로

도 입이 쩍 벌어질 만한 특성들이 하얀 로브 안에 내재되었다. 마법사라면 그 누구라도 이 하얀 로브를 차지하기 위해서 눈이 벌겋게 달아오를 만했다.

실제로도 하얀 로브를 입는 순간 조로스의 동공에 강한 충만감이 차올랐다. 조로스의 마나가 눈 깜짝할 사이에 50퍼센트나 뻥튀기 되었을 뿐 아니라, 마나의 보충 속도 또한 무섭게 빨라졌다.

이 로브를 입은 이상 조로스가 아무리 광역 마법을 물 쓰듯이 퍼부어도 마나가 고갈될 염려는 없었다.

"동서남북의 팔군 가운데 동로군의 대장군인 바투가 가장 강하다고 알려져 있지. 마법으로는 서로군의 시린이 가장 뛰어나가는 평이 있어. 하지만 내 눈높이는 바투나 시린에 머무르지 않는다. 장담하건대 8명의 대장군 중에 나를 따를 자는 없다. 화염의 여제가 불의 수호룡과 함께 덤빈다면 모를까, 이공의 부하들 가운데 내 적수는 전무하다. 크흐흐. 그것도 모르고 감히 나의 군단을 공격하다니, 시베리아의 불곰 녀석들이 세상 무서운 줄 모르는구나. 크흐흐흐."

로브 그늘 속에서 조로스의 얼굴이 으스스하게 변했다. 조로스는 한 줄기 번개가 되어 병영을 가로질렀다.

조로스가 북로군 정문에 도착했을 때, 그곳에서는 염제 발로바가 사납게 날뛰는 중이었다.

화르륵! 화르르륵!

시뻘건 화마가 온 사방을 불태웠다. 활활 타오르는 불길 속에서 언뜻언뜻 발로바의 모습이 드러났다.

발로바는 온몸이 용암으로 변한 모습이었다. 화염의 여제 이채민이 자신의 몸을 불덩이로 바꾸는 것처럼, 발로바도 자신의 신체를 용암으로 바꾸는 능력을 지녔다.

북로군 병사들은 발로바의 근처로 접근도 하지 못했다. 그들이 할 수 있는 맞대응 방법이라고는 그저 멀리서 발로바에게 물대포를 쏘거나 소화기로 불을 끄는 게 전부였다.

"이걸 어째? 으으으."

북로군 병사들은 발만 동동 굴렀다.

병사들이 소극적인 대응을 하는 가운데 발로바는 정문을 지나 점점 더 북로군 진영 깊숙이 파고들었다.

그럴수록 불길은 더 사납게 퍼져나갔다.

그때 조로스가 현장에 도착했다.

"비켜라."

조로스는 우렁찬 포효와 함께 병사들의 머리 위를 타넘었다. 플라잉(Flying: 비행) 마법으로 수백 미터를 가로지른 다음, 조로스가 오른손으로 발로바를 가리켰다.

"아이스 스파이크(Ice Spike: 얼음 창)!"

순간 조로스의 어깨 위에서 수십 미터 길이의 얼음창 수백 개가 튀어나왔다. 허공을 찢고 등장한 얼음창들은 북로군 진영을 불태우는 화염을 향해서 무섭게 쏟아졌다.

조로스의 마법은 거기서 끝나지 않았다. 수백 발의 아이스 스파이크를 적에게 쏘아 보낸 것과 동시에 조로스는 두 팔을 위로 치켜들었다.

하늘이 갑자기 어두워졌다. 멀쩡하던 상공에 시커멓게 먹장구름이 몰려들었다.

콰르르르—.

먹장구름은 한 점을 중심으로 나선을 그리며 회전했다. 나선의 중심부에서 거대한 얼음이 모습을 드러내었다.

조로스가 소환한 얼음은 작은 언덕 크기였다.

아니, 언덕보다 더 컸다. 처음에는 얼음이 언덕 크기로 보였지만, 먹장구름 사이에서 완전히 빠져나오자 그 크기가 조그만 산봉우리를 연상시켰다.

이것은 리콜 아이스 마운틴(Recall Ice Mountain : 얼음산 소환).

이곳 차원에는 존재하지 않는 광역마법이 조로스의 손끝에서 구현되었다.

"어어억?"

"저것 좀 봐."

북로군 병사들이 하늘로 고개를 치켜들고는 입을 딱 벌렸다.

발로바도 하늘에 소환된 거대한 얼음을 목격하고는 동공이 흔들렸다. 지금 발로바는 용암을 잔뜩 일으켜 수백 개나 되는 아이스 스파이크를 녹이던 중이었다.

바로 그 타이밍에 조로스가 발로바를 향해서 두 손을 확 내리쳤다. 조로스의 동작에 맞춰서 거대한 얼음이 지상으로 낙하했다. 무지막지한 속도로 내리꽂힌 수 킬로미터 크기의 얼음산의 위력은 상상을 초월했다.

쿠쿵! 쿠콰콰콰콰.

발로바가 일으킨 불바다는 얼음산과 충돌하자마자 즉시 꺼졌다. 얼음산이 내리 찍힌 곳을 중심으로 주변 수십 킬로미터에 걸쳐서 지진이 발생했다. 대지에는 거미줄처럼 균열이 발생했다.

발로바가 재빨리 몸을 피하려 했으나, 그 또한 불가능했다.

얼음산이 너무 큰 탓이었다. 얼음산이 내리꽂히는 속도가 너무 빨랐던 까닭이었다.

얼음산에 찍힌 순간 발로바의 머리가 좌악 흩어졌다. 이어서 발로바의 몸뚱어리도 사방으로 흩어졌다.

만약 발로바가 평범한 인간이었다면 당연히 즉사했을 것이다.

다행히 발로바는 평범하지 않았다. 거대한 얼음산에 깔리는 순간, 발로바는 온몸을 뜨거운 액체로 바꿨다. 얼음산과 충돌한 즉시 발로바의 몸이 사방으로 흩어진 것은 바로 이 때문이었다.

제7화
오대군벌의 역습 Ⅳ

Chapter 1

잘게 흩어졌던 액체가 다시 또르륵 뭉쳐서 발로바의 본 모습으로 돌아왔다.

물론 발로바도 무사하지는 못했다.

조금 전의 타격이 어찌나 강렬했던지 발로바의 신체 일부가 날아가 영원히 복구불능 상태에 빠졌다. 발로바의 마법의 근원인 용암의 핵까지 타격을 받았기에 당분간 발로바는 초고온의 열기를 뿜어내기 어려웠다.

"이게 대체 뭐야? 허어억."

깜짝 놀란 발로바가 거대한 얼음산 뒤로 후퇴했다. 세상 두려울 것 없다던 오만한 염제에게도 비로소 두려움이라는 감정이 생겼다.

도망치는 발로바 앞에 조로스가 나타났다.

조로스는 플라잉 마법으로 얼음산을 날아 넘더니, 눈 깜짝할 사이에 발로바 앞에 등장하여 손가락을 가로세로로 휘저었다.

조로스의 마나가 썰물처럼 빠져나갔다. 하얀 로브가 조로스의 마나를 1.5배로 증폭시켜 주었다.

그 마나가 마법을 구현했다.

리콜 아이스 아머(Recall Ice Armor: 얼음 갑옷 소환) 작렬!

이것 또한 간씨 세가 세상에는 존재하지 않는 마법이었다.

얼음 갑옷을 소환한 뒤, 그 갑옷에 생명을 불어넣어 적과 싸우게 만드는 군단급 소환마법이 조로스에 의해서 첫선을 보였다.

조금 전 하늘에서 낙하하여 부서진 얼음산의 일부가 아이스 아머로 변했다. 얼음으로 빚어진 푸르스름한 빛깔의 갑옷이 우두둑 우두둑 뛰어나오는가 싶더니, 그 하나하나가 생명을 부여받았다.

갑옷의 투구 부위에서 푸른 안광이 쏘아졌다. 갑옷의 소매 부위에서는 얼음으로 이루어진 사슬이 수십 미터 길이로 스르릉 돌았다.

이와 같은 갑옷, 즉 아이스 아머가 무려 수백 기나 되었다. 아이스 아머들은 얼음산에서 튀어나오는 것과 동시에 발로바를 빙 둘러쌌다.

"이것들은 대체 뭐야?"

발로바는 심장이 떨렸다.

그런 발로바를 향해서 수백 개가 넘는 얼음 사슬이 무서운 속도로 날아왔다. 어떤 얼음 사슬은 발로바를 직접 타격했다. 또 다른 사슬은 주변의 얼음을 칭칭 휘감더니, 그것을 대뜸 발로바에게 던졌다.

"크아아악."

발로바가 두 팔을 가슴 부위에서 X자로 교차했다가 양옆으로 착 내렸다. 발로바의 몸뚱어리가 또다시 뜨거운 용암으로 변했다.

얼음 사슬이 용암 속으로 파고들면서 형편없이 녹았다. 대신 얼음 사슬이 박힌 부위의 용암이 식으면서 딱딱한 고체로 변했다.

그 부위에 또 다른 얼음 사슬이 날아들었다. 혹은 집채만한 얼음이 허공을 가로지르며 날아와 발로바의 몸을 가격했다.

처음에는 발로바가 유리한 듯 보였다. 얼음 사슬이 용암 근처만 접근해도 녹기 시작했기 때문이었다.

하지만 얼음 사슬은 무려 수백 개나 되었다. 게다가 얼음 사슬이 녹아서 없어져도 아이스 아머들이 새로운 얼음 사슬을 또 만들어내었다.

쿵! 쿵! 쿵! 쿵! 쿵!

수백 기가 넘는 아이스 아머들이 끊임없이 얼음 사슬을 날리면서 점점 포위망을 좁혔다.

발로바가 미친 듯이 고열을 뿜어내고 주변을 녹여도 얼음 사슬의 숫자는 줄어들지 않았다. 계속해서 날아오는 얼음 사슬을 녹이다 보니 발로바도 진이 빠졌다. 그의 입에서는 단내가 폴폴 풍겼다.

바로 그 타이밍에 조로스가 손을 썼다. 아이스 스파이크 수백 발이 벼락처럼 쏘아져서 발로바의 등을 찔렀다.

"크악."

발로바가 허리를 활처럼 휘었다.

'안 되겠다. 여기서 더 싸우는 것은 무리야.'

발로바는 용암을 사방으로 쫙 퍼트린 다음, 북쪽을 향해서 빠르게 도망쳤다.

조로스가 코웃음을 쳤다.

"그냥 갈 수 있을 줄 알았더냐? 오늘 여기가 네 무덤이니라."

조로스가 도망치는 발로바를 향해서 손을 뻗었다.

발로바 앞에 굴러다니던 얼음 덩어리들이 마치 조각칼로 모양을 다듬는 것처럼 변하더니 아이스 아머 세 기로 변했다.

슈웅! 슈웅! 슈웅!

새로 소환된 아이스 아머 세 기가 푸른 안광을 뿜어내며 자리에서 일어섰다. 아이스 아머들은 발로바를 향해서 얼음 사슬을 발사했다.

발로바는 날아오는 사슬을 팔로 쳐냈다. 그느르라 시간이 조금 지체되었다.

그렇게 발로바가 머뭇거리는 사이, 수백 기의 아이스 아머들이 발로바를 빙 둘러싸 포위했다.

"이런 빌어먹을."

발로바가 얼굴을 와락 구겼다.

발로바를 향해서 수백 개의 얼음 사슬이 날아왔다. 조로스도 직접 아이스 스파이크를 쏴서 발로바를 공격했다. 코로니 군벌의 서열 2위인 염제 발로바는 인생 최대의 위기를 맞게 되었다.

바로 그 타이밍에 이탄이 등장했다.

이탄은 이미 10분쯤 전에 이곳에 도착하여 전투 장면을 흥미롭게 지켜보던 중이었다. 조로스의 마법은 이탄이 관심을 둘 만큼 위력적이었다.

수십 미터 길이의 얼음 창 수백 개가 돋아나 허공을 가로지른다. 산봉우리 크기의 거대한 얼음이 하늘에서 뚝 떨어진다. 잘게 부서진 얼음 덩어리가 얼음 갑옷으로 변하더니 마치 로봇군단처럼 일사불란하게 움직인다.

이런 일들이 조로스의 손끝에서 구현되었다.

"햐아, 조로스 대장군이 재주도 참 많네? 하하하."

이탄은 조로스의 마법을 참 신기하게 여겼다. 이탄은 잇몸이 보일 정도로 활짝 웃었다.

이탄이 무릎을 치며 웃은 이유는 단지 상대의 마법이 신기하기 때문만은 아니었다. 이탄은 조로스의 마법보다 그가 입고 있는 하얀 로브에 더 관심을 두었다.

"지금까지 내가 만났던 어둠의 숭배자들은 유령조직 내부에 침투하여 몰래 세력을 쌓던데 말이야, 조로스는 다르네. 너는 아예 대놓고 북로군의 대장군 자리를 꿰찼잖아? 아하하하하."

이탄은 진심으로 즐거웠다.

Chapter 2

이탄이 기뻐하는 이유는 크게 세 가지였다.

첫째, 이탄은 그동안 주홍색 로브나 노란 로브의 흑마법사들만 상대했다. 그러다가 이번에 처음으로 하얀 로브의 흑마법사를 만나게 되어 뛸 듯이 감격했다.

둘째, 이탄은 조로스가 펼치는 희한한 마법에 흥미를 느꼈다. 조로스를 붙잡아 고문을 하여 마법의 연원을 캐낼 생각을 하자 이탄의 입안에 침이 고였다. 뇌에서는 아드레날린이 뭉텅이로 분비되었다.

셋째, 그동안 이탄이 포로로 잡은 노란 로브의 흑마법사들은 가진 바 지식에 한계가 뚜렷했다.

거기에 비해서 조로스는 상당히 많은 비밀들을 알고 있을 것이 뻔했다. 이탄은 이 기회에 그 비밀들마저 낱낱이 뽑아낼 요량이었다.

이탄이 조로스를 보면서 군침을 삼키는 사이, 수백 개의 얼음 사슬이 발로바의 몸뚱어리에 틀어박혔다. 조로스가 쏘아낸 아이스 스파이크도 발로바의 등에 작렬했다.

"끄아악."

발로바가 고통스레 온몸을 뒤틀었다.

"드디어 염제를 잡았구나."

조로스가 주먹을 불끈 쥐었다. 조로스는 코로니 군벌의 서열 2위를 거꾸러뜨렸다는 사실에 흥분하여 이탄의 존재를 전혀 눈치채지 못했다.

그 순간에 이탄이 앞으로 뛰쳐나갔다.

토옹!

이탄은 등장과 동시에 중력마법을 펼쳤다.

이 일대의 중력이 무려 15배로 늘어나면서 아이스 아머들이 휘청거렸다. 이탄은 마법 한 방으로 아이스 아머들을 묶어둔 다음, 한달음에 조로스의 옆으로 다가가 그의 목을 움켜쥐었다.

"어헙?"

화들짝 놀란 조로스가 아이스 쉴드(Ice Shield: 얼음 방패)로 몸을 보호했다. 조로스의 상체 앞쪽에 커다란 얼음 방패가 돋아나 이탄의 손을 막았다.

이탄은 두꺼운 얼음 방패를 두부 뭉개듯이 뚫고는 조로스의 목을 계속해서 노렸다.

"이런 미친!"

조로스의 얼굴이 하얗게 질렸다.

조로스는 양손을 휘저어 미끄러지듯이 옆으로 피했다. 그러면서 아이스 아머들에게 이탄을 공격하라는 명령을 내렸다.

발로바를 찔렀던 얼음 사슬들이 이번에는 이탄에게 날아왔다.

이탄이 손바닥으로 땅을 후려쳤다.

땅속에서 흙의 벽이 거창하게 일어나 얼음 사슬들을 막았다.

그 장면을 보자 조로스가 눈을 동그랗게 떴다.

"설마 대지의 소서러?"

"하하. 이제 알아보셨나?"

이탄이 흙의 벽을 타넘어 조로스를 덮쳤다.

조로스는 얼음 위에서 썰매를 타듯이 단숨에 뒤로 미끄러지더니, 이탄을 향해서 아이스 스파이크를 난사했다.

이탄은 수십 미터 길이의 얼음 창들을 손등으로 툭툭 쳐내면서 조로스를 따라잡았다.

아이스 아머들이 이탄을 쫓아오며 얼음 사슬로 공격했다.

이탄은 얼음 사슬을 막지 않았다. 오히려 이탄을 때린 얼음 사슬이 산산이 박살 났다. 이탄의 몸을 칭칭 휘감았던 얼음 사슬은 종잇장처럼 손쉽게 끊어졌다.

일부 아이스 아머들이 이탄에게 직접 육탄돌격했다.

이탄은 날파리를 잡듯이 손을 휘둘러 아이스 아머들을 퍽퍽 부쉈다.

"말도 안 돼."

조로스가 비명을 질렀다. 조로스는 두 손을 하늘로 들어 다시 한번 거대한 얼음산을 끌어왔다.

리콜 아이스 마운틴 작렬!

쿠쿠쿵! 쿠콰콰콰콰—.

하늘에서 떨어진 거대한 얼음산이 이탄과 조로스를 함께 내리찍었다. 둘 사이의 거리가 워낙 가까운 터라 이탄만 콕 찍어서 얼음산으로 폭격하기가 불가능했다. 그래서 조로스는 자신과 이탄을 함께 얼음산으로 내리찍었다.

충돌의 순간, 조로스를 강타하던 얼음산 밑바닥에 구멍이 뽕 생겼다. 조로스의 몸은 그 구멍 속으로 쏙 들어갔다.

물론 이탄에게는 이런 행운이 주어지지 않았다. 이탄은 거대한 얼음산에 그대로 강타당했다.

이탄이 오른손을 들어 얼음산을 막았다. 이탄의 손바닥에서 붉은 노을과 같은 광채가 번져나갔다.

그러자 이탄을 후려쳤던 얼음산의 밑바닥이 붉은 광채를 버티지 못하고 산산이 깨져버렸다.

'이 큰 얼음산이 잘게 부서지면 조각들이 사방에 흩어질 것 아냐? 그러면 그 속에서 조로스를 찾기 귀찮아질 거야.'

이탄은 문득 이런 생각을 했다. 이탄은 귀찮은 게 싫었던지라 힘으로 얼음산을 부수는 대신, 언령의 권능을 꺼냈다.

'흡입'.

세상의 모든 에너지를 빨아들일 수 있는 신격 언령이 이탄의 입에서 튀어나왔다.

흡입은 여러 언령들 중에서도 가장 강력한 최상격에 속하는 권능이었다. 이 권능이 발현된 즉시 얼음산을 구성하던 마법의 힘이 이탄에게로 빨려들어 왔다.

이 얼음산은 세상에 실재하는 산이 아니었다. 조로스가 막대한 마나를 투입하여 지옥에서 끌어온 소환물이었다. 따라서 얼음산이 이 세상에 존재하기 위해서는 조로스가 투입한 에너지가 반드시 필요했다.

이탄은 그 에너지를 쪽 빨아먹었다.

그러자 기괴한 소음과 함께 수 킬로미터나 되는 거대한 얼음산이 감쪽같이 자취를 감추었다.

"이게 무슨?"

조로스가 찢어져라 눈을 부릅떴다.

바로 앞에서 이탄이 하얀 이빨을 드러내었다.

"놀랐어? 놀랐구나."

말이 끝나기도 전, 이탄은 상대의 모가지를 낚아챘다. 독수리가 날카로운 발톱으로 병아리를 낚아채는 것처럼 획!

조로스는 하얀 로브를 입을 만했다. 그는 자격이 충분한 강자였다.

이탄만 아니었다면 조로스는 염제 발로바를 여유롭게 해치운 다음, 예니세이와 슈닌마저 차례로 거꾸러뜨렸을 것이다. 그 후 조로스는 세상의 눈을 피해서 다른 지역으로 북로군의 본거지를 옮겼을 테지.

한데 이탄이 조로스의 계획을 망쳤다.

북로군의 병력은 나름 고군분투했으나 살육하는 사제 예니세이와 블러디 해머 슈닌을 막기에는 역부족이었다.

조로스가 이탄의 손에 붙잡히고 얼마 후, 북로군 전 진영이 예니세이의 마법군단과 슈닌의 기갑부대에 의해 초토화되었다.

북로군의 별동대장은 예니세이에게 붙잡혀 온몸이 해부당했다.

북로군 보병대장의 운명도 처참했다. 그는 슈닌의 해머에 팔다리와 가슴이 찍힌 뒤 슈닌의 부하들에 의해 화형을 당했다.

쥬신 제국을 상징하는 깃발은 코로니 군단의 군화에 짓밟히고 찢겨져 아무렇게나 나뒹굴었다.

북로군의 깃발도 불쏘시개로 사용되었다.

Chapter 3

전투가 모두 종료된 뒤, 이탄과 코로니의 수뇌부들이 군막에 마주 앉았다.

발로바가 긴장한 눈빛으로 이탄을 응시했다.

예니세이와 슈닌도 테이블 아래에서 주먹을 꽉 움켜쥐었다.

3명의 강자들이 잔뜩 긴장할 만큼 이탄의 보여준 무력은 압도적이었다. 특히 발로바가 이탄에게 받은 충격은 대단했다.

"뭘 그렇게 긴장하쇼?"

이탄이 옛 쥬신 제국의 언어로 말문을 열었다.

"쿨럭, 쿨럭. 어허험. 긴장은 무슨. 어허험."

발로바가 헛기침으로 민망함을 감추었다.

협상에 능숙하지 못한 발로바 대신 예니세이가 조심스레 운을 떼었다.

"대지의 소서러, 오늘 전투를 통해서 대지의 소서러께서도 깨달으셨을 거외다. 지난번 간씨 세가의 영토에서 벌어진 테러는 우리 코로니 군벌이 저지른 짓이 아니오. 그건 모두 쥬신 잔당의 짓이었소."

이탄이 어깨를 으쓱했다.

"그건 내가 코로니 측에 알려준 정보인데? 설마 그걸로 내게 생색을 내려는 거요?"

"으험험. 그럴 리가 있겠소? 다만 쥬신의 잔당들을 처리하는 일이 급하니 우리끼리 다툼은 뒤로 미룹시다."

예니세이의 제안에 이탄이 고개를 갸웃했다.

"어라? 그것도 내가 코로니 측에 제안했던 내용인데? 귀하들도 내 제안에 응했기에 오늘 북로군 본거지를 공습한 것 아니오?"

"으험험. 그러니까 내 말은……."

예니세이는 잠시 망설이다가 '에라 모르겠다.'라는 심정으로 진짜 속내를 털어놓았다.

"그러니까 내 말은 간씨 세가와 코로니 군벌 사이의 우호를 증진시키면 좋겠다는 뜻이오. 그런 차원에서 간씨 세가에서 보호하고 있는 아나스타샤 공주를 우리에게 돌려보내 주기를 희망하외다. 대지의 소서러께서도 알다시피 아나스타샤 공주는 빙제 알렉세이께서 무척 아끼는 분이라오."

"허? 아나스타샤? 우리는 그런 여인을 보호한 적이 없는데?"

이탄이 의뭉을 떨었다.

예니세이의 이마에 핏줄이 빠직 돋았다.

슈닌은 콧김을 세게 내뿜었다.

발로바는 열이 받았는지 옆으로 팩 고개를 돌렸다.

예니세이가 쓴웃음과 함께 이탄을 떠보았다.

"아아, 그러지 말고 우리 대화 좀 합시다. 아나스타샤 공주를 우리에게 돌려주는 대가로 무엇을 원하시오? 모처럼 간씨 세가와 코로니 군벌 사이에 우호적 분위기가 조성되었으니 이 좋은 분위기를 이어가야 할 것 아니오. 으험험."

예니세이는 자신의 풍성한 수염을 손바닥으로 쓸어내렸다.

이탄은 예니세이를 빤히 바라보다가 턱에 손을 괴고 물었다.

"내가 쥬신의 망령 따위를 처리하기 힘들어서 코로니 군벌의 손을 빌린 것으로 보이시오? 테러의 진범이 누구이건 간에, 나는 내가 죄를 묻고 싶은 자들에게 죄를 물을 힘이 있소만."

이탄의 말은 오만하기 이를 데 없었다. 이탄의 말을 직역하면 "내가 마음만 먹으면 테러의 배후로 코로니 군벌을 지목한 뒤 처리할 수도 있다."라고 들렸다.

"크윽."

성격 급한 발로바가 벌떡 일어났다. 발로바의 어깨 위에서 발화가 시작되어 화르륵 화염이 타올랐다.

슈닌도 해머 손잡이를 불끈 움켜잡았다.

이탄은 팔짱을 끼고 상대를 가만히 응시했다.

코로니 군벌의 세 강자들은 이탄의 무저갱과 같은 눈을

보고는 움찔 몸서리를 쳤다.

"끄으응."

발로바가 깊은 신음과 함께 화염을 다시 거두었다. 발로바는 이탄이 보여준 무력을 머리에 떠올리고는 애써 흥분을 가라앉혔다.

슈닌도 슬그머니 해머를 내려놓았다.

이탄이 자리에서 일어나 작별을 고했다.

"예니세이, 나를 보자고 한 이유가 그거였소? 그렇다면 나는 더 할 말이 없지. 오늘은 여기까지 하고, 다음에 또 봅시다."

"대지의 소서러······."

예니세이가 난처한 듯 손으로 이마를 문질렀다.

이탄이 검지를 들어 좌우로 까딱거렸다.

"이보시오, 예니세이. 그대와는 말이 좀 통하는 줄 알았는데 오늘은 좀 실망이네. 물론 당신 입장은 이해해. 아마 당신도 나름 난처한 사정이 있겠지. 이를테면 아나스타샤를 당장 찾아오라고 알렉세이에게 닦달을 받는다든가."

이탄의 지적은 송곳처럼 예리했다.

"끄응."

예니세이가 신음을 흘렸다.

이탄이 입꼬리를 살짝 끌어올렸다.

"내 짐작이 사실인가 보군. 그렇다면 빙제 알렉세이에게 전해주쇼. 우리 간씨 세가에서는 아나스타샤의 행방을 모른다고. 정 그녀의 행방이 궁금하면 알렉세이가 직접 나를 찾아와서 따져 물어도 좋다고. 그렇게 전해주시구려."

"끄으으웅."

예니세이가 더욱 크게 신음을 토했다.

이탄과 코로니 군벌 간의 대화는 여기서 종료되었다. 이탄은 조로스를 데리고 몽골을 떠났다.

발로바와 예니세이는 이탄에게 조로스를 내주고 싶지 않았다. 하지만 그들에게는 차마 이탄의 행동을 막을 용기가 없었다. 막을 명분도 없었다. 조로스를 잡은 사람은 어디까지나 대지의 소서러이기 때문이다.

제8화
광황의 릉 I

Chapter 1

유령조직의 본거지.

오늘 이 조용하던 곳이 발칵 뒤집혔다.

오전 11시 50분 경, 중앙아시아의 오쉬 시에서 급보가
날아들었다.

"큰일 났습니다. 서로군의 본거지가 쑥대밭이 되었습니
다. 유럽 발렌시드 군벌의 릴리트 공주가 기사단을 이끌고
쳐들어와서 서로군 진영을 점령하였습니다."

유령조직의 수뇌부들은 서로군의 피습 소식에 놀라 긴급
대책회의를 열었다.

그때 하와이의 빅아일랜드에서도 급보가 전해졌다.

"큰일 났습니다. 동로군의 지하 벙커가 무너졌습니다. 에디아니 군벌이 대거 쳐들어와 동로군을 저지선을 뚫었습니다. 바투 대장군께서도 적에게 포로로 잡힌 듯합니다."

거의 같은 시각에 발리 섬에서 급보가 날아왔다.

"큰일입니다. 남로군이 완전히 털렸습니다. 발리의 리조트와 호텔 사업 전체가 무너졌고, 아군의 피해는 집계가 불가능할 정도입니다. 남로군이 머물던 곳에는 간씨 놈들의 병력이 쫙 깔렸습니다. 인유강 대장군의 행방은 파악이 되지 않습니다."

유령조직의 수뇌부들은 더 이상 놀랄 기운도 없었다. 그즈음 몽골의 므룽 지역에서도 비보가 전해졌다.

"북로군 진영이 통째로 불탔습니다. 시베리아의 불곰 녀석들이 북로군을 급습하여 전면전이 벌어진 결과입니다. 적들의 총사령관인 염제 발로바가 북로군 진영을 불태운 것으로 추정됩니다. 조로스 대장군의 행방은 파악 불가입니다."

불과 몇십 분 간격으로 날아든 끔찍한 소식에 많은 사람들이 패닉 상태에 빠졌다.

"뭐야? 동로군, 서로군, 남로군, 북로군이 한날한시에 승냥이 떼의 공격을 받았다고? 크어어. 어찌 이럴 수가 있단 말이냐? 철저하게 숨어 있던 아군의 은신처를 승냥이

놈들이 어찌 알고 기습을 한 게야? 끄어어—."

이공은 또다시 뒷목을 잡고 뒤로 넘어갔다.

"아바마마, 아바마마."

이공의 늦둥이 아들 이택민이 울먹이는 음성으로 이공의 몸을 흔들었다.

"아이고, 폐하. 제발 정신을 차리시옵소서."

궁녀와 환관들이 후다닥 달려와 이공을 부축했다.

이공의 주치의인 궁전 어의는 이공의 얼굴에 침을 꽂고 이공의 입술에 약물을 흘려 넣어주었다.

그래도 이공은 쉽게 깨어날 줄 몰랐다.

비단 이공만 뒷목을 잡은 것이 아니었다. 최근 이공과 대립각을 세우던 이수민도 까무러칠 듯이 놀랐다.

"말도 안 돼. 어떻게 그럴 수가 있지? 어떻게 오대군벌 놈들이 아군의 동서남북 팔다리를 동시에 자를 수가 있느냐고."

만약에 이린의 천공안만 멀쩡했더라면?

그럼 이수민은 적들의 기습을 미리 눈치채고는 병력을 다른 곳으로 빼돌렸을 것이다.

그런데 하필이면 이린의 천공안이 무력화되었을 때를 노려서 적들이 기습공격을 감행했다. 이공의 세력은 아무것도 모르고 있다가 허무하게 팔다리를 잃었다.

물론 유령조직을 지탱하는 진짜 무력은 팔군 가운데 천 · 지 · 현 · 황의 사군이었다. 이 사군에 비하면 동 · 서 · 남 · 북의 4개 군단은 외곽 조직, 즉 외군에 불과했다.

설령 그렇다고 하더라도 이번에 쥬신 복원 세력의 절반이 허물어진 것은 사실이었다. 복원 세력의 팔다리가 모두 잘려나갔다는 표현도 과장되지 않았다. 그만큼 이공의 세력이 받은 타격은 심각했다.

"하아아, 이 급박한 시국에 채민이 녀석은 어디로 갔단 말인가? 위대한 존재를 타고 급하게 출격한 것은 알지만, 벌써 며칠째 소식이 없어? 하아아."

이수민은 거듭 한숨을 내쉬었다.

이수민이 무너진 외군과 이채민의 행방불명을 걱정하는 동안, 그녀의 동생인 이소민은 남편 걱정에 억장이 무너졌다.

이소민의 부군인 인유강은 남로군의 총사령관이자 쥬신 복원 세력의 재정의 한 축을 담당하는 재벌 사업가였다.

인유강의 부친인 인국진은 초대 회양당주인 학운철과 함께 이공을 황제로 옹립한 공신이기도 했다.

그 공로 덕분에 인국진은 고령의 나이에도 불구하고 쥬신의 임시 조정에서 정정하게 활동 중이었다.

이공은 인국진에게 승상(丞相)이라는 일인지하 만인지상

의 직책을 맡겼다. 뿐만 아니라 인국진의 아들은 이공에 의해 부마로 발탁되어 막내공주인 이소민과 혼인하였다.

비록 정략결혼이기는 하였으나, 인유강과 이소민은 금슬이 좋았다. 다만 둘 사이에 아직까지 자식이 생기지 않아 그게 유일한 걱정거리였다.

오늘 이 금슬 좋은 잉꼬부부에게 크나큰 시련이 닥쳤다. 인유강이 머물고 있던 발리 섬이 간씨 놈들의 기습공격을 받아 철저하게 무너진 것이다. 게다가 인유강의 행방마저 불투명했다.

인유강이 전사를 했는지, 아니면 간씨 놈들에게 포로로 잡혔는지, 그것도 아니면 가까스로 탈출하였으나 부상이 심해서 부인에게도 소식을 전하지 못하는 것인지. 이소민은 이런 것들을 알 길이 없어서 답답했다.

"제발 무사하셔요. 포로로 잡혀도 좋고 불구가 되었어도 좋으니 제발 목숨만은 부지하고 계셔요. 그럼 제가 어떻게 든 당신을 구출할 겁니다."

이소민은 기도를 하는 심정으로 중얼거렸다.

그날 밤.

쥬신 제국의 복원을 꿈꾸는 자들은 분주하게 움직였다.

이공과 이택민은 지금까지 쌓아온 기반을 버리고 제2,

제3의 장소로 몸을 피했다. 관례에 따라 이공과 이택민은 서로 헤어졌다.

"폐하와 태자 저하께서 함께 계시다가 적에게 포로로 잡히기라도 한다면 그대로 사직이 무너지옵니다. 부디 두 분은 따로 움직이소서."

승상인 인국진이 절절한 음성으로 권했다.

이공은 승상의 권유를 따를 수밖에 없었다.

"이럴 때 학선생이 내 곁에 있어야 하는데. 대체 학선생은 무슨 공을 세우겠다고 고를 이리도 외롭게 내버려 둔단 말이냐? 이 불충한 사람아, 어서 내 곁으로 돌아오라."

이공은 안절부절못하며 학선생만 찾았다.

'후우.'

인국진은 그런 이공을 보면서 속으로 한숨을 삼켰다.

그래도 인국진은 내색을 하지 않고 이공을 안전한 곳으로 모시기 위해 최선을 다했다.

천로군의 대장군인 용성이 옆에서 인국진을 도왔다.

태자인 이택민에게는 천·지·현·황의 사군 중에 현로군이 따라붙었다. 현로군의 총사령관인 양선창 대장군이 태자를 직접 호위했다.

신하와 환관, 궁녀들은 둘로 갈려서, 일부는 이공을 따르고 일부는 이택민을 추종했다.

이공과 이택민이 각자의 살길을 도모하는 동안, 이수민도 심복들과 함께 거처를 옮겼다.

이수민은 가장 먼저 딸부터 챙겼다.

이수민의 남편이자 이린의 아버지인 호문평 대장군도 지로군을 총동원하여 아내와 딸을 호위했다.

한편 이소민도 큰언니인 이수민과 행동을 함께하였는데, 이것은 그녀에게 조카의 도움이 필요하기 때문이었다. 이수민이 남편인 인유강(남로군의 대장군)의 생사를 확인하기 위해서는 조카의 천공안이 반드시 필요했다.

Chapter 2

오대군벌이 쥬신의 잔당들을 급습하여 상대의 팔다리를 잘라냈다는 소식은 세간에 알려지지 않았다. 세상의 그 어떤 방송국도 오대군벌의 대대적인 공습 소식을 사람들에게 전하지 못하였다.

간씨 세가를 비롯한 오대군벌이 철저하게 방송을 통제했기 때문이었다.

한편 갑자기 팔다리가 잘린 쥬신의 잔당들은 모든 활동을 접었다. 그들은 겁을 집어먹고는 좀 더 은밀한 음지로 숨어들었다.

오대군벌을 상대로 호기롭게 테러를 감행할 때는 언제고, 이제 쥬신의 잔당들은 겁먹은 자라 꼴이 되었다.

그 무렵, 이탄은 새로운 일에 몰두했다.

얼마 전 이탄은 안토니오의 몸에서 떨어져 나온 검은 기운을 흡수했다. 좀 더 정확히 표현하자면, 이탄이 안토니오의 기운을 흡수했다기보다는, 그 기운이 스스로 이탄에게 들어와 이탄의 것이 되었다.

"한데 그 녀석이 자꾸 나를 잡아끈단 말이지? 거 참."

이탄이 고개를 갸웃했다.

지금 이탄은 빛의 수호룡의 머리에 올라타 인도양을 종단하는 중이었다. 이탄의 발밑에서 동남아시아의 크고 작은 섬들이 휙휙 지나갔다.

이탄은 자신의 손바닥을 내려다보면서 빛의 수호룡에게 이런저런 지시를 내렸다.

'여기서 약간 오른쪽으로. 그래. 거기. 아니야. 아니야. 각도를 너무 많이 꺾었어. 다시 왼쪽으로 1도 정도 방향을 틀어봐라.'

이탄의 잔소리가 거슬렸을까?

[크왓!]

빛의 수호룡이 거칠게 콧김을 내뿜었다.

순간 이탄의 눈꼬리가 위로 치솟았다.

'크롯? 너 지금 반항하냐?'

[헉! 아닙니다요. 반항이라니요. 당치도 않습니다.]

빛의 수호룡은 황급히 고개를 가로저었다.

이탄이 으스스하게 으르렁거렸다.

'그렇지? 너 반항한 거 아니지? 하마터면 네가 반항한 줄 알고 정수리의 비늘을 왕창 쥐어뜯을까 고민했지 뭐냐.'

[어헉! 절대 그렇지 않습니다. 저는 절대 반항 같은 거는 할 줄 모릅니다. 제가 얼마나 순둥인데요.]

빛의 수호룡이 기함을 하며 머리를 좌우로 흔들었다.

그렇게 툭탁거리는 사이, 이탄과 빛의 수호룡은 동남아시아의 무인도에 도착했다. 이탄은 빛의 수호룡을 들들 볶는 것을 멈추고 무인도를 굽어보았다.

'여기서 느낌이 확 오는데? 가만 멈춰봐라.'

[네넵.]

빛의 수호룡은 즉각 비행을 멈추고는 제자리에서 날갯짓을 했다.

이탄은 한 치의 망설임도 없이 수호룡의 머리에서 뛰어내려 무인도에 내리꽂혔다. 빛의 수호룡도 날개를 접고는 이탄을 뒤따랐다.

무인도는 제법 넓었다. 섬의 풍경도 수려하여 이곳이 왜 무인도로 버려졌는지 이해가 되지 않았다.

하지만 바다를 보자 곧 이유를 알 수 있었다. 암초로 뒤 덮인 무인도 인근 해상에는 거친 와류가 쉴 새 없이 맴돌았 다.

"이 섬으로 접근하던 배들은 와류에 휩쓸려 침몰했겠 네."

이탄이 고개를 주억거렸다.

뭐, 와류가 강해봤자 이탄에게는 아무런 장애가 되지 않 았다. 이탄은 굳이 선박을 이용하지 않고서도 얼마든지 이 섬에 상륙이 가능했다.

이탄은 지그시 눈을 감았다.

스스스스스.

이탄의 감각이 물안개처럼 넓게 퍼져나가 섬 전체를 샅 샅이 훑었다.

잠시 후, 이탄이 눈을 번쩍 떴다.

"저곳이로구나."

이탄은 섬 중심부의 커다란 바위를 목표로 삼고는, 무한 공의 권능을 발휘하여 단숨에 바위 아래에 도착했다.

짙은 수풀에 가려진 바위 아래쪽에는 사람 한 명이 겨우 들어갈 수 있는 틈이 보였다. 이탄은 그 틈새로 들어갔다.

[크하.]

빛의 수호룡은 못마땅한 표정으로 이탄의 등을 노려보다가 한숨을 푹 내쉬었다. 이내 빛의 수호룡이 어린아이 크기로 줄어들어 이탄의 뒤를 따랐다.

바위틈 안쪽에는 긴 통로가 이어졌다.

이탄은 나선형으로 빙글빙글 도는 통로를 따라 점점 더 지하 깊숙한 곳으로 내려갔다. 이탄은 좁은 통로를 지나면서 자신도 모르게 스파이럴 적혈구를 떠올렸다. 이곳의 지형이 어딘지 모르게 스파이럴 적혈구를 연상시켰다.

이탄이 지하로 내려갈수록 이탄에게 흡수된 어둠의 기운은 점점 더 활발하게 움직였다. 이탄이 안토니오에게서 빼앗은 어둠의 기운은 마치 살아 있는 생명체 같았다.

그 기운이 마치 꼬리를 살랑살랑 흔드는 충성스러운 안내견처럼 이탄을 지하로 이끌었다.

어느 정도 깊이 내려가자 빛의 수호룡이 펄쩍 뛰었다.

[어엇? 설마 이것은!]

'왜? 아는 기운이냐?'

이탄이 빛의 수호룡을 돌아보았다.

빛의 수호룡은 대답 대신 콧구멍만 벌름거렸다. 그러다 고개를 갸웃하기도 하고, 또 무언가를 골똘히 고민하기도 하였다.

'아는 기운이냐고 물었다.'

이탄이 한 번 더 빛의 수호룡을 다그쳤다.

빛의 수호룡은 이탄의 질문을 듣지 못하고 계속해서 고개만 갸웃거렸다.

'이게 미쳤나? 사람이 묻는데 대답은 않고 왜 고개만 까딱거려?'

이탄이 번쩍 달려들어 빛의 수호룡의 두개골과 어깨를 동시에 붙잡았다. 그런 다음 이탄은 양손을 엇갈려 당겨 상대의 목을 비틀었다.

우두둑 소리와 함께 빛의 수호룡의 목이 꺾었다.

[꿰엑? 크헉, 크허헉. 갑자기 왜 그러십니까?]

빛의 수호룡이 자지러지게 놀랐다. 빛의 수호룡은 엉덩방아를 찧은 상태에서 억울한 눈망울로 이탄을 올려다보았다.

'뭐? 왜 이러십니까? 내가 왜 그러겠냐? 네 녀석이 감히 내 질문을 무시하고 뭉개버리니까 목뼈를 조금 비틀어주었을 뿐이다.'

이탄이 손바닥을 탁탁 털었다.

빛의 수호룡은 억울해서 눈물이 찔끔 나왔다.

Chapter 3

'그래서 뭔데? 뭐가 느껴지는데?'

이탄이 재차 질문했다.

이번에는 빛의 수호룡도 딴 생각을 하지 않고 즉각 대답했다.

[동족의 기운입니다. 저 아래쪽에서 동족의 기운이 풍깁니다.]

'오호라, 동족의 기운이란 말이지? 그렇다면 저 아래에 수호룡이 있겠구나.'

이탄의 표정이 밝아졌다.

수호룡, 혹은 세계의 파편.

이탄은 세상 곳곳에 흩어져 있는 세계의 파편들을 모두 모으려고 계획 중이었다.

'그런데 이곳 지하에서 그 흔적이 발견되다니.'

이건 충분히 기뻐할 만한 일이었다.

이탄은 기쁜 마음에 한 번 더 무한공의 권능을 발휘했다. 길고 긴 통로를 천천히 걸어내려 가기에는 너무 시간이 오래 걸렸다. 이탄은 빛의 수호룡을 꽉 붙잡고는 단숨에 목적지로 날아갔다.

빛 한 점 들지 않는 어두운 공간.

시커먼 어둠이 젤리처럼 짙게 뭉쳐 있는 듯한 공간에 제단이 하나 보였다. 제단 주변에서는 어둠이 스르륵 일어났다가 다시 줄어들었다. 제단 위에는 성게처럼 가시가 뾰족한 물체가 덩그러니 놓여 있었다.

[역시 어둠의 파편이로구나. 끄흐흠.]

빛의 수호룡은 찜찜한 표정으로 제단 위를 노려보았다.

태고 이래로 빛의 수호룡과 어둠의 수호룡은 서로 상극이었다. 이 둘의 라이벌 의식은 대단하여 지금까지 단 한 번도 같은 주인을 선택한 적이 없었다. 두 수호룡이 같은 시기에 활동한 적도 전무했다.

"흐음. 어둠의 파편이라고? 그렇다면 이 괴상한 알 속에서 어둠의 수호룡이 부화하려나?"

이탄은 어둠의 파편을 보면서 기브흐 일족의 알을 떠올렸다. 이탄이 부정 차원에서 흡수했던 기브흐의 알도 어둠의 파편처럼 뾰족뾰족하게 생겼다. 또한 그 알도 눈앞의 파편처럼 액체와 고체의 중간 상태였다.

"기브흐 일족의 알을 흡수한 이후로 음차원 덩어리에 변화가 생겼었는데 말이야. 혹시 어둠의 파편도 그와 비슷한 효능이 있을까?"

이탄은 '성게처럼 생긴 저 알을 부화시키지 말고 그냥 쪼르륵 흡수해버릴까?' 라는 고민을 했다.

이탄의 탐욕을 읽었는지 제단 위의 알이 달그락 달그락 성을 내었다.

이탄은 헛웃음이 나왔다.

"햐아, 너 지금 나에게 화를 내는 거니?"

달그락, 달그락.

제단 위의 알이 이탄의 질문에 대답이라도 하듯이 소리를 내었다.

"아 냐, 이제는 이딴 알 따위도 성질을 부리네."

이탄은 미끄러지듯 제단으로 다가가 어둠의 파편을 움켜잡았다.

어둠의 파편이 농밀하면서 시커먼 기운을 내뿜어 이탄을 공격했다. 젤리처럼 끈끈하고 시커먼 이 기운은 모든 생명체의 긍정적 에너지를 잡아먹는 무서운 힘을 지녔다. 이 기운에 노출된 즉시 모든 생명체는 광기에 물들 수밖에 없었다.

한데 이탄에게는 통하지 않았다. 어둠의 파편이 발산한 기운은 이탄과 접촉하는 즉시 노곤하게 풀어졌다.

봄날 따뜻한 햇볕에 고양이가 축 늘어지는 것처럼, 시커먼 기운은 이탄과 접촉하자마자 기분 좋게 늘어졌다.

[키햐햐향!]

어둠의 파편이 화들짝 놀랐다. 어찌나 놀랐던지 어둠의

파편은 이탄 앞에서 뇌파를 내보였다.

한편 이탄도 묘한 느낌을 받았다.

무척 익숙한 느낌.

마치 어머니의 뱃속으로 돌아온 듯한 느낌.

이것은 이탄이 그릇된 차원에서 기브흐의 알을 만졌을 때와는 또 다른 기분이었다.

'이게 뭐지? 왜 이런 느낌이 들지?'

이탄은 어둠의 파편을 손끝으로 더듬었다.

[키햐향! 키햐향!]

어둠의 파편은 간지럼을 타는 애완동물처럼 괴상한 소리를 내었다.

[키햣!]

그러다 어둠의 파편이 정신을 퍼뜩 차리고는 이탄에게 적의를 내뿜었다. 파편이 쏟아낸 시커먼 기운이 또다시 이탄을 공격했다.

물론 그 기운은 이탄의 몸에 닿자마자 노곤하게 풀어졌다.

"거 참, 뭐야?"

이탄은 알쏭달쏭한 표정을 지었다. 그러면서 이탄은 손끝으로 어둠의 파편을 줄기차게 더듬었다.

[키햐향! 키햐햐향! 키향!]

어둠의 파편은 이탄의 손길에 녹아버린 듯 괴상한 신음을 연신 내뱉었다.

그 모습이 이상했는지 이탄이 툭 쏘아붙였다.

"뭐야? 뭐가 이렇게 질척거려."

[키햣!]

자존심이 상한 어둠의 파편이 이탄에게 또 적의를 드러내었다.

당연히 그 적의가 오래 갈 수가 없었다. 어둠의 파편은 이탄의 손끝에서 말랑말랑하게 녹아서 도저히 정신을 차리지 못했다. 그렇게 꿈틀대고 또 꿈틀대다가 결국 어둠의 파편이 쩌저적 갈라졌다.

쪼개진 파편 속에 드러난 것은 칠흑처럼 짙은 어둠이었다. 그 어둠 2개가 동그랗게 뭉쳐서 이탄을 올려다보았다.

"그게 눈이냐?"

이탄이 상대에게 말을 걸었다.

이탄의 짐작이 맞았다. 칠흑처럼 뭉친 2개의 덩어리는 어둠의 수호룡이 가진 눈이었다.

"그럼 여기가 코인가? 온통 새까만 색이라 구별이 잘 되지 않네."

이탄은 손끝으로 수호룡의 코를 톡 건드렸다.

자존심이 상했는지 어둠의 수호룡이 조그만 아가리를 쩍

벌려서 이탄의 손을 깨물었다.

상대가 작고 앙증맞다고 해서 무시해서는 안 된다. 갓 태어난 어둠의 수호룡은 커다란 황소도 한 입에 씹어 먹을 수 있는 괴수였다. 실제로 수호룡의 아가리가 쫙 늘어나더니 이탄의 손가락을 지나 손목까지 덥석 집어삼켰다.

물론 결과는 뻔했다.

와드득!

어둠의 수호룡이 가진 이빨들이 이탄의 손목에 부딪치자마자 와장창 부서졌다.

[키햣!]

어둠의 수호룡이 비명을 질렀다.

이탄은 그런 상대를 내려다보면서 으스스하게 뇌까렸다.

'막 태어난 새끼라 봐주려고 했는데, 이거 버릇이 영 없네. 아무래도 안 되겠다. 너도 한 번 거꾸로 매달리자.'

이탄의 말이 끝난 순간, 갓 태어난 어둠의 수호룡은 그대로 이탄의 영혼 속으로 빨려들어 왔다.

빛의 수호룡도 덩달아 이탄의 영혼 속에 끌려왔다.

으스스하고 춥게만 느껴지는 영혼 속 공간에는 이탄이 우뚝 서 있었다. 그리고 그 앞에는 붉은 사슬에 발목이 걸린 채 푸줏간의 고기처럼 대롱대롱 거꾸로 매달린 어둠의 수호룡이 보였다.

[쯧쯧쯧. 이 괴물에게 걸렸으니 네 녀석의 용생도 끝이로구나.]

빛의 수호룡은 어둠의 수호룡의 명복을 빌었다.

〈다음 권에 계속〉

『제왕록』, 『무림에 가다』 시리즈의 작가 박정수
그가 거침없는 현대 판타지로 돌아왔다!

『신화의 전장』

주먹을 믿지 마라.
우리가 살아가는 이 땅에 인간을 벗어난 자들이 존재한다.

dream
books
드림북스

『마법군주』 발렌 작가의 신작!

『정령의 펜던트』

"정령사는 말이지, 되고 싶다고 해서 되는 게 아니야.
그냥 그렇게 태어나는 거지.
날 때부터 정해진 운명 같은 거라고."

dream
books
드림북스

환생왕

ORIENTAL FANTASY STORY & ADVENTURE

요도/김남재 신무협 장편소설

정체를 알 수 없는 세력들에 의해
비참한 최후를 맞이한
천룡성(天龍城)의 후계자 천무진.
그런 그에게 찾아온 또 한 번의 삶.
그리고 그를 돕기 위해 나타난 여인 백아린.

"이번엔…… 당하지 않는다."

**이젠 되돌려 줄 차례다.
새로운 용이 강호를 뒤흔든다!**

dream books
드림북스